MÉTODOS CRÍTICOS PARA
A ANÁLISE LITERÁRIA

MÉTODOS CRÍTICOS PARA A ANÁLISE LITERÁRIA

■

Daniel Bergez, Pierre Barbéris,
Pierre-Marc de Biasi, Marcelle Marini,
Gisèle Valency

Tradução
OLINDA MARIA RODRIGUES PRATA

Revisão da tradução
MARIA ERMANTINA DE ALMEIDA PRADO GALVÃO

Martins Fontes
São Paulo 2006

Esta obra foi publicada originalmente em francês com o título
INTRODUCTION AUX MÉTHODES CRITIQUES
POUR L'ANALYSE LITTÉRAIRE, por Bordas, Paris, em 1990.
Copyright © Bordas, Paris, 1990.
Copyright © 1997, Livraria Martins Fontes Editora Ltda.,
São Paulo, para a presente edição.

1ª edição 1997
2ª edição 2006

Tradução
OLINDA MARIA RODRIGUES PRATA

Revisão técnica
Rosa Maria Nery
Revisão da tradução
Maria Ermantina de Almeida Prado Galvão
Revisões gráficas
Célia Regina Rodrigues de Lima
Sandra Brazil
Emilson Richard Werner
Dinarte Zorzanelli da Silva
Produção gráfica
Geraldo Alves
Paginação/Fotolitos
Studio 3 Desenvolvimento Editorial

Dados Internacionais de Catalogação na Publicação (CIP)
(Câmara Brasileira do Livro, SP, Brasil)

Métodos críticos para a análise literária / Daniel Bergez... [et al.] ; tradução Olinda Maria Rodrigues Prata ; revisão da tradução Maria Ermantina de Almeida Prado Galvão. – 2ª ed. – São Paulo : Martins Fontes, 2006. – (Coleção leitura e crítica)

Outros autores: Pierre Barbéris, Pierre-Marc de Biasi, Marcelle Marini, Gisèle Valency
Título original: Introduction aux méthodes critiques pour l'analyse littéraire.
Bibliografia.
ISBN 85-336-2181-7

1. Crítica literária 2. Literatura – História e crítica I. Bergez, Daniel. II. Barbéris, Pierre. III. Biasi, Pierre-Marc de. IV. Marini, Marcelle. V. Valency, Gisèle. VI. Série.

05-5237 CDD-801.95

Índices para catálogo sistemático:
1. Análise literária 801.95

Todos os direitos desta edição para o Brasil reservados à
Livraria Martins Fontes Editora Ltda.
Rua Conselheiro Ramalho, 330 01325-000 São Paulo SP Brasil
Tel. (11) 3241.3677 Fax (11) 3101.1042
e-mail: info@martinsfontes.com.br http://www.martinsfontes.com.br

Índice

Prefácio, *por Daniel Bergez*.................................... IX

I. A crítica genética, *por Pierre-Marc de Biasi* 1
   Introdução... 1
   1. História de uma problemática............................ 2
      O manuscrito moderno – Uma nova concepção do manuscrito
   2. O campo dos estudos genéticos: as quatro fases da gênese 9
      A fase pré-redacional – A fase redacional – A fase pré-editorial – A fase editorial
   3. Genética textual: a análise dos manuscritos....... 20
      Métodos e procedimentos da genética textual – As técnicas de perícia científica
   4. A crítica genética: como estudar a gênese da obra? 29
      Classificação e interpretação: os riscos do finalismo – Gênese e psicanálise – Gênese e poética – Genética e lingüística – Gênese e sociocrítica
   Conclusão: o futuro de uma problemática 42
   Bibliografia.. 43

II. **A crítica psicanalítica**, *por Marcelle Marini* 45
Introdução 45
1. As bases do método 49
"A regra fundamental" : entre divã e poltrona – O inconsciente – A interpretação – A leitura psicanalítica
2. Utilização da literatura pela psicanálise 60
Freud e a descoberta do complexo de Édipo – Lacan e "A carta roubada" de Poe – A literatura e o teste da teoria
3. A obra literária como objeto de estudo 70
Estatuto da obra/estatuto do escritor – Patologia da personagem e da obra... – A psicobiografia – O desvio interpretativo
4. A psicocrítica de Charles Mauron 80
A prática das sobreposições – As figuras e as situações dramáticas – "O mito pessoal", segundo Mauron – O lugar do estudo biográfico
5. Novas orientações 89
O "inconsciente do texto", segundo Jean Bellemin-Noël – A semanálise de Julia Kristeva
Bibliografia 95

III. **A crítica temática**, *por Daniel Bergez* 97
Introdução 97
1. Situação histórica 99
A herança romântica – A filiação proustiana
2. Embasamentos filosóficos e estéticos 102
O eu criador – A relação com o mundo – Imaginação e devaneio
3. O procedimento temático 110
A obra como totalidade – Os conhecimentos inúteis – O ponto de vista do "leitor" – A noção de tema

    4. Gaston Bachelard... 119
        O epistemólogo e o poeticista – Uma fenomenologia e uma ontologia do imaginário – Da imaginação material à imaginação cinética – Bachelard leitor
    5. Georges Poulet.. 127
        A reflexão sobre o tempo – A reflexão sobre o espaço – Uma crítica "diferencial"
    6. Jean-Pierre Richard 132
        Um procedimento original – A "leitura" richardiana – Diversidade e modificações
    À guisa de balanço.. 139
    Bibliografia.. 140

IV. A sociocrítica, *por Pierre Barbéris* 143
    Introdução... 143
    A noção de sociocrítica – Princípio da leitura sociocrítica
    1. Referências históricas.. 148
        "A literatura é a expressão da sociedade" (Bonald) – Chateaubriand – Madame de Staël – Bonald e suas conseqüências inesperadas – As grandes teorizações deterministas
    Esboço de um balanço 163
    2. Problemas e perspectivas.................................. 165
        Leitura do explícito – Leitura do implícito – As novas bases da sociocrítica
    Conclusão 179
    Bibliografia.. 181

V. A crítica textual, *por Gisèle Valency*..................... 183
    Introdução... 183
    A noção de estrutura em F. de Saussure – Os formalistas russos e a definição da crítica textual

1. A análise estrutural das narrativas 190
   V. Propp e a "Morfologia do conto" – A.-J. Greimas: a narrativa e a semiótica
2. Teoria do texto poético: a vertente poética do estruturalismo 192
   A função poética – O modelo fonemático – As sobredeterminações: teoria e exemplos
3. O texto plural 202
   Deslocamento da retórica – A conotação
4. Teorias do texto oriundas das problemáticas da enunciação 208
   Discurso, narrativa: a dêixis – A ordem do texto – As vozes narrativas

Para um balanço 223
Bibliografia 225

Prefácio

"É mais difícil interpretar as interpretações do que interpretar as coisas, e há mais livros sobre os livros do que sobre outro assunto", já afirmava Montaigne. E o autor dos *Ensaios* prosseguia: "limitamo-nos a glosar uns aos outros. Tudo pulula de comentários; de autores há grande carência". Quatro séculos mais tarde, o dito nada perdeu de sua pertinência. Os violentos debates travados, a partir dos anos 60, em torno do que se chamou de "nova crítica", tinham certamente como motivos imediatos questões de método; mas, em profundidade, eles levantavam a espinhosa questão do papel da crítica nos modos de consumo literário. Papel necessário segundo alguns, nefasto segundo outros.

Não se pode negar que certo terrorismo metodológico e ideológico condicionou fortemente, há algumas décadas, o ensino da literatura e a própria criação literária. Julien Gracq, em *La littérature à l'estomac,* resolveu denunciar esse desvio que privilegia a palavra do crítico em detrimento da obra do escritor. E em *Lettrines* ele indagava: "Que dizer àquelas pessoas que, pensando possuir uma chave, não sossegam enquanto não dispuserem vossa obra em forma de fechadura?" O perigo do discurso crítico é, com efeito, sempre empobrecer a obra a que ele se refere, em nome de uma coerência artificial ou de um dogmatismo metodológico. Céline achava "vergonhoso" e "humilhante" o espetáculo do "letrado esmiuçando maliciosamente um texto, uma obra" (*Ninharias por um massacre*). Bem antes dele, Montesquieu assimilava os críticos aos "maus generais de exército que, não podendo invadir um país, contaminam-lhe as águas".

A crítica seria então mortal para a literatura? Ela lhe é igualmente indispensável, e seu desconforto vem do paradoxo que a constitui: a obra literária necessita de um discurso que a comente e esclareça; ela o exige mesmo, visto que pertence ao universo da linguagem; mas chega sempre um momento em que o ato crítico tende a bastar-se a si mesmo, e a relegar a obra à posição de simples pretexto.

Essa legitimidade, e esses perigos, caracterizam todas as atividades que, de perto ou de longe, participam do comentário dos textos: a resenha jornalística, a exposição universitária, a "explicação de texto" praticada em aula, a reflexão do "poeticista" e mesmo a troca de opiniões entre dois leitores... Em todas essas situações, a literatura é objeto de discurso, de avaliação e de julgamento.

Foi a crítica universitária, à qual esta obra é consagrada, que mais se interrogou sobre as modalidades de tal apreciação. Entre um Baudelaire, para quem a crítica só podia ser apaixonada, e os comentaristas atuais, geralmente ciosos de ponderação, foram as ciências humanas que subverteram as condições do discurso realizado sobre a literatura. Os desenvolvimentos da História, da Sociologia, da Psicanálise constituíram o sujeito humano em objeto de análise e o texto literário em espaço de conhecimento tanto quanto em meio de fruição estética. A crítica tendeu, pois, a tornar-se ciência, mobilizando procedimentos codificados de análise e uma bagagem conceitual precisa.

Geralmente estamos convencidos, atualmente, dos perigos de uma crítica ciosa unicamente de cientificidade: para que ela seja possível, não seria preciso que, primeiro, o texto literário pudesse ser assimilado a um puro objeto?

PREFÁCIO XI

Ora, um texto é sempre lido por alguém: sua existência depende do olhar de um leitor, e das condições sempre variáveis de sua recepção. Mas tal evidência não leva de modo nenhum a uma fria concentração sobre o subjetivismo da apreciação pessoal: quem poderia desdenhar os novos meios de compreensão que devemos à História, à Sociologia, à Psicanálise ou à Lingüística?

É por isso que este livro apresenta e analisa sucessivamente as grandes correntes críticas atuais: genética, psicanalítica, temática, sociológica e lingüística. Uma apresentação separada dessas cinco orientações metodológicas – que se verá suporem todas uma certa concepção do texto literário e até mesmo uma certa concepção do homem – nos pareceu a mais apropriada para respeitar-lhes as especificidades. A mesma preocupação determinou que este livro fosse redigido em colaboração, sendo cada capítulo confiado a um especialista, independente em seu procedimento e em seu estilo, no interior dos limites estreitos impostos por este volume.

Este livro pretende ser prático, a um só tempo didático em seu espírito e em sua destinação, e metodológico em seu procedimento. Isso quer dizer que não poderia ser completo sobre um assunto tão vasto. O princípio de agrupamento escolhido, por orientações críticas, excluía a possibilidade de se falar convenientemente de críticos tão eminentes e atípicos como, por exemplo, Roland Barthes, Maurice Blanchot, Jean-Paul Sartre: a obra crítica desses autores não se pode reduzir a uma corrente metodológica. Tampouco foi possível dar espaço a reflexões mais vastas, sem implicações metodológicas diretas, referentes à literatura: as de Jacques Derrida ou de Michel Foucault, por exemplo. Será necessário especificar também que, mesmo sob o ângulo prático escolhido, não foi dito tudo? Por exemplo, não acreditamos dever consagrar um capítulo separado à "crítica das fontes". Não por ela nos parecer sem importância, muito pelo contrário; mas porque as "edições eruditas" ("Bibliothèque de la Pléiade", "Classiques Garnier", sobretudo), com as quais os estudantes têm o hábito de trabalhar, apresentam-lhe um resumo cuja fecundidade é suficientemente aparente. Fizemos, pois, escolhas, forçosamente subjetivas, contestáveis talvez. Pelo menos quisemos ser úteis, propor pontos de referência, traçar pistas. Cabe ao leitor ir mais longe, sobretudo graças às bibliografias indicativas que concluem cada capítulo.

Daniel BERGEZ

I. A crítica genética
Por Pierre-Marc de Biasi

Introdução

O ponto de partida da crítica genética reside na constatação de um fato: o texto definitivo de uma obra literária é, com raríssimas exceções, o resultado de um trabalho, isto é, de uma elaboração progressiva, de uma transformação que se traduziu num período produtivo, em cujo decorrer o autor se dedicou, por exemplo, à pesquisa de documentos ou de informações, à preparação, seguida da redação, de seu texto, a diversos trabalhos de correções, etc. A crítica genética tem por objeto essa dimensão temporal do texto em estado nascente, e parte da hipótese de que a obra, em sua eventual perfeição final, não deixa de ser o efeito de sua própria gênese. Mas, para poder tornar-se objeto de um estudo, esta gênese da obra deve, evidentemente, ter deixado "pistas". São essas pistas materiais que a genética textual se propõe a encontrar e a elucidar. Ao lado do texto, e antes dele, pode de fato existir um conjunto mais ou menos desenvolvido de "documentos de redação", produzidos, reunidos e às vezes conservados pelo autor: o que normalmente se chama "os manuscritos da obra". Tais conjuntos de manuscritos, quando ainda existem, mostram-se essencialmente variáveis em quantidades e em tipos, conforme as épocas, os autores e as obras consideradas. Mas, desde que não tenha demasiadas lacunas, cada dossiê de manuscritos, com suas características, conta uma história singular e com freqüência surpreendente: a história do que se passou entre o momento em que o autor entrevê a primeira idéia de seu projeto e o momento em que o texto, escrito, aparece na forma de um livro impresso. A genética textual (que estuda materialmente os manuscritos, que os decifra) e a crítica genética (que procura interpretar os resultados das decifrações) não têm outra finalidade senão a de reconstituir uma história do "texto em estado nascente", buscando encontrar nele os segredos de fabricação da obra. Tornar visível e compreender a originalidade do texto literário, através do processo que lhe deu origem, tal é o projeto dessa abordagem crítica, que, como se verá, ocupa um lugar um tanto particular no panorama dos discursos críticos, e se determina por uma colaboração tão larga quanto possível com todos os outros métodos de interpretação do texto.

1. História de uma problemática

O manuscrito moderno

A noção de manuscrito não é uma noção simples. Esses "manuscritos de trabalho" que a crítica genética procura elucidar distinguem-se radicalmente, por exemplo, dos "manuscritos medievais" que a filologia clássica escolhera como objeto de estudo. São "manuscritos modernos" que podem ser considerados documentos de gênese, na medida em que coexiste outra forma de realização do texto que é a sua finalização estética: a do livro impresso, que fixa a obra em um texto definitivo autenticado pelo autor.

Até a invenção da imprensa, que, no século XV, faz a cultura ocidental entrar no que se convencionou chamar de "os tempos modernos", o manuscrito desempenha o papel de suporte quase exclusivo para o registro, a comunicação e a difusão pública dos textos, sobretudo os literários. Antes da entrada na "Galáxia Gutemberg", cada texto só era conhecido por cópias manuscritas, sempre únicas, que apresentavam versões particulares do texto, com variantes de maior ou menor importância de uma cópia à outra, sem que fosse verdadeiramente possível identificar ou reconstituir um estado original da obra – esse "Urtexto" mais ou menos mítico – que continua definitivamente perdido. São todas essas versões e o que revelam suas múltiplas filiações que constituem o texto – plural e jamais definitivo – da obra medieval, depositária, como se sabe, da cultura antiga.

Essa situação não se transforma de um dia para outro, quando o impresso surge no século XV. Durante muito tempo ainda o manuscrito conservará grande parte de suas prerrogativas. Com efeito, será preciso esperar quase três séculos, praticamente o fim do século XVIII, para que os progressos técnicos da impressão permitam substituir definitivamente a cópia manuscrita pelo texto impresso, como suporte exclusivo da difusão pública dos textos. A partir desse período, o manuscrito literário entra numa nova era: perdeu sua função de instrumento de comunicação, mas centra-se de novo num significado completamente diferente (que parece sempre ter tido para os escritores, mas que se torna então um "valor" reconhecido): torna-se o traço pessoal de uma criação individual, de uma criação. Começa a adquirir sentido como símbolo de uma originalidade, como a prova de um "trabalho intelectual": escrito pela mão do autor, o manuscrito moderno se define como o documento "autógrafo" que está na origem do livro e é produzido por um escritor, cuja obra pode ser lida na forma impressa.

Desde o início do século XIX, essa dualidade do manuscrito – antigo e moderno – se traduz por uma dupla curiosidade da cultura ocidental em relação a sua própria história. A filologia redescobre o manuscrito antigo (da Antiguidade e da Idade Média) e o converte no objeto de uma ciência histórica que vai, bem rapidamente, fornecer os contextos de uma nova concepção da edição crítica e do estudo da literatura, em suas relações com a História (que está no mesmo momento em plena redefinição). Concomitantemente, vários autores contemporâneos começam a prestar uma atenção nova a seus próprios instrumentos de criação. Começam a conservar seus manuscritos de trabalho e, em vez de destruí-los depois da edição do livro, começam a legá-los a coleções públicas ou particulares, nas quais vai progressivamente reunir-se um imenso patrimônio de documentos autógrafos. O movimento tem início na Alemanha já no fim do século XVIII, confirma-se na França por volta de 1830, depois se espalha na maioria dos países europeus, que, a partir da segunda metade do século XIX e até nossa época, dotam suas bibliotecas de "departamentos dos manuscritos contemporâneos" e acumulam gigantescas "bases de dados" materiais sobre a criação literária contemporânea. O "manuscrito moderno" nasceu, e é ao estudo desse objeto historicamente determinado que se dedicam atualmente a genética textual e a crítica genética.

Analisar o documento autógrafo para compreender, no movimento mesmo da escrita, o mecanismo de produção do texto; elucidar o procedimento do escritor e o processo que presidiu à emergência da obra, elaborar os conceitos, métodos e técnicas que permitem explorar cientificamente o precioso patrimônio de manuscritos modernos, conservados há quase dois séculos nos arquivos ocidentais, essa é, há cerca de quinze anos, a ambição dessa abordagem recentíssima – a crítica genética – que, a um só tempo, continua uma tradição clássica, a da filologia, e introduz novas perspectivas – deliberadamente científicas – na análise do fenômeno literário. Não entrando de modo algum em concorrência com os outros métodos de análise do texto, a abordagem genética se apresenta, acima de tudo, como a abertura de um novo campo de estudos inexplorado, no qual os discursos críticos encontrarão matéria para confirmar ou infirmar, com certa "objetividade" experimental, a legitimidade de suas hipóteses interpretativas sobre a obra.

Uma nova concepção do manuscrito

Por mais paradoxal que possa parecer, o conjunto dos manuscritos literários conservados e disponíveis nas bibliotecas, desde o início do século XX, representa hoje, com poucas exceções, um campo material de análise totalmente inexplorado. Tal situação pode surpreender, já que o estudo dos manuscritos de escritores não parece, em si, um procedimento inteiramente novo. Ele o é, entretanto, de certa forma, pela extensão e pelas finalidades que a crítica genética quer dar a essa pesquisa.

• *Os antigos estudos de gênese*

Mesmo que certos críticos genéticos da literatura aceitassem de bom grado ser considerados "novos filólogos" na pura tradição da filologia clássica, a recente crítica genética tem apenas pouco em comum com os antigos "estudos de gênese" que, desde o final do século XIX e até os anos 1940, relançavam esporadicamente o discurso crítico nas trilhas de certa erudição positivista ou neopositivista. No decorrer do mesmo período, houve certamente algumas exceções notáveis que desempenham um papel, sem dúvida essencial, na formação dessa nova abordagem dos manuscritos modernos. Falaremos disso mais adiante. Mas, fora esses poucos trabalhos exemplares, os antigos estudos de gênese se caracterizam por um uso muito eclético dos documentos autógrafos.

• *Nascimentos de uma nova problemática*

Desde os anos 1920-1930, alguns dossiês de manuscritos, particularmente compactos, começam ser objeto de transcrições precisas e de publicações de um novo tipo, como, por exemplo, em 1936, *Madame Bovary, ébauches et fragments inédits recueillis d'après les manuscrits* (Madame Bovary, esboços e fragmentos inéditos recolhidos segundo os manuscritos), por Gabrielle Leleu, bibliotecária em Ruão[1].

Mas esses casos são raros, e o estudo de gênese defendido por G. Rudler[2], P. Audiat[3], G. Lanson[4] ou Thibaudet[5] não apresenta nenhuma homogeneidade. O projeto crítico de alguns deles, como Rudler e, em menor escala, Audiat, propõe perspectivas profundamente inovadoras que prefiguram claramente a atual crítica genética; no de todos os outros, o estudo dos manuscritos continua concebido sobretudo como um método complementar para enriquecer a história literária e a abordagem biográfica da obra.

• *O caso Rudler*

Como lembra claramente Jean-Yves Tadié em seu preciosíssimo estudo *La critique littéraire au XXe siècle*[6], é Gustave Rudler que, em sua obra de 1923, "fornece a exposição mais rigorosa do método, não só da edição crítica, mas também da crítica de gênese". A ambição de Rudler, na qual se poderia reconhecer a dos críticos genéticos de hoje, é estudar "de um ponto de vista dinâmico" a evolução criado-

---

1. Paris, Éd. Conard.
2. *Techniques de la critique et de l'histoire littéraires*, Oxford, 1923, Slatkine, 1979.
3. *La biographie de l'œuvre littéraire, esquisse d'une méthode critique*, Champion, 1924.
4. *Études d'histoire littéraire*, Champion, 1930.
5. *Réflexions sur la critique*, Gallimard, 1939.
6. Belfond, 1987.

ra da obra, captada pelo "mecanismo mental dos escritores". Para consegui-lo Rudler propõe pesquisar suas pistas nas "etapas" que os manuscritos deixam aparecer: "Antes de ser enviada à impressão, a obra literária passa por muitas etapas, desde a primeira idéia até a execução final. A crítica de gênese se propõe desnudar o trabalho mental que dá origem à obra e encontrar suas leis." Mas, se os princípios de Rudler se parecem de forma surpreendente com os da genética textual, não se deve esquecer que seu ponto de vista era sobretudo programático; na realidade, e o próprio Rudler o confessou, só há, nessa época, "poucos estudos de gênese verdadeiramente dignos de tal nome e que sejam bem-sucedidos". Como reconhece J.-Y. Tadié em 1987, "as coisas mudaram nesses últimos anos", mas, ainda assim, serão necessárias perto de três gerações de críticos para que a idéia de Rudler acabe por materializar-se. Além disso, o "sistema" do professor de Oxford não se identificava completamente com o da crítica genética de hoje: sua teoria da gênese estava ainda dificultada por preocupações totalizantes (sua ambição era determinar "a fórmula total do escritor") e por pressupostos psicologistas (os manuscritos e as fontes permitiriam reconstituir as "fisionomias" sentimentais, ideológicas e sensoriais dos diferentes escritores, etc.). Seja qual for o valor prenunciador da teoria de Rudler, ainda era profundamente marcada pelo empirismo anglo-saxônico e pelo psicologismo crítico dos anos 1920.

• *O período contemporâneo*

A partir dos anos 1950, começamos a ver desenhar-se, aqui e ali, os primeiros aspectos de uma nova concepção do estudo genético dos textos. É o caso, por exemplo, dos trabalhos de R. Ricatte[1], de R. Journet e G. Robert[2], de M.-J.

---

1. *La genèse de "La fille Elisa"*, P. U. F., 1960.
2. *Les manuscrits des "Contemplations"*, Les Belles Lettres, 1956.

Durry[3], de J. Levaillant[4] e de C. Gothot-Mersch[5], etc. Mas publicações que, entre 1950 e o princípio da década de 60, souberam projetar, às vezes de maneira brilhante, a hipótese de uma via completamente nova para os estudos de gênese literária permaneceram, cada qual em sua área, empreendimentos isolados, que não propunham ainda método constituído além de seu objeto nem procedimento unitário. Paradoxalmente, com efeito, foram os "novos caminhos" da crítica, inaugurados no início da década de 60, que marcaram a virada decisiva. A partir dessa época, e por uns bons dez anos, o que se afirmou como a corrente estruturalista orientou cada vez mais claramente a crítica para uma problemática que era (ao menos aparentemente) diametralmente oposta à hipótese genética: aquela do texto em si mesmo, concebido como uma entidade auto-suficiente, a dos "sistemas", dos conjuntos significantes que devem ser analisados em sua lógica interna, etc. No entanto, se os sucessos da crítica estruturalista eclipsaram inteiramente as luzes ainda bem tênues do novo estudo de gênese, o balanço desse período formalista não deixou de ser imensamente proveitoso para as futuras pesquisas de genética literária. Os desenvolvimentos da antropologia estrutural e da lingüística formal, a difusão dos trabalhos dos formalistas russos, o novo impulso dos estudos freudianos em direção a uma teoria estrutural do Inconsciente, etc., traduziram-se na França por um intenso trabalho de conceituação, mormente na área da teoria do texto. O panorama crítico se redesenhou inteiramente e o esforço de teorização em todas as direções resultou na exposição e na elaboração de conceitos que, vindos de fora, eram indispensáveis a uma abordagem coerente dos problemas levantados pelos estudos de manuscritos.

A futura crítica genética por certo jamais poderia ter constituído seus próprios fundamentos teóricos sem se apoiar

---

3. *Flaubert et ses projets inédits*, Nizet. 1950.
4. *Aspects de la création littéraire chez A. France*.
5. *La genèse de "Madame Bovary"*, Corti, 1966.

sobre esse novo edifício nocional que, para além dos efeitos de moda e da inflação terminológica do momento, lhe fornecia, indiretamente, alguns conceitos-chave para a reflexão sobre a gênese. As condições de uma verdadeira reflexão sobre os manuscritos modernos só se reuniram, assim, no momento em que, graças aos diferentes conhecimentos da "teoria do texto", tornou-se possível formular o problema de sua produção temporal em termos de processo e de sistema. Para consegui-lo foi preciso abrir, na diacronia concreta das operações de escrita, a análise estrutural até então dominada pela obsessão sincrônica da forma e pelas metáforas espaciais. Mas, ao reivindicar a teorização de uma "dimensão histórica no próprio interior do escrito" (Louis Hay), a crítica genética considerou-se imediatamente, no decorrer dos anos 1970, o prolongamento inesperado das pesquisas estruturais que tomava como espaço de definição o que faltara mais cruelmente às análises formais: o texto em desenvolvimento, como estrutura em estado nascente, e a extensão de um novo objeto, concreto e específico, estruturado pelo tempo, o manuscrito.

2. O campo dos estudos genéticos: as quatro fases da gênese

Quando é bastante completo, o dossiê de gênese de uma obra publicada habitualmente deixa patente quatro grandes fases genéticas. Eu as intitularei: fases pré-redacional, redacional, pré-editorial, editorial. Cada uma dessas quatro fases pode se decompor em várias funções com as quais se relacionam tipos de manuscritos particulares. Gustave Flaubert vai nos servir de guia para entendermos essa pré-história do texto.

A fase pré-redacional

Como seu nome indica, é a fase que precede o trabalho de redação propriamente dito. Essa fase pré-redacional pode, segundo os escritores e segundo as obras, variar consideravelmente de importância, e mesmo, com bastante freqüência, se traduzir por uma sucessão esporádica de "falsas partidas" escalonadas no tempo, antes que o projeto propriamente dito se destaque sob a forma de uma idéia de redação que poderá evoluir favoravelmente. Poderemos, pois, encontrar manuscritos relacionados com dois tipos de fases pré-redacionais:

– *uma fase exploratória* que conviria chamar de "pré-inicial", que pode resultar em várias tentativas espaçadas no tempo, sendo algumas às vezes muito anteriores à redação;

– *uma fase de decisão* que precede realmente a redação, que eventualmente lhe constrói uma programação e que conviria chamar de "inicial".

Assim, para um de seus *Três contos*, Flaubert fez o protejo (ou anteprojeto) de escrever uma *História de saint Julien* em 1856, ou seja, dezenove anos antes de começar a redigir em definitivo essa obra. Os arquivos da Biblioteca Nacional de Paris possuem um maço de manuscritos que se refere à fase pré-inicial do projeto, em 1856, e outro maço que se refere à fase inicial do projeto tal como ele é retomado e redefinido em 1875. Os planos não são os mesmos, e a escrita é muito diferente (a tal ponto, aliás, que se acreditou, até uma data recente, que o primeiro maço de papéis não fora escrito pela mão de Flaubert!), mas é realmente o mesmo projeto que volta à tona para entrar enfim no que se tornará sua fase de decisão.

• *A fase pré-inicial exploratória*

Evidentemente, essa fase só é considerada "pré-inicial", e apenas exploratória, com o recuo que permite saber que o autor finalmente não dará imediatamente seqüência a seu projeto. Recolocada nas circunstâncias de sua produção, essa fase pode muito bem ter sido concebida pelo escritor como uma verdadeira partida, interrompida à sua revelia, por algum acontecimento exterior, ou por uma dificuldade mais profunda ligada ao próprio projeto. A fase pré-inicial pode também se repetir várias vezes na carreira do autor. Assim, para o caso evocado de *Saint Julien*, vários detalhes parecem provar que o projeto dessa obra enraíza-se, para Flaubert, num passado bem anterior aos primeiros manuscritos conhecidos, que são os da fase pré-inicial de 1856. Um testemunho de seu amigo Maxime Ducamp faz remontar a idéia a 1846, e certos elementos da *Correspondance*, cruzados com outros documentos, permitem mesmo pensar que o projeto remonta à adolescência do escritor, em torno de 1835. Mas esses primeiros passos não deixaram, ao que parece, nenhum manuscrito de trabalho. Portanto, de um ponto de vista genético, a primeira pré-inicial pode ser fixada em 1856. As hipóteses 1846 e 1835 devem ser levadas em conta para o estudo de gênese, mas na qualidade de informações não-genéticas. É, pelo menos para esse dossiê, a conclusão provisória que se deve tirar de nosso conhecimento atual do *corpus* flaubertiano; pois, em matéria de genética textual, as surpresas e as descobertas materiais mais imprevisíveis não são raras. Encontrar-se-á um dia talvez um plano de *Saint Julien* redigido em 1846, ou mesmo notas mais antigas entre um maço de manuscritos de juventude...

• *A fase inicial, de decisão e de programação*

Em certo ponto de sua carreira, o escritor, por todo tipo de razões (simbólicas, psicológicas, literárias, profissionais, etc.), que o crítico procurará elucidar, chega ao momento decisivo em que o projeto tornou-se viável. Aliás, o autor pode não estar consciente disso e trabalhar (ou retrabalhar) seu projeto sem considerar a imediata realização, ou tentando-a sem convicção. Segundo a técnica de trabalho do escritor, essa fase inicial de decisão terá um perfil muito diferente: tratar-se-á sempre de negociar a passagem à redação e de programar a seqüência de operações, mas conforme modalidades que podem ser variáveis e até mesmo francamente opostas de um autor a outro. Para alguns a decisão é quase coextensiva ao começo da redação: é então o *incipit* que representará por si só o papel de fase inicial e integrará a um só tempo a decisão, a programação e o início da realização. As primeiras frases ou as primeiras páginas serão o espaço de definição desse momento genético em que a obra nasce: o exemplo mais famoso desse tipo de fase inicial redacional é o que Louis Aragon quis estabelecer como teoria da escrita, *Je n'ai jamais appris à écrire ou les Incipits*[1] (Nunca aprendi a escrever ou os *Incipits*).

Mas, para a maioria dos escritores, essa fase inicial se distingue verdadeiramente da redação, que ela tem como finalidade preparar e programar. Os tipos de manuscritos que se relacionam com esse trabalho são da mesma natureza que os das fases pré-iniciais; listas de palavras, indicações de organização; títulos; planos ou planos desenvolvidos em forma de roteiros; notas de pesquisa, documentação exploratória, reunida para abastecer a futura redação, e muitas vezes também para sonhar, para alimentar esse devaneio programador, que é a invenção do plano, do esboço da obra. Assim Flaubert retoma, em setembro de 1875, suas velhas notas e seu plano, em cinco partes, de 1856, sem encontrar neles o que necessitava para sua nova concepção da narrativa: em vinte anos, o projeto se transformou radicalmente e tem de começar tudo da estaca zero. A fase inicial é uma nova partida: Flaubert passa uns quinze dias refletindo sem nada es-

---

1. *Flammarion*, Skira, 1969.

A CRÍTICA GENÉTICA

crever, "sonha" com sua idéia de lenda, relê alguns textos, e depois, quando tudo está pronto em sua imaginação, quando se sente capaz de visualizar o encadeamento das diferentes seqüências da história, passa à composição do plano-roteiro de três páginas, extremamente preciso, que vai corresponder às três partes da obra que virão a seguir. O plano-roteiro será corrigido à medida que a redação for avançando, mas seu papel de organização estrita da escrita continuará dominante durante toda a gênese.

A fase redacional

É a fase de execução propriamente dita do projeto. Este é o próprio cerne da gênese: o que se chama indistintamente de os "rascunhos" da obra, mas que, em realidade, reagrupam diversas categorias de manuscritos e podem, além disso, ser acompanhados de um dossiê de notas documentárias de uso redacional, bastante distinto em geral do dossiê documentário exploratório da fase inicial.

• *O dossiê documentário redacional*

Ao escrever seu plano, o autor, sobretudo em se tratando de um romance ou de uma obra narrativa, pode ter constituído um primeiro conjunto de notas sobre a época em que se situa a história, sobre os locais da narrativa, sobre certas personagens reais que devem servir de modelos ou sobre uma ou outra questão científica, social, histórica ou técnica que a narração deverá abordar. Mas essa primeira exploração fica geralmente bastante global e pouco especificada: é no mais das vezes uma documentação de "atmosfera", constituída em um momento em que o escritor nem sempre pode saber com detalhes de que informações bem precisas ele terá necessidade para sua narrativa. A documentação redacional será justamente uma resposta a essa necessidade extremamente específica, que é a dessa fase: uma exigência particular ou fundamental de informações, causada pela redação, num momento preciso da narração. Esses manuscritos de notas documentárias, cadernetas, cadernos ou folhas soltas, correspondem, com efeito, aos momentos em que o autor teve de interromper seu trabalho de escrita para ir informar-se sobre uma questão não resolvida que lhe impede de adiantar a redação.

• *O dossiê de redação, ou "rascunhos" da obra*

Seja qual for a importância das notas documentárias, o essencial da gênese da obra é decidido, apesar disso, nos manuscritos de redação propriamente ditos. A noção de "rascunhos" não é suficientemente precisa para descrever os diferentes tipos de manuscritos encontrados nessa fase redacional. O trabalho que vai dos primeiros elementos do roteiro ao manuscrito definitivo da obra geralmente não se realiza num único movimento. Há várias etapas, e uma mesma página, em romancistas como Balzac ou Flaubert, é habitualmente reescrita entre cinco e dez vezes, antes de atingir o estado em que o autor considera seu texto satisfatório. Em certos casos de redações particularmente difíceis, para os setores estratégicos da narrativa, por exemplo, podem-se encontrar doze, quinze ou até vinte versões sucessivas da mesma passagem. Tais quantidades tampouco são raras em poesia.

No trabalho de Flaubert, podem-se bem assinalar distintamente três tipos de manuscritos redacionais, que correspondem aos três grandes momentos pelos quais passa essa lenta elaboração do manuscrito definitivo. Essa tipologia não se encontra sistematicamente com a mesma forma em todos os romancistas modernos, mas, mediante algumas variantes, possibilita classificar geneticamente uma ampla maioria de dossiês de rascunhos de romances.

• *O momento dos roteiros desenvolvidos*

O primeiro gesto do romancista é desenvolver, a princípio de modo "selvagem", os elementos do roteiro proveniente da fase inicial. O que as notas sintéticas e fortemente elípticas de seu plano continham como núcleos de imagens mentais, idéias ou intenções narrativas, torna-se objeto de uma intensa explicitação que nem sempre se importa com a coerência: podem-se, nesse estágio, encontrar fragmentos de narrativas contraditórias, listas de palavras para serem colocadas, fragmentos de frases com reticências ou as letras "X, Y, Z" para os nomes próprios ainda indeterminados, etc., tudo num estilo propositalmente telegráfico, com, aqui e ali, frases já formadas, ou indicações de ritmos que se anunciam. Em duas ou três versões, os "roteiros desenvolvidos" vão multiplicar a quantidade de texto inicial (o roteiro) por dez ou doze: algumas linhas extraídas do plano se transformam em uma página cheia. Com relação ao texto inteiro, é o momento em que a narrativa constrói suas grandes articulações cronológicas (diegéticas), narrativas (os acontecimentos, disposição, personagens, descrições, etc.) e simbólicas (redes de símbolos, estruturas implícitas, sistemas de ressonância, alusões, etc.). Mas o conjunto continua móvel, e a textualização (colocação em "frases", estruturação em parágrafos, etc.) está ainda no essencial, apenas iniciada.

• *O momento dos esboços e dos rascunhos*

É a passagem a essa exigência de textualização que marca, mais ou menos claramente, a transição para esse segundo momento redacional. Prossegue o desenvolvimento por diversificação e ampliação dos elementos iniciais, mas desaparece o estilo intra-redacional, em proveito de verdadeiras frases que se formam um pouco por toda parte na página, entre as linhas e nas margens, com diversos sistemas de remissão. Por volta da metade dessa fase, a escrita de Flaubert sofre uma transformação característica (que a opõe, por exemplo, à de Balzac): o movimento de ampliação contínua, que então alcançou um coeficiente médio de dezoito em relação ao roteiro inicial, se inverte em favor de um intenso esforço de condensação, que vai prosseguir na última etapa de finalização redacional.

• *O momento de passar a limpo com as correções*

A partir de certo ponto de elaboração, o aspecto visual do rascunho flaubertiano se transforma: as rasuras e acréscimos diminuem sensivelmente e deixam aparecer mais claramente as linhas de escrita da página propriamente dita. Nesse estágio, a técnica de Flaubert (e de muitos outros escritores) consiste em recopiar, em "passar a limpo", uma após a outra, as versões cada vez mais "limpas" da mesma página. Vê-se o futuro texto emergir do caos dos rascunhos. A condensação continua a resumir a matéria textualizada e as rasuras prevalecem sobre os acréscimos. Perto do fim desse processo, o texto "pré-definitivo" da última passagem a limpo de Flaubert terá eliminado, em média, quase um terço da matéria textual elaborada nos roteiros desenvolvidos e nos primeiros rascunhos.

A fase pré-editorial

Na fase pré-editorial, o "texto", sem estar ainda totalmente estabelecido, entra numa etapa de finalização de outro tipo. Vai-se deixar progressivamente o espaço do manuscrito, no qual tudo é possível, para ingressar numa nova dimensão em que a interpretação do autor vai tornar-se (salvo caso excepcional) cada vez mais específica.

• *O momento do manuscrito definitivo*

É o último estado autógrafo do pré-texto: um estado quase final da obra, no qual ainda podem aparecer algumas emendas, mas que já revela a imagem do modelo pelo qual se reproduzirá a versão impressa. Nesse documento, geralmente de leitura fácil (com razão, visto que deve servir de modelo), eram outrora procuradas as "variantes" das edições eruditas e dos estudos genéticos do estilo. A partir do primeiro terço do século XIX, os escritores adquirem o hábito de proteger esse documento, e, em vez de dá-lo ao impressor, fazem-no ser copiado por um profissional, que fornece uma versão caligrafada sua: o equivalente das cópias datilografadas do século XX ou dos registros informáticos atuais.

• *O manuscrito do copista*

A cópia do último estado do pré-texto por mão estranha ocasiona dois tipos de acontecimentos genéticos interessantes. Recopiando mecanicamente o manuscrito definitivo, como faziam os escribas da Idade Média, o copista introduz, quase inevitavelmente, "erros de leitura" que o autor, ao reler, vê e corrige, ou então não percebe. Os erros não corrigidos nesse estágio poderão ainda escapar-lhe no decorrer das correções de provas, e terminarão por aparecer na versão impressa. Depois da morte do escritor, eles reaparecerão de edição em edição. É muito mais freqüente do que se imagina, e pode tratar-se de erros muito graves. Subsistem, por exemplo, bem uns vinte erros em todas as edições atuais de *Salammbô* de Flaubert.

• *As provas corrigidas*

O manuscrito do copista serve de documento de referência ao impressor, para produzir as provas que são submetidas à correção do autor. Pode haver vários jogos sucessivos de provas, que comportam toda vez correções apreciáveis. Certos escritores praticamente não intervêm mais nesse estágio; é o caso de Flaubert, por exemplo, que só interfere muito pouco nas provas do impressor. Outros escritores, ao contrário, aproveitam esse estágio para fazer profundas modificações, estabelecendo uma convenção particular com o impressor. É o caso de Balzac, que, de modo completamente original, condensa a quase-totalidade do trabalho redacional, descrito nas fases anteriores, nesse estágio pré-editorial. A elaboração puramente manuscrita de seu romance se resume para ele, na maior parte das vezes, na redação inicial de um esboço (cerca de trinta páginas) que fornece a trama geral da narrativa, na forma de um roteiro desenvolvido. Esse manuscrito é logo enviado à editoração, que o imprime no centro de grandes páginas com margens largas, que Balzac utiliza para acréscimos e modificações de estrutura. Essa prova corrigida é logo impressa, e o trabalho de ampliação e de reconstrução estrutural recomeça nas margens da segunda prova. Essa operação pode reproduzir-se oito ou dez vezes seguidas (às vezes mais), até que o roteiro-esboço de trinta ou quarenta páginas se tenha transformado num verdadeiro romance de trezentas ou quatrocentas páginas. Na realidade, essa técnica balzaquiana parece-se muito com o "recopiar" de Flaubert, com a pequena diferença de que o "passar a limpo" de cada versão aqui não é autógrafo. Mas suas técnicas também se opõem: a partir de certo limiar de elaboração global, nos roteiros desenvolvidos, Flaubert tende a fazer seu texto evoluir página por página, dirigindo-se (a princípio no sentido de uma ampliação, depois no de uma condensação) para uma versão definitiva da página X antes de começar a elaboração da página X+1; enquanto Balzac, dispondo, em cada versão, da totalidade de seu pré-texto passado a limpo, faz sua obra evoluir ampliando-a e reestruturando-a como um todo orgânico.

• *A última prova*

As provas fornecidas pelo impressor e corrigidas pelo autor pertencem à última fase de finalização do pré-texto, mas esse momento pré-editorial, contemporâneo da composição tipográfica (isto é, da fabricação do livro), ainda é, plenamente, um momento pré-textual. Quando o autor, após esses múltiplos jogos de provas, atinge um estado do texto que julga definitivo, a tradição exige que ele assinale positivamente o encerramento das transformações, com sua rubrica aposta sob a menção manuscrita "última prova". A partir desse momento, sai-se do estado genético do pré-texto para entrar na história do texto. É ao mesmo tempo o último instante do pré-texto e o momento inicial dessa última fase de evolução potencial da obra, que é a fase editorial.

A fase editorial

A assinatura do autor na "última prova" se traduz pela composição da "primeira edição" do texto que vai então ser publicada e difundida na forma fixada pela última prova corrigida. Já é o "texto" da obra, mas não é necessariamente o último estado do texto da obra. A obra poderá, enquanto o autor é vivo, conhecer várias edições, por ocasião das quais o escritor terá o direito, em novos jogos de provas corrigidas, de transformar seu texto. Essas alterações, que podem ser consideráveis (por exemplo, *A pele de chagrém* de Balzac), não têm exatamente a mesma natureza das transformações dos manuscritos de trabalho, uma vez que, em todos os casos, elas afetam versões concorrentes e igualmente fixas do "mesmo" texto. Essas metamorfoses pertencem de pleno direito ao campo dos estudos genéticos, mas se distinguem dos "estados de redação" que se podem observar nas três primeiras fases, em que o texto propriamente dito ainda não existia. O texto da obra moderna será, pois, convencionalmente estabelecido com base na "última edição feita em vida do escritor", ao qual será necessário acrescentar as eventuais correções autógrafas – que o autor pode ter indicado para uma futura reedição – que a morte lhe terá finalmente impedido de controlar. Essa imagem definitiva da obra marca o último limite do campo de investigação próprio do estudo genético.

3. Genética textual: a análise dos manuscritos

Métodos e procedimentos da genética textual

As quatro grandes fases que acabam de ser descritas em seus diferentes momentos permitem reconstituir cronologicamente a gênese material da obra, isto é, permitem situar cada elemento do dossiê de manuscritos no eixo da evolução que vai das primeiras indicações de um roteiro original até as correções da última edição do texto. A partir dessa redistribuição dos documentos no eixo do tempo, é possível interpretar o conjunto do processo, dar um significado a cada uma das escolhas feitas pelo autor, para inventar seu texto e dar forma à sua obra. Mas, claro, a classificação cronológica que permite a análise crítica do pré-texto não é um dado; é preciso primeiro reconstituí-lo. Esse trabalho cabe à genética textual, que se atribui a finalidade de colocar em ordem e tornar legível o material "manuscritológico", em que a crítica genética poderá basear seu estudo interpretativo.

O conjunto desse trabalho preparatório, que pode resultar na edição da totalidade ou, com mais freqüência, de uma parte do dossiê de gênese, resume-se no emprego sucessivo e complementar de quatro grandes operações de pesquisa:

• *Estabelecimento da documentação*

Convém, de início, coletar o conjunto dos manuscritos relacionados com a obra estudada, ou seja, reunir as peças autógrafas e não-autógrafas que o autor utilizou ou produziu para criar seu texto. Elas podem estar dispersas em várias coleções, públicas ou particulares, e em diversos países. Esse trabalho de inventário e de prospecção pode, por si só, requerer vários anos de pesquisas e de negociações. Uma vez que o crítico genético tenha reunido todas essas peças (em geral em forma de reproduções: fotos, xerox, microfilmes, discos óticos, etc.) e tenha-se assegurado de que seu dossiê está tão completo quanto possível, deve submeter cada uma das peças a um controle de autenticidade (todas as peças ditas "autógrafas" são mesmo escritas pela mão do autor?), de datação (todos os manuscritos são da mesma época? ou trata-se de vários esboços do mesmo projeto?) e eventualmente a uma pesquisa de identificação e de autenticidade (por quem foram escritos os manuscritos "não-autógrafos" do dossiê? por um amigo do autor, um secretário, um copista?, etc. Quantas mãos diferentes há? Qual foi a intervenção dessas outras pessoas: ajuda na documentação, conselhos de organização, correção?, etc.).

• *Especificação das peças*

A segunda operação consiste em classificar, por alto e de modo provisório, cada peça do dossiê por espécie (notas documentárias, rascunhos, manuscritos definitivos, o do copista, etc.) e por fase (pré-redacional, redacional, etc.), reservando um tratamento particular ao conjunto "rascunhos", que representa o cerne da gênese. O princípio consistirá, numa primeira etapa, em identificar cada página manuscrita de rascunho por suas relações de similaridade com o texto definitivo. Essa operação de classificação, de pressuposto provisoriamente teleológico (considerando o texto como finalidade exclusiva do rascunho), permite arrumar os rascunhos em maços: para a página 10 do texto impresso, encontrar-se-ão, por exemplo, doze folhas manuscritas que têm visivelmente o mesmo conteúdo ou um conteúdo aproximado: são as diferentes versões dessa página. Para encontrá-las no dossiê em que elas são conservadas, na maioria das vezes sem ordem, deve-se evidentemente ter começado a decifrar, ao menos por sondagens, todas as folhas.

• *Classificação genética*

A terceira operação, centrada principalmente nesse conjunto "rascunhos", vai consistir em tornar mais precisa a primeira classificação: as diferentes versões da mesma página serão analisadas e comparadas em cada uma de suas características, até que seja possível situá-las num eixo (paradigmático: de similaridade) em que elas se seguirão segundo a ordem cronológica de sua produção. Essa classificação dará, para uma página de texto impresso, uma série variável de fólios em que se encontrarão sucessivamente o roteiro inicial, o/os roteiros desenvolvidos, os esboços e rascunhos, as cópias corrigidas, o manuscrito definitivo. Uma vez efetuada essa classificação paradigmática para cada página de texto impresso, só falta reconstituir-lhe o arcabouço seguindo-se a ordem do texto definitivo. Vê-se então aparecer (com algumas discordâncias, às vezes profundas, que expressam as diferenças entre as diversas "versões" do pré-texto) seqüências de manuscritos, de igual nível de elaboração, que se seguem ao longo do eixo em que se sucedem as diferentes partes da obra definitiva. São os sintagmas genéticos, pois os encadeamentos dos fólios de manuscritos do mesmo tipo dão, de modo mais ou menos contínuo, a imagem do que era a obra inteira, em cada uma das etapas de sua gênese.

Quando essas duas classificações (no eixo paradigmático para os estados sucessivos de elaboração do mesmo fragmento; e no eixo sintagmático para o encadeamento desses diferentes fragmentos) estão concluídas, dispõe-se normalmente de um quadro de dupla entrada em que se distribui o conjunto dos manuscritos de trabalho, segundo a ordem de sua gênese. Os outros elementos do dossiê (as notas documentárias em particular) serão, em seguida, classificados em função de sua utilização nos rascunhos: em que momento da redação a informação é integrada? Como ela é adaptada ou rejeitada?, etc. Enfim, o conjunto da classificação deve, tanto quanto possível, resultar numa datação precisa de cada fólio de manuscrito estudado.

• *Decifração e transcrição*

A classificação genética não pode ser levada a bom termo sem uma decifração dos documentos. Isso porque classificação e transcrição são duas operações que só podem ser empreendidas paralelamente e simultaneamente. É a decifração dos fólios que permite comparar, em detalhes, os diferentes estados de um mesmo fragmento e, portanto, classificá-los uns em relação aos outros; mas, ao mesmo tempo, é a classificação relativa dessas diferentes versões que possibilita resolver os problemas de decifração mais complicados. Com efeito, se uma mesma passagem é reescrita sucessivamente cinco ou seis vezes no rascunho, a classificação genética fornecerá um meio muito precioso para ler o que se dissimula, por exemplo, em uma dessas versões, sob uma espessa rasura a tinta, ou para decifrar uma palavra acrescentada em letra pequena entre duas linhas. Para se ler a palavra tornada ilegível sob a rasura, basta em geral se reportar ao estado anterior do texto, no qual essa palavra ainda estava escrita claramente, já que o autor ainda não havia renunciado a ela; e para decifrar o pequeno acréscimo interlinear, basta, inversamente, reportar-se ao estado ulterior, onde ele estará, quase sempre, integrado claramente na nova versão do texto manuscrito.

Em suma, classificação e decifração são duas operações inseparáveis que devem ser bem realizadas sobre a totalidade das peças manuscritas, e que, como tais, constituem o essencial da investigação específica da genética textual. Apesar de uma inegável sensação de aventura intelectual e alguns achados às vezes perturbadores, no decorrer da exploração, o porte e a dificuldade do empreendimento só se igualam à sua seriedade, o que tem desencorajado de antemão mais de um crítico, mas o que deixa também a genética textual a salvo dos efeitos da moda. É essa obsessão de exaustividade e de rigor que distingue mais claramente a nova genética textual dos antigos estudos de gênese, condenados, por ecletismo, a eternas constatações de impossibilidade. Assim, limitando-nos ao exemplo flaubertiano já utilizado acima – *La légende de saint Julien* –, cujos rascunhos eram conhecidos e estavam disponíveis há muito tempo, foi realmente a exigência de integralidade na classificação e na transcrição que permitiu recentemente a revisão da opinião tradicional dos especialistas. Há uns trinta anos, em 1957 (*Três contos*, texto estabelecido e apresentado por René Dumesnil, *Les textes français*, Les Belles Lettres, Paris), esses manuscritos eram apresentados como "esboços absolutamente indecifráveis (...) ilegíveis, não só por causa das rasuras, mas também por ser quase impossível restabelecer-lhe ordem e por haver lacunas em excesso". Sua análise recente tornou possível demonstrar que eles não apresentavam nenhuma lacuna localizável; sua decifração permitiu reduzir as ilegibilidades a uma proporção irrelevante (3 a 4%); e a classificação geral desses rascunhos revelou a imagem perfeitamente ordenada de uma redação, certamente complexa, mas inteiramente lógica e contínua. O erro de Dumesnil era querer compreender os rascunhos da obra por simples sondagens, sem entrar na própria lógica da escrita de Flaubert. Assim, percebendo que uma grande quantidade desses manuscritos estava riscada por uma grande cruz, Dumesnil concluíra: "Há dois esboços totalmente indecifráveis desse conto..." Mas o estudo sistemático dos rascunhos mostrou, ao contrário, que cruzes eram utilizadas por Flaubert para marcar as páginas que ele havia reescrito de forma mais elaborada. O autor não escreveu uma primeira versão que ele teria riscado, depois uma nova que teria ficado sem riscadura. Ele escreveu seu texto seguindo as indicações de um plano de programação muito preciso, redigindo sua narrativa, página após página, e riscando sucessivamente as páginas saturadas de rasuras quando as recopiara para modificá-las mais uma vez em novas folhas. Era preciso compreender essa técnica repetitiva da escrita de Flaubert para poder orientar-se na selva aparentemente absurda dos rascunhos. Mas, para que isso ficasse claro no trabalho do autor, era preciso proceder à análise completa das peças autógrafas do dossiê.

A decifração dos manuscritos é fixada em uma transcrição que poderá, se for o caso, ser publicada a fim de que o material genético fique disponível à comunidade dos críticos, que terão então a possibilidade de reportar-se a ela diretamente para suas pesquisas interpretativas, sem ter de refazer o imenso trabalho de estabelecimento, classificação e decifração do dossiê.

Para transcrever manuscritos de redação, é indispensável deixar bem claras as características próprias do prétexto, que são sobretudo as "rasuras" (fragmentos de texto, frases, expressões ou palavras riscadas pelo autor) e os "acréscimos" (fragmentos de texto, frases, expressões ou palavras acrescentadas pelo autor, nas entrelinhas ou nas margens da folha). Uma das soluções mais comumente adotadas é a do código de transcrição. Utilizar-se-ão, por exemplo, os sinais <...> para isolar os elementos manuscritos acrescentados e os colchetes [....] para os elementos riscados, rasurados ou apagados pelo autor. Os códigos mais simples são sempre os mais eficazes para a leitura, mas têm evidentemente a desvantagem de simplificar a imagem do documento original. Pode-se, por exemplo, julgar que a disposição do texto manuscrito na folha tenha um papel determinante. Nesse caso, o "crítico genético" poderá escolher a solução da transcrição "diplomática", que consiste em reproduzir o documento de forma clara e idêntica, respeitando aproximadamente a disposição do texto que se encontra no original, com seus claros, suas chamadas, suas margens laterais e superiores, etc. O inconveniente desse método, ótimo do ponto de vista científico, é que ocupa muito mais espaço que o da transcrição simplificada com código.

Com efeito, o problema não se apresenta exatamente com a mesma agudeza em todos os documentos genéticos. É extremamente difícil de resolver no caso dos rascunhos propriamente ditos, sobretudo no dos manuscritos intensamente corrigidos, como os de Flaubert, em cujo trabalho a página pode estar literalmente saturada de rasuras e de acréscimos. Mas o problema é mais fácil de resolver em se tratando da transcrição de outros tipos de documentos de redação: se quisermos editar os dossiês de pesquisas documentárias de uma obra, "os apontamentos de trabalho" do autor, por exemplo, poder-se-á certamente encontrar grandes dificuldades de decifração e datação, mas esses manuscritos pouco rasurados, e em geral desprovidos de acréscimos importantes, levantarão muito menos problemas de reconstituição do que os rascunhos; dá-se o mesmo com "planos", "roteiros", "notas de organização", "cópias corrigidas", etc., que o escritor tomou o cuidado de redigir, com mais freqüência, numa escrita bastante limpa, já que se tratava de documentos que ele próprio devia poder reler facilmente para o seu trabalho.

As técnicas de perícia científica

Como regra geral, um dossiê de manuscritos, mesmo muito complexo, pode ser inteiramente decifrado e classificado pelo simples uso das quatro operações descritas anteriormente, sem outra ajuda além de um bom conhecimento da escrita do autor e uma constante vigilância na análise dos documentos. Mas certos dossiês podem comportar peças que apresentam certos problemas de identificação, de classificação ou datação fora do alcance do exame direto. Técnicas específicas, que utilizam os recursos das "ciências exatas", foram aperfeiçoadas para resolvê-los. Como em uma investigação policial, em geral são indícios materiais que servem, então, para fornecer as informações indispensáveis.

• *A codicologia*

É a ciência dos suportes materiais da escrita: tintas, lápis, papéis, filigranas, etc. A composição química de uma tinta, a presença de um tipo particular de filigrana (todos os papéis a continham até o século XX) no papel utilizado pelo autor, a própria natureza desse papel (espessura, cor, dimensão, etc.) podem tornar-se indícios particularmente preciosos para classificar e datar documentos problemáticos. Referindo-se a uma base de dados, em que se encontram registradas todas as informações concernentes à proveniência geográfica e às datas de produção das filigranas utilizadas pelas fábricas de papel no século XIX, poder-se-á, por exemplo, estabelecer que tal manuscrito em papel italiano, produzido em Milão, entre 1842 e 1865, não pode ser anterior a 1842 e possivelmente foi escrito durante ou após a viagem à Itália feita pelo autor em 1857... Evidentemente, um papel pode ser conservado pelo escritor por muito tempo antes de ser utilizado, mas a filigrana possibilita, em todo caso, estabelecer uma data limite anterior que, cruzada com as informações biográficas de que se dispõe, pode-se revelar muito preciosa para apoiar hipóteses de cronologia, notadamente no caso de dossiês que contêm peças escritas em períodos muito diferentes.

• *A análise ótica: a técnica laser*

Essa técnica aperfeiçoada por um laboratório de ótica do Centro Nacional de Pesquisas Científicas (CNRS) baseia-se na utilização das imagens óticas. Combinando os recursos de um feixe laser, de um holograma, de um computador e de alguns modelos matemáticos, tornou-se possível trazer respostas cientificamente confiáveis a vários problemas fundamentais de genética textual. Com esse dispositivo podem-se detectar sobretudo as imitações, determinar se um manuscrito foi escrito do princípio ao fim pela mesma pessoa, se foi escrito de forma contínua ou descontínua. Quando se dispõe de um número suficiente de amostras datadas de uma escrita, também é possível seguir a evolução da grafia no decorrer da vida do escritor e, por conseguinte, datar um manuscrito, com margem de erro de cerca de dois anos, de maneira automática. Manuscritos de Heine, de Claudel e de Nerval foram analisados e os resultados desse tratamento ótico-numérico vieram enriquecer, às vezes modificando-a, a compreensão que a crítica literária tinha da obra de tais autores. O tratamento híbrido consiste em fazer um feixe *laser* atravessar o microfilme negativo de um manuscrito: a imagem de difração obtida, que contém em forma de um espectro luminoso a maior parte das características individuais da escrita, é captada por uma câmera eletrônica, digitada e depois analisada numericamente.

• *A análise informática*

As operações efetuadas no decorrer de uma gênese são tão numerosas e em geral tão complexas que a abordagem direta só pode abranger *corpora* bastante restritos. Em compensação, a ferramenta informática torna possível o tratamento de *corpora* de qualquer dimensão. Inspirando-se em raciocínios, métodos e conceitos da lingüística, e esquematizando as operações genéticas pelo cruzamento de dois eixos, "paradigmático" (locais variantes) e "sintagmático" (cadeias seqüenciais), foi possível construir vários *softwares*, que servem para realizar as primeiras "edições automáticas" de manuscritos, e os primeiros "dicionários de substituição". Muito mais do que a edição tradicional em livros (limitada em dimensões, em meios lógicos, e muito cara) é o registro informático que parece desde já a melhor perspectiva para o desenvolvimento das pesquisas sobre os grandes *corpora*: ele deveria permitir o lançamento das bases de um verdadeiro cálculo em matéria de gênese. A criação de bases de dados bastante ampla para explorar numerosos documentos de gênese deveria conduzir, num futuro bem próximo, a um completo remanejamento dos estudos de "estilo" (cálculo sistemático das transformações) e das estruturas da obra literária. Tendo decerto, no horizonte, numerosas aplicações técnicas no campo dos tratamentos da escrita em geral.

4. A crítica genética: como estudar a gênese da obra?

Classificação e interpretação: os riscos do finalismo

Essa estruturação do campo dos estudos genéticos é necessária à classificação cronológica e tipológica dos manuscritos: seu encadeamento no eixo da gênese deve ser reconstituído tão precisamente quanto possível, para que o conjunto possa ser interpretado. A classificação e as transcrições implicam, para serem bem realizadas, uma certa visão finalista do pré-texto, e a operação consiste necessariamente em "fazer como se" cada rascunho sucessivo representasse uma etapa rumo ao objetivo final que é o texto. Essa representação heurística é necessária, mas não é suficiente para descrever a realidade dos conflitos, das hesitações, das circunstâncias fortuitas, de todos esses "possíveis", às vezes muito distanciados do texto, que constituem também, e talvez principalmente, o universo da gênese. Desse ponto de vista, é essencial, mormente no estágio da interpretação, evitar qualquer redução teleológica e medir, tão precisamente quanto possível, o papel de "excedente" criativo representado, na gênese da obra, pela pista insistente das outras direções que ela poderia ter tomado, que efetivamente tomou ou tentou, antes de se fixar na forma conhecida por nós. Com efeito, um dos interesses essenciais desse mergulho no passado do texto é introduzir o crítico num universo móvel onde nada jamais é definitivo, onde a escrita continua a cada momento perpassada por inumeráveis tentações, em geral muito diferentes das opções que, após redução das divergências e das contradições, levarão ao texto final da obra. Um romance no rascunho contém bastante facilmente uma meia dúzia de intrigas diferentes e centenas de desenvolvimentos, às vezes incompatíveis, em que o destino das personagens, o sentido da narrativa e a atmosfera narrativa podem passar pelas mais surpreendentes metamorfoses.

É para preservar todas as possibilidades dessa literatura em potencial que Jean Levaillant insiste sobre a necessidade de uma nova leitura, deliberadamente liberta do pressuposto causal:

> "Ao contrário do que se passa no campo dos seres vivos, a gênese de um poema ou de um romance não obedece inteiramente a um programa prévio, e não é regida nem por um processo único, nem por um finalismo simples, nem sequer pelo desenvolvimento harmonioso de um modelo; a perda, a digressão, o imprevisto têm uma freqüência alta-

mente mais provável do que a economia, a linearidade segura, o previsível. Gênese não-orgânica, mas que se prende mais à combinatória, a uma lógica diferente daquela do determinismo de causa a efeito; lógica que deve integrar o vazio, assim como o paradoxo do 'outro incluso', não um ser, mas uma multiplicidade de componentes. (...)

A violência ou o vácuo, às vezes o 'tempo morto', do rascunho estão relacionados com a energia do desejo e da escrita, com o imprevisível das significações futuras, e 'interpretá-los' somente como texto pobre ou incoerente, ou simplesmente inacabado, é falsear a verdade do rascunho, pois este não é acabado nem tampouco inacabado: ele é outro espaço. A discrepância entre ele e o texto não é nem da ordem do progresso nem da ordem do acabamento. É da ordem da alteridade, da diferença fundamental entre escrita e texto. (...)

O outro impasse consiste em organizar ou em articular a leitura do rascunho em função do texto 'definitivo': ilusão finalista proposta pela história literária tradicional. Se partimos do resultado final, podemos efetivamente, sem muita dificuldade, remontar ao começo e justificar todas as etapas de uma gênese que transforma o caos em harmonia: o sentido é definido no início, no texto; nós o reencontramos em seguida no rascunho: o percurso é tautológico. E arbitrário, pois em cada pretensa etapa, na realidade, outros encontros podiam ocorrer e as cargas de significação podiam trilhar direções diversas. Se uma delas triunfou e se manteve, foi por motivos ligados tanto à rede simbólica quanto ao desejo ou ao que provisoriamente se pode chamar de acaso, digamos paradoxalmente o acaso das injunções (pois essas podem produzir, por efeitos em cada cadeia, repercussões tão variadas que não simplificam, mas tornam excessivamente complexa a gênese), ou ainda às associações que traduzem estratos enterrados, um imemorial, vindo de outro lugar, de um aquém da memória textual. A gênese não é linear, mas de dimensões múltiplas e variáveis. (...). O rascunho não conta a história 'certa' da gênese, a história bem orientada por este fim feliz: o texto; o rascunho não conta, ele mostra: a violência dos conflitos, o custo das escolhas, os acabamentos impossíveis, a escora, a censura, a perda, a emergência das intensidades, tudo o que o ser inteiro escreve – e tudo o que ele não escreve. O rascunho não é mais a preparação, mas o outro do texto[1]."

Essa crítica radical do finalismo, que reclama a constituição de uma nova abordagem do fenômeno literário e, por conseguinte, uma redefinição dos métodos críticos, está presente de maneira mais ou menos manifesta, na maior parte dos teóricos da gênese. Alguns, como a teórica de poética R. Debray-Genette, propõem elementos de resposta, indicando os caminhos que esse trabalho de conceituação poderia tomar: por exemplo, a criação de uma "poética da escrita", complementar da "poética do texto", que saberia, ao mesmo tempo, respeitar a identidade problemática do rascunho e explicar as relações temporais finalizadas, existentes entre rascunho e texto final da obra. Outros críticos, como o textólogo Jean Bellemin-Noël (um dos primeiros teóricos da crítica genética, a quem se deve, entre outras, a própria noção de pré-texto), vêem, ao contrário, no estudo do pré-texto, a possibilidade de uma abordagem não-finalizada da obra, perfeitamente conforme aos pressupostos científicos da psicanálise.

Gênese e psicanálise

Por motivos vinculados aos próprios pressupostos da crítica de inspiração psicanalítica, o problema de método apresentado pela gênese (como construir a ligação entre a dinâmica temporalizada da escrita nos manuscritos e a estrutura significante do texto da obra?) acha-se aqui suprimido já no início. Visto que o Inconsciente é "não-temporal", a temporalidade causal dos rascunhos e da gênese não tem

---

[1]. Jean Levaillant, "Écriture et génétique textuelle", in *Valéry à l'œuvre*, Presses Universitaires de Lille, 1982.

mais importância do que a temporalidade biográfica da vida do próprio escritor. Pode-se, em geral, não levar isso em conta, pois o desejo encontra sempre seu momento para tornar a dizer a mesma coisa. Esse ponto de vista, conforme à teoria freudiana, consiste em deslocar toda a produtividade e toda a temporalidade a esse espaço do Inconsciente que é "não-temporal" e, se se quiser, "hipertemporal", já que nele tudo se conserva e está disponível. É porque a psicanálise, nas noções de "recalque", "censura", "*a posteriori*", etc., faz do "tempo" a substância mesma dos processos, que não tem necessidade de pesquisá-los nos vestígios objetivos da gênese. Em tal perspectiva, os rascunhos, os manuscritos serão concebidos não como objetos, mas como uma extensão útil desse sujeito problemático que era o texto. O texto apresentava a dificuldade de só oferecer ao textólogo condições muito limitadas para o exercício da "livre associação" que permite a interpretação. Os rascunhos propiciarão a construção de uma psicocrítica muito mais próxima da relação analítica, oferecendo às vezes ao hermeneuta aquela "palavra nova" com que se enriquece a interpretação dos fenômenos inconscientes. Mas, como se vê, essa atitude teórica consiste em fazer do pré-texto um verdadeiro "sujeito", uma espécie de equivalente do "paciente":

> "O problema fundamental da leitura psicanalítica é este: quando leio um texto com a preocupação de descobrir as falhas, as distorções do discurso (lacunas, esquecimentos, suplementos, etc.) que revelam uma pressão do desejo inconsciente, faltam-me (...) as associações do paciente. Sem elas, há o risco de só se chegar a uma 'tradução' simbólica. Por exemplo, o analista interpreta um sonho somente se o homem no divã diz com toda a liberdade em que o fazem pensar tal palavra, tal personagem, tal cenário, tal detalhe. Ora, um texto não pode responder a perguntas com outras palavras que não sejam aquelas que o constituem; suas frases são contadas, mas sua ordem, suas inflexões, seus efeitos retóricos podem ser interrogados, não sem grandes dificuldades. O crítico, a cada ins-

tante, lamenta não poder extrapolar de uma série verbal para outra, e é obrigado a colocar suas próprias concatenações no lugar daquelas que faltam (...): exercício perigoso, no qual nunca se está seguro de não 'fantasiar' ao lado do texto, querendo colocar-se no lugar do texto. Há felizmente corretivos para essa incerteza (...), mas para o pesquisador nada iguala uma palavra nova, que se acrescenta à série, trazendo-lhe maior clareza. Essa palavra, em geral, foi rejeitada, não é encontrada em lugar algum, pelo menos por inteiro, legível, bem visível. E acontece que o pré-texto nos permite encontrar essa palavra perdida. Assim como pode, para o homem, tratar-se de um nome que ele pronunciou ou ouviu pronunciar quando criança, em circunstâncias dolorosas, que ele não quer recordar, assim também tal formulação que o escritor rasurou para substituí-la por outra vem se colocar no caminho do elo perdido. Dessa vez, o jogo das associações já não é deixado inteiramente aos cuidados, à vontade do leitor (...), há um abonador seguro, um atalho mais um nome, uma cena, uma figura de sintaxe, um adjetivo sutilmente extraviado, às vezes uma letra que insiste, ou uma sílaba, uma coisa minúscula portadora de uma significação enorme. (...) Encontrar no pré-texto peças suplementares que permitam tornar menos nebuloso esse quebra-cabeça do inconsciente, que nunca será concluído, é um encorajamento (...), a promessa de novos achados e ao mesmo tempo a justificação da procura de outras formas de trabalhar diante dos textos[1]."

Gênese e poética

Foram sem a menor dúvida os "narratólogos" e "poeticistas" que realizaram as pesquisas mais proveitosas sobre as relações entre crítica textual e crítica genética nestes últimos anos.

---

1. Jean Bellemin-Noël, "Avant-texte et lecture psychanalytique", in *Avant-texte, texte, après-texte*, Éditions du CNRS, Paris et Akadémiai Kiado, Budapeste, 1982.

A importância das pesquisas de genética textual nos dossiês de vários grandes romancistas (Proust, Balzac, Flaubert, Zola, etc.), a publicação de importantes documentos de gênese referentes a obras narrativas (rascunhos, apontamentos de trabalho ou de investigação, dossiês preparatórios, etc.) contribuíram largamente para fornecer aos "narratólogos" meios concretos de reflexão que se relacionavam com seu método e com seu objeto. Por si só, o "caso Flaubert" serviu, aliás, de "teste" para muitas experimentações teóricas das quais se vê atualmente aparecerem as primeiras conseqüências metodológicas. Nos "Estudos genéticos" de *Métamorphoses du récit*, R. Debray-Genette utiliza precisamente o exemplo flaubertiano (em particular, o caso complexo de *Hérodias*) para construir uma proposta de definição que consiste em distinguir, no objeto da crítica genética, entre uma exogênese e uma endogênese:

> "Particularmente em Flaubert, a literatura, a escolha e a reescrita insistente dos documentos na busca imediata de estruturas e de torneios estilísticos próprios fornecem um exemplo bastante raro do que eu convencionei chamar *exogênese*. Esse termo não abrange apenas o estudo das fontes, mas também a maneira pela qual os elementos preparatórios exteriores à obra (em particular livrescos) se inserem nos manuscritos e os informam, em todos os sentidos da palavra, de um primeiro modo (...) Flaubert evita as contradições do romance histórico – documento ou ficção – pela escolha estética da ficcionalização dos documentos. De página em página se juntam os elementos de sua narrativa, se constrói uma espécie de sinfonia documental em que cada pormenor é repensado, deslocado, 'narrativizado'. Flaubert não é, como o pretendia um tanto precipitadamente Valéry, embriagado pelo acessório à custa do principal: todo elemento de exogênese, lentamente fagocitado, torna-se um elemento específico da *endogênese* – entendamos por esse termo a 'coalescência', a interferência e a estruturação dos únicos constituintes da escritas[1]."

---

1. *Flaubert à l'œuvre*, Flammarion, 1980.

Essa oposição esclarecedora entre a exogênese (ou seleção e apropriação das fontes) e a endogênese (ou produção e transformação dos estados redacionais) se encontra com formas semelhantes na maior parte dos teóricos da crítica genética, seja qual for, aliás, sua vinculação crítica. Em sociocrítica, por exemplo, reconhece-se o mesmo tipo de distinção, na pena de H. Miterrand, entre "genética de roteiro" ou de pré-texto (na qual esse crítico situa as possibilidades de uma história genética da cultura), e "genética de manuscritos" ou textual (vide mais adiante "Gênese e história cultural"). Mas um dos pontos essenciais da análise de R. Debray-Genette parece residir na complementaridade que ela estabelece entre essas duas perspectivas de pesquisa genética. Os manuscritos demonstram o vínculo produtivo que, a um só tempo, distingue e torna interdependentes essas duas práticas do escritor. Endogênese e exogênese devem igualmente ser representadas na indispensável reformulação dos métodos críticos, que consistiria em completar a crítica do texto com uma crítica da escrita. É a tal custo que poderia existir notadamente uma poética genética:

> "De um ponto de vista crítico, a escrita, constitutiva de si mesma, não tem nem origem nem fim determináveis. O escritor só é instituído pelo fato de escrever e de ler a si próprio. A partir do momento em que outro o lê ou que ele se faz ler por outro (e, claro, sua leitura sempre existe e já informada pela dos outros), ele procura organizar essa escrita em texto. É por isso que, de um ponto de vista genético, e ao contrário do que diz Barthes, parece útil distinguir os fenômenos de escrita daqueles de textualização, e considerar o texto como o produto histórico da escrita, organizada em começo e fim, até mesmo em finalidade. É justamente entre a escrita e o texto que há jogo, e os métodos críticos têm de levar isso em conta. Eles provam então que podem se submeter a esse jogo, ou então, mostrando sua própria falha, sua

própria abertura, recomeçar o jogo. (...) A genética não destrói os princípios de uma poética narrativa. Ela abala, porém, a segurança que o texto final poderia dar, com mais freqüência do que a confirma. Ela se torna sensível, não só à variação, porém, mais ainda – e é nisso que pode existir uma poética especificamente genética – ao(s) sistema(s) de variações. Esses sistemas podem ser diferentes conforme se trate de um trabalho ou de toda a obra. Por outro lado, o 'narratólogo' sabe que não pode limitar-se apenas à sua disciplina. Enfim, tem de levar em conta uma poética da escrita, tanto quanto uma poética do texto. Supondo-se que se defina como texto tudo o que mostre certa aptidão para fabricar uma estruturação interna bastante sólida para resistir às forças das estruturas pré-existentes (lingüística, social, psíquica...) a escrita, ao contrário, se define como aberta, fluida, permeável a todas as invasões alheias, tanto às excrescências como às degenerescências: ela evita a recorrência produtiva. Vê-se, pois, em ação, no que é dessa vez o trabalho do pré-texto, isto é, o do crítico, dois modos de poéticas, divergentes e concomitantes. Richard atribui aos obcecados pela estrutura, aos especialistas da abstração, a preocupação constante com a "coordenação dos antagonismos essenciais"; parece-me, no entanto, ou por essa razão mesmo, que esse é o interesse da união da poética com a genética: estabelecer essa coordenação sem apagar os antagonismos[1]."

Genética e lingüística

A crítica de inspiração lingüística desempenhou um papel determinante no emprego de noções específicas para tratar esse material recalcitrante que é a escrita em estado nascente. A maior parte dos meios à disposição do crítico genético para classificar os rascunhos (similaridade no eixo paradigmático/concatenação no eixo sintagmático) ou para

---

1. Raymonde Debray-Genette, *Métamorphoses du récit*, col. Poétique, Seuil, 1988.

interpretar as microtransformações da escrita foram tomadas de empréstimo, quase diretamente, ao arsenal conceitual da lingüística. Nesse sentido as ciências da linguagem desempenharam, no surgimento e no desenvolvimento da crítica genética, um papel bastante semelhante àquele que elas puderam ter na maior parte das ciências humanas. Mas, por um efeito de retorno, que não se manifestou nos outros casos, a lingüística não saiu ilesa dessa feliz e indispensável assistência à jovem crítica genética. Em confronto com o dinamismo opaco e fragmentário dos rascunhos e dos documentos de gênese, os lingüistas logo reconheceram neles uma "terra incógnita" na qual seus instrumentos familiares ficavam o mais das vezes mal adaptados ou inoperantes. O objeto da crítica genética não poderia ter-se constituído sem os meios de abordagem da lingüística, mas essa constituição se traduz atualmente por uma nova exigência teórica, nas ciências da linguagem, nas quais nenhum dos sistemas formais de análise disponíveis parece capaz de ser aplicado de forma útil ao material genético. Se essa exigência pudesse ser satisfeita, está claro que a lingüística veria abrir-se um campo quase ilimitado de pesquisas que a conduziriam, nos limites das ciências cognitivas e da estética, a uma renovação essencial de seus meios teóricos:

> "Os modelos lingüísticos existentes são incapazes de explicar a gênese textual. Uma teoria da produção escrita, ou ainda uma 'writing act theory' que viria completar a 'speech act theory', está ainda inteiramente por ser criada. Ela tem necessidade, entre outras coisas, de uma noção de 'scripteur' que seja diferente do locutor ideal da gramática gerativa e diferente também do locutor-estrategista onisciente da lingüística pragmática. Essa teoria deve poder explicar a produção real dos enunciados, em vez de recorrer, como fazem as teorias da enunciação, a reconstruções abstratas. Enfim e sobretudo, tal teoria deve integrar as especificidades do ato de escrever. Isto implica, por exemplo, que o único parâmetro do tempo que rege a produção oral seja substituído por

um parâmentro duplo espácio-temporal, próprio para apreender o espaço gráfico onde o escrito toma lugar progressivamente. Além disso, o princípio do dialogismo, próprio da oralidade, deve ser substituído por uma interlocução em que o autor é alternadamente escritor ('scripteur') e leitor. Enfim, o alfabeto não é suficiente como fonte de informação, é preciso acrescentar-lhe toda espécie de outros índices, tais como os sinais de rasuras e de acréscimos, a posição das unidades no espaço, as variações da grafia, etc. Isto posto, não se pode tratar nem de negar o valor dos modelos existentes nem de criar um modelo *ex nihilo*. Trata-se antes de um deslocamento, de uma mudança de terreno, mas cuja condição é a manutenção dos princípios metodológicos da lingüística; só pode ser objeto de análise e de interpretação o que é exprimível em termos de relação, portanto de similaridade ou de diferença.

É adaptando esses princípios teóricos à realidade complexa dos manuscritos que se abre uma via nova e propriamente científica à análise da produção escrita. Sua originalidade e sua força residem no fato de substituir um 'mais ou menos' intuitivo de descrição pelo rigor incontestável de uma construção. Trata-se, com efeito, de ordenar os fatos observáveis em outras tantas operações sucessivas que sozinhas explicam o aspecto dinâmico da produção. Para tanto, foi aperfeiçoada uma série de operadores: citar-se-á, a título de exemplo, a distinção entre locais variantes e locais invariantes, entre variante de escrita e variante de leitura, entre variante ligada e variante não ligada, entre segmento definitivamente riscado e segmento diferido, entre ambigüidade gramatical e transparência textual, entre interrupção e falta de acabamento. É graças a esses novos parâmetros que o obscuro "mito da criação" terminará por ceder o lugar ao conhecimento exato das operações cognitivas, de linguagem e poéticas que presidem ao ato de escrever[1]."

---

1. Almuth Grésillon, "Sciences du Langage et genèse du texte", in *La naissance du texte*, publicação preparatória do simpósio internacional do CNRS "Archives européennes et production intellectuelle", Paris, 1987. Atas publicadas em J. Corti, 1989.

Gênese e sociocrítica

Em que condições e em que limites a crítica genética pode contribuir para a elaboração de uma história dos processos culturais? Que sentido dar à ambição de captar geneticamente o vestígio do meio ambiente e dos processos sócio-históricos nos manuscritos, de formular a hipótese teórica de uma "sociogênese"? A que tipo de pesquisa genética tal procedimento pode se ligar mais naturalmente? São essas as perguntas a que responde H. Miterrand ao examinar as possibilidades que a genética poderia ter de se constituir, no campo literário e textual, em arqueologia dos tempos atuais:

> "Como a crítica genética situa seu objeto o mais perto possível daquilo que nasce, até mesmo do que germina de um pensamento e de uma escrita, é compreensível sua tendência a querer captar, no mesmo momento, no primeiro impulso – como se diz – de um manuscrito e além do solilóquio, os sintomas de uma modificação do pensamento, dos ideais e dos gostos coletivos, os primeiros vestígios de uma transformação da cultura de referência. É uma tendência ao mesmo tempo justificada e arriscada, e que não pode dar origem, senão com uma infinita prudência, ao que se tornaria uma genética cultural, complementar da história cultural, como a genética literária – ou estudo de todos os aspectos da gênese das obras – o é da história literária.
>
> Tendência justificada porque, bem o sabemos, o discurso individual, sobretudo em suas primeiras tentativas, é alimentado pelos locais, pelos 'pré-impostos' e pressupostos do discurso coletivo; (...) não há semântica inata, nem verbo novo, mas sempre uma semântica hereditária, herdada dos pais, dos mestres, dos colegas de classe, em todos os sentidos da palavra classe. As primeiras linhas de um esboço ou de um roteiro, os materiais do pré-texto, em toda a medida de sua relativa espontaneidade, de sua relativa liberdade em relação às injunções e às reestruturações que se imporão a seguir, são, pois, o contato mais direto, e em geral o mais

franco, mais cru (antes das roupagens da obra acabada) com o que se diz no discurso social, e eventualmente com o que aí se murmura e que prenuncia novos temas (...) Tendência arriscada, inversamente, porque dar essa dimensão à análise genética, é, a um só tempo, ampliá-la de forma excitante e assumir grandes riscos. Pois a textualidade de referência é infinita. Onde colocar os limites? Onde procurar os vínculos e os cruzamentos pertinentes? Como balizar o espaço da textualidade anterior contemporânea? Como medir o impacto de uma palavra isolada sobre a palavra coletiva? Como domesticar o conceito tão sedutor, mas tão vago de *intertexto*? (...) A crítica genética oferece a esse respeito proteções. O que ela tem em comum com a arqueologia é que ela descobre os estratos materiais de uma história: a história de um pensamento, de uma linguagem, na materialidade de suas palavras e de suas configurações. É uma garantia contra a incerteza e a divagação. Afinal de contas, se ela tem atualmente alguns sucessos, é em razão de sua exigência filológica de princípio, porque todos nós deixamos de nos interessar pelas grandes generalizações geniais e improváveis, em todo caso nem verificáveis nem falsificáveis. (...) Se admitimos que existem pelo menos duas espécies de genéticas literárias, a genética roteirística ou pré-textual, que estuda todos os documentos autógrafos, que tiveram importância na concepção e na preparação da obra, e a genética de manuscrito, ou de escrita, ou textual, que estuda as variações do manuscrito de redação, parece-me que é a primeira que oferece os melhores recursos para uma reflexão sobre a relação entre crítica genética e história da cultura. É aí que se pode, sem dificuldade, tentar captar algumas das relações generativas que unem, em uma sincronia imediatamente anterior ao nascimento da obra, a série dos fatos históricos, a série dos discursos e a produção do texto[1]."

---

1. Henri Miterrand, "Critique génétique et histoire culturelle", in *La naissance du texte*, conjunto reunido por Louis Hay, José Corti, Paris, 1989.

Conclusão: o futuro de uma problemática

Diferentemente dos outros métodos apresentados nesta obra, a crítica genética tem apenas cerca de quinze anos. É uma ciência jovem e em plena expansão, que deve ainda enfrentar exigências de conceituação. As noções que ela criou, e continua a inventar para dominar seu objeto, são ainda mais difíceis de aperfeiçoar, pois comprometem a totalidade de uma relação inteiramente nova com o fenômeno textual e literário. Interrogando-se sobre o "segredo de fabricação", sobre o processo de criação e sobre a dinâmica da escrita, muito mais que sobre o resultado textual, a crítica genética não se coloca exatamente no mesmo plano que os outros discursos críticos. Essa discrepância deve ser levada a sério. Se a crítica genética abre o campo de suas descobertas à totalidade dos discursos críticos, fornecendo-lhes, por exemplo, na forma de edições genéticas, um meio precioso de verificar nos manuscritos a pertinência de suas interpretações, é com esperança que esses métodos a ajudarão setorialmente a melhor definir seus próprios meios de investigação. Mas a genética textual e a crítica genética não pretendem limitar-se a um papel de método auxiliar. Os manuscritos demonstram tanto a legitimidade da maior parte dos métodos de crítica do texto quanto a urgência de uma reformulação de noções em cada um deles, se desejam tornar-se capazes de interpretar os fenômenos dinâmicos e temporais que caracterizam a gênese. Os estudos genéticos realizados há cerca de dez anos em alguns grandes *corpora* parecem evidenciar o caráter sintético desses fenômenos. Uma transformação importante num rascunho nunca deve ser interpretada como o efeito exclusivo de um desejo inconsciente ("textanálise"), ou de uma inscrição sociocultural ou sócio-histórica (sociocrítica), de uma injunção genética (genologia, poética), etc. Cada transformação decisiva coloca em jogo simultaneamente várias dessas instâncias que não parecem valer como fontes do acontecimento genético senão pelo jogo de convergência que as associa nesse ponto preciso do pré-texto. A (ou as) lógica(s) que preside(m) a convergência produtiva, que nenhum discurso crítico pode interpretar isoladamente, é o verdadeiro objeto do estudo de gênese. A crítica genética se define, pois, à margem dos outros métodos, como essa abordagem diferente que postula, não uma interpretação totalizante, mas a elucidação dos processos dinâmicos que associam e fazem a convergência na escrita das diferentes determinações, cujos métodos não-genéticos isolam e analisam os resultados textuais em forma de sistemas de significações separados.

BIBLIOGRAFIA

Além das obras de referência citadas nesse capítulo, poder-se-á reportar a:

Bellemin-Noël, Jean. *Le texte et l'avant-texte*, col. L, Larousse, Paris, 1972.

Biasi, Pierre-Marc de. *Carnets de travail de G. Flaubert*, Balland, Paris, 1988.

Biasi, Pierre-Marc de. "L'analyse des manuscrits et la genèse de l'œuvre", *Encyclopaedia Universalis*, vol. Symposium, 1985.

Debray-Genette, Raymonde. *Flaubert à l'œuvre*, col. Textes et Manuscrits, Flammarion, Paris, 1980.

Debray-Genette, Raymonde e Neefs, Jacques. *Romans d'archives*, col. Problématiques, PUL, Lille, 1987.

Didier, Béatrice, e Neefs Jacques. *De l'écrit au livre: Hugo*, col. Manuscrits Modernes, PUV, 1987.

"Genèse du texte", nº especial de *Littérature*, nº 28, Larousse, 1977.

Grésillon, Almuth. *De la genèse du texte littéraire*, Du Lérot editor (Tusson), 1988.

Hay, Louis. *Essais de critique génétique*, col. Textes et Manuscrits, Flammarion, Paris, 1978.

Hay, Louis. *Le manuscrit inachevé (écriture, création, communication)*, col. Textes et Manuscrits, Éd. du CNRS, 1986.

Malicet, Michel. "Exercices de critique génétique", *Cahiers de textologie*, n° 1, Paris, Minard, 1986.

II. A crítica psicanalítica
Por Marcelle Marini

Introdução

A psicanálise logo fará cem anos; a crítica psicanalítica também. Com efeito, desde suas primeiras elaborações teóricas, Freud recorre à literatura: a partir de 1897, ele costuma associar a leitura do *Édipo-rei* de Sófocles e do *Hamlet* de Shakespeare à análise de seus pacientes e à sua auto-análise, para construir um de seus conceitos fundamentais, chamado precisamente de "complexo de Édipo". A essas duas tragédias ele acrescenta mesmo, em 1928, o romance de Dostoiévski, *Os irmãos Karamazov*. Veremos que a história da teoria psicanalítca não pode ser dissociada desses encontros ou dessas longas relações com mitos, contos ou obras literárias.

Não se pode, pois, negar à crítica psicanalítica o direito à existência, sem recusar, ao mesmo tempo, a psicanálise e a sua descoberta mais fecunda, a do inconsciente. Uma rejeição global é uma tomada de posição coerente. Mas, se reconhecemos as contribuições da psicanálise, somos obrigados a levar em conta suas intervenções no campo da crítica literária e, mais amplamente, artística.

Esse exemplo da prática freudiana dos textos literários nos mostra igualmente que é difícil adotar o esquema simples de uma "psicanálise aplicada":

– de um lado, a psicanálise como uma ciência edificada unicamente em seu campo próprio, o da patologia mental (neuroses, psicoses, perversões, etc.), e isso em relação com sua única prática clínica;
– do outro, uma crítica dedicada a aplicar, numa segunda etapa, as aquisições dessa ciência a um campo estranho, o das produções culturais.

De fato, lendo os primeiros escritos de Freud, constatamos que a prática analítica é essencialmente uma experimentação original da fala e do discurso. Ora, bem antes da psicanálise, a literatura (oral ou escrita) foi uma prática da linguagem capaz de criar um espaço singular à margem das dificuldades habituais da comunicação. É por isso que, no início de nosso estudo, confrontaremos rapidamente essas duas formas de intersubjetividade, que se fundem ambas num trabalho da linguagem e do imaginário. Examinaremos sobretudo em que o *método* psicanalítico abalou historicamente as concepções de fala e de imaginário. Com efeito, é a partir daí que convém, a nosso ver, interrogar-se sobre as contribuições da psicanálise à crítica literária, e não transformar sua teoria em uma coleção de chaves explicativas (incesto, castração, narcisismo, mãe fálica, nome-do-pai, sexualidade oral ou anal, falo, etc.) de que se possa colher à vontade o que se quer.

O estudo dos textos literários possibilitou à psicanálise nascente deixar o campo estritamente médico para ter acesso à posição de teoria geral do psiquismo e do devir humano. A psicanálise literária também modificou o quadro da crítica. Mas restam questões de porte: qual será exatamente o lugar dessa crítica no campo da reflexão cultural? Quais serão seus objetivos? Quais serão seus resultados? Que mudará essa crítica em nossa leitura dos próprios textos, bem como em nossas maneiras de conhecer a prática artística? Para responder a tais perguntas, gostaríamos de poder apresentar a crítica psicanalítica como uma área certamente complexa, mas relativamente ordenada. Ora, nada é mais difícil, a ponto de valer mais a pena falar de "críticas psicanalíticas", no plural.

Que imagens oferece essa crítica atualmente? Pode-se fazer, por ocasião de um curso, de um artigo ou de um livro, uma verdadeira descoberta. Mas, como ter uma idéia exata do conjunto desse campo crítico? A quantidade de publicações é tal que nenhuma bibliografia poderia ser exaustiva. E, diante dessa massa de escritos, quais são os pontos de referência possíveis? Com humor e não sem exatidão, Gilbert Lascault evoca, a esse respeito, a Torre de Babel:

"Esmagadora e absurda edificação, ela une partes em construção, ruínas e partes 'sadias'. Constitui a manifestação petrificada da confusão das línguas[1]."

Ele visa aqui ao entusiasmo fácil que impeliu analistas para obras literárias, a fim de nelas procurar a simples ilustração de suas teses, ou críticos literários para a psicanálise, para aí encontrar um conhecimento já pronto, uma espécie de *prêt-à-porter* interpretativo, que fornece a "verdade" do texto. Contra essas "receitas monótonas", ele propõe, como primeiro critério de uma verdadeira crítica psicanalítica, um autêntico *trabalho* de leitura, em que operam tanto o trabalho psíquico inconsciente que o texto desperta no leitor quanto o trabalho da interpretação. Um trabalho de leitura que não prejulgaria o que se vai encontrar.

Esse ponto de vista nos encoraja a fazer dos problemas de método o primeiro ponto de nossa exposição. Todavia ele não basta para classificar as diferentes abordagens críticas, porque tudo conspira para dar um sentimento de heterogeneidade:

---

1. *Esthétique et psychanalyse.*

– A diversidade das teorias psicanalíticas, conforme as escolas (freudiana, junguiana, kleiniana, lacaniana, etc.), mas também a dificuldade de articular entre si os diferentes conceitos freudianos nascidos no decorrer das pesquisas. Pode-se dizer da psicanálise o que Charles Mauron dizia de sua "psicocrítica": "é um vasto canteiro de obras"?

– A diversidade dos objetivos propostos: esse problema é tão importante que Jean Bellemin-Noël organizou, em torno dele, de maneira muito pertinente, seu livro *Psychanalyse et littérature*[2]. O conhecimento desse livro, documentado e refletido, é indispensável.

– A diversidade ilimitada do *corpus*: todo texto lirerário, em todos os tempos, em todos os lugares, em todos os gêneros. Essa posição é legítima, se admitimos que o inconsciente está em atividade em toda produção cultural, mesmo na mais planejada. Mas será que ele sempre está em atividade da mesma maneira, através das épocas, das culturas, dos modos de pensar, de imaginar, de escrever? Responder "não" a essa pergunta exige que cada leitura se adapte a seu objeto e se transforme em sua relação com ele. Em última instância, uma crítica literária psicanalítica deveria poder modificar ou enriquecer certos conceitos da psicanálise, graças aos textos que ela tenta revelar.

A diversidade não tem, pois, somente os aspectos negativos da incoerência; não se confunde com a prática do "seja o que for"; é também a garantia dessa capacidade de inventar que caracteriza a vida intelectual. O maior risco que corre todo crítico literário não é a reprodução mecânica de um discurso-modelo?

---

2. Notemos esta série de capítulos: "Ler o inconsciente". "Ler-se a si mesmo". "Ler o Homem". "Ler um homem". "Ler texto".

Tentaremos apresentar, da maneira mais concreta possível, as diferentes orientações críticas. Depois das questões de método (1) e do exame das múltiplas posições dos psicanalistas diante da leitura (2 e 3), concederemos toda a atenção ao momento histórico em que a crítica literária psicanalítica adquire autonomia, o qual datamos nos trabalhos de Charles Mauron (4). Enfim, daremos espaço às recentes pesquisas que, confrontando a psicanálise com a filosofia, com as ciências humanas e com as teorias do texto, pluralizam o campo da leitura (5).

1. As bases do método

A psicanálise não teria existido sem a organização de um método experimental cada vez mais preciso: ter-se-ia tido simplesmente uma teoria psiquiátrica ou filosófica a mais. Nosso problema, aqui, é saber se esse método pode ser praticado, com proveito, em outro domínio, o da leitura, e em que condições. Para julgar, é preciso evidentemente já conhecer os princípios da prática psicanalítica. É o que propomos de forma esquemática.

"A regra fundamental" : entre divã e poltrona

É a partir de 1892 que Freud é conduzido por suas pacientes histéricas a abandonar a hipótese ou a interrogação insistente, centradas no elemento considerado patogênico, para lhes deixar a fala mais livre: a *talking cure* (a cura pela fala), como a chama uma delas, baseia-se nesse desejo de "contar o que ela tem para dizer", sem intervenção limitadora ou intempestiva do terapeuta. Essas experiências em que Freud descobre a eficácia médica de discursos aparentemente desordenados estão consignadas em *Estudos sobre a histeria*. Sistematizadas por Freud, elas dão origem à regra fundamental que organiza, entre divã e poltrona, a situação analítica.

• *Do lado do paciente, é a regra da* **associação livre**

"Fixar nossa atenção sobre as associações 'involuntárias', dizer sem preconceito, sem crítica, as idéias que me ocorrem" (*O sonho e sua interpretação*). A suspensão pelo paciente de qualquer juízo moral ou racional facilita a vinda, ao correr das palavras, de imagens, de emoções, de lembranças inesperadas que, de repente, abalam o conhecimento que ele acreditava ter de si mesmo, dos outros e de suas relações com os outros.

• *Do lado do analista, é a regra da* **atenção flutuante**

Ele mesmo não deve privilegiar *a priori* nenhum elemento do discurso do paciente; deve escutar "sem colocar sua própria censura no lugar da escolha à qual o paciente renunciou" (*Sobre a técnica psicanalítica*), e, o mais que puder, deixar de lado seus pressupostos teóricos; enfim, deve estar muito atento ao momento e à forma de suas interpretações.

• *A psicanálise é, pois,* **uma experiência que se passa unicamente na linguagem**

"Dizer e somente dizer", essa é a regra. "Ela só tem um meio: a fala do paciente", especifica Jacques Lacan em *Écrits*. Mas, essa fala, nascida freqüentemente de uma cena da véspera, de um sonho, de uma frase obsessiva, provoca e canaliza afluxos de imagens (de "representações"), de sensações, de afetos, de lembranças, de pensamentos, que serão, por sua vez, submetidos ao trabalho da análise.

A situação analítica é fundamentalmente uma situação intersubjetiva, mesmo que o paciente não veja o analista, mesmo que o analista se cale. "Não há fala sem resposta, mesmo que ela só encontre o silêncio, contanto que ela tenha um ouvinte, (...) aí está o cerne de sua função na análise" (Lacan, *Écrits*). O analista é duplamente o outro: é, de início, aquele *diante de quem* se fala, a testemunha do que se está dizendo, a garantia da própria possibilidade de se reconhecer como sujeito dessa fala alheia que escapa ao domínio do sujeito consciente. Ele é, ao mesmo tempo, *o outro a quem a pessoa se dirige*: seria preciso dizer os outros, no masculino e no feminino, longínquos ou próximos, reais ou imaginários, incluindo-se aos outros nós mesmos, todos esses outros que nos obcecam e que sua mera presença permite atualizar. Ele não passa então de um lugar de projeções, que sustenta o que se chama justamente de *transferência*. A análise estaria terminada, quando todas essas fantasias tivessem encontrado seu lugar certo em nossa história e pudéssemos falar com o analista como a uma pessoa, por fim, singular.

Essa relação inédita só é compreensível se supomos um campo psíquico partilhado, ao mesmo tempo no centro e à margem da comunicação consciente: *o inconsciente*. Essa relação é experimental, na medida em que favorece a emergência dos processos inconscientes na fala ou no discurso.

O inconsciente

A prática analítica transformou radicalmente a noção de inconsciente: ele já não é o simples reverso negativo da consciência, que, por sua vez, resumiria a vida psíquica. Pode-se, pois, dizer que o inconsciente é o conceito fundador da psicanálise e sua maior contribuição ao pensamento contemporâneo.

Em seu primeiro *tópico* (representação espacial do psiquismo dividido aqui em três sistemas, Inconsciente/Préconsciente/Consciente), Freud põe em evidência *a outra lógica* constituída pelos processos inconscientes. Estuda a dinâmica inconsciente ligada ao *desejo* e ao *recalque*. Decifra a parte do inconsciente nas *produções psíquicas*.

Para se desfazer das idéias sumárias que nossa cultura atual veicula sobre a psicanálise de nada adianta a leitura dos primeiros livros de Freud: *A interpretação dos sonhos*, *A psicopatologia da vida cotidiana*, *A frase de espírito e sua relação com o inconsciente*.

• *Uma outra lógica*

Eis o que descobre Freud, quando analisa sistematicamente o sonho, "esse caminho real que leva ao inconsciente". Comparando o "conteúdo manifesto" do sonho (o relato que fazemos dele) e seu "conteúdo latente", obtido graças à análise das associações, ele ressalta o "trabalho psíquico" que produz o sonho. Não há submissão ao princípio de não-contradição da lógica consciente, mas não há contra-senso, há evolução e transformação contínuas do sentido, segundo mecanismos específicos, definidos de maneira pedagógica em *O sonho e sua interpretação*:

– *A condensação:* no sonho, um elemento único representa várias cadeias associativas ligadas ao conteúdo latente. Pode ser uma pessoa, uma imagem, uma palavra. Esse elemento é sobredeterminado; assim, no sonho da monografia botânica (*A interpretação dos sonhos*), "a palavra botânica é um verdadeiro entrecruzamento, onde se encontram numerosas associações de idéias". Ou então, vê-se em sonho uma pessoa conhecida (Irma, no sonho da injeção aplicada em Irma), mas, na análise, ela representa uma multidão de pessoas pertencentes à história do sonhador e o próprio sonhador (Freud). Ou ainda, uma pessoa conhecida nos aparece em sonho, mas de uma forma estranha: é construída de maneira "compósita", a partir de detalhes tirados de diferentes pessoas reais. É preciso pois, toda vez, graças às associações, descobrir o ponto comum desconhecido que dá sentido a essa condensação.

– *O deslocamento:* uma representação aparentemente insignificante é investida de uma intensidade visual e de uma carga afetiva espantosas. Isso porque ela as recebe de outra representação à qual está ligada por uma cadeia associativa. O afeto se separou da representação original que o justificava e se deslocou para uma representação indiferente, o que o torna incompreensível. "O sonho está centrado de outra forma, seu conteúdo se ordena em torno de elementos diferentes dos pensamentos do sonho." Assim, a propósito de seu sonho centrado na botânica, Freud declara que nunca teve interesse por essa ciência: as associações conduzem a rivalidades de ambição e a lembranças de infância de conotação erótica. Um pormenor assumiu uma importância desmedida que só a análise pode ajudar a compreender.

O que o deslocamento nos ensina é que, no nível dos processos primários (inconscientes), os afetos e as representações não estão definitivamente ligados: o afeto "tem sempre razão", mas vai passando de representação a representação. O deslocamento está, pois, sempre presente nos outros processos de formação do sonho, mormente na condensação. Citemos um exemplo esclarecedor de Freud: ele lê o artigo de um colega que enaltece, de um modo (que ele julga) enfático, uma descoberta fisiológica, a seu ver superestimada; na noite seguinte, ele sonha com a seguinte frase: "é um estilo verdadeiro NOREKDAL". E eis o que ele diz dessa palavra estranha:

> "Tive muita dificuldade em compreender como eu havia formado essa palavra : era visivelmente uma paródia dos superlativos: colossal, piramidal; mas eu não sabia ao certo de onde vinha. Finalmente encontrei naquela palavra monstruosa os dois nomes *Nora* e *Ekdal*, lembranças de dois dramas conhecidos de Ibsen. Eu lera antes, em um jornal, um artigo sobre Ibsen do mesmo autor que eu criticava em meu sonho." (*A interpretação dos sonhos.*)

"O afeto tem razão", expressa a agressividade, mas se deslocou do colega para Ibsen, da tese de fisiologia para o teatro, depois se condensou numa palavra, ela própria enigmática. A análise dos desejos inconscientes pode então começar.

– *A figurabilidade:* os pensamentos inconscientes são transformados em imagens, pois é uma produção visual que se impõe ao sonhador como uma cena atual. Os pensamentos mais abstratos devem portanto ser transmitidos por substitutos figurados: quando Freud analisa "os processos de figuração do sonho" costuma recorrer às técnicas da pintura. Assim, as vinculações lógicas são suprimidas ou substituídas pela sucessão de imagens, pela metamorfose de uma imagem em outra, pela intensidade luminosa ou ampliação de uma representação, pela organização de diferentes planos, etc. Quanto às frases ou às palavras, estas "são tratadas como coisas", isto é, como elementos significantes na sintaxe original do sonho, e não utilizadas pelo sentido que têm na língua. Se Freud fala de "hieróglifos" ou de "enigmas" não é por acaso.

Essa lei do sonho pode parecer distante do discurso literário. No entanto pode nos ajudar a compreender técnicas teatrais, as singularidades de uma sintaxe narrativa, a importância de uma descrição romanesca, a elaboração de uma metáfora, etc. Sobretudo, ela faz da escrita, não um trabalho apenas de linguagem (formalista), mas um trabalho do imaginário pela língua e da língua pelo imaginário: com a condição de não se confundir representação e simples cópia da realidade.

– *A elaboração secundária:* essa última operação do trabalho do sonho é devida à intervenção do pré-consciente que remaneja o sonho, no último minuto, para lhe dar uma "fachada" mais coerente ou aceitável. A mesma operação se realiza mais uma vez quando se relata o sonho. Em geral são utilizados roteiros já prontos que vêm de leituras, de devaneios em estado de vigília (logo, mais controlados), de estereótipos do imaginário comum. Assim, Freud dá como exemplos os roteiros da prisão, do casamento, da refeição festiva, do rei e da rainha, etc.

Pensa-se logo naqueles modelos imaginários estabelecidos para nós desde a infância, e que encontram ativos nas produções culturais mais elaboradas. Mas Freud desloca a reflexão sobre as relações entre esses roteiros já prontos e a produção singular de um sonho: não os opõe; transforma-os ora numa máscara ou num esconderijo para a produção inconsciente que fica para ser decifrada, ora na própria simbolização desses pensamentos inconscientes que são pois legíveis neles. Vê-se assim delinear-se, implicitamente, duas maneiras diferentes de se considerar as obras literárias:

– de um lado um véu estético ou racional oculta a verdade nua do inconsciente;

– do outro, o *texto manifesto*, como o "conteúdo manifesto" do sonho, está em estreitas relações de simbolização com o "conteúdo latente" situado no inconsciente. Essas duas concepções de produção artística sempre concorrerão entre si.

Mais ainda, Freud ressalta que o trabalho do sonho utiliza freqüentemente, desde o início, esses roteiros prontos: quer o inconsciente já esteja, em parte, organizado por eles, ou, pelo menos, só nos chegue sob essas formas elementares coletivas; quer a elaboração secundária "exerça de saída (...) uma influência indutiva e seletiva sobre a base dos pensamentos do sonho". Isso significa que a seqüência Inconsciente/Pré-consciente/Consciente é menos uma seqüência temporal do que uma seqüência lógica necessária à compreensão científica. Todos os mecanismos interviriam ao mesmo tempo: o inconsciente não seria um magma ou um reservatório selvagem, mas uma atividade do psiquismo humano sempre presente, de modo conflituoso, na vida quotidiana, imaginativa e criativa.

No final das contas, "o sonho não reconstitui mais do que uma deformação do desejo que está no inconsciente": por quê?

• *O desejo e o recalque*

Freud propõe uma teoria dinâmica do inconsciente, visto que ele considera sonho "a descarga psíquica de um desejo em estado de recalque", mas é sua "realização *disfarçada*. Porque o desejo inconsciente que busca a satisfação se choca com a *censura* do consciente e, mesmo, em parte, do pré-consciente. Assim, toda *produção psíquica* é uma *formação de compromisso* entre a força do desejo e o poder de recalque do consciente. Compreende-se que a noção de *conflito psíquico* seja essencial: conflito entre desejo e interdição, desejo inconsciente e desejo consciente, entre desejos inconscientes (sexuais e agressivos, por exemplo). Esse conflito prossegue no trabalho das associações: Freud nota muitas vezes quanto os pensamentos latentes parecem estranhos a si mesmos, penosos, até inconfessáveis, e suscitam as maiores resistências.

Em *A metapsicologia*, o processo é precisado: "A noção de desejo representa em sua essência uma reivindicação pulsional inconsciente e, no pré-consciente, constitui-se em desejo de sonho (fantasias que realizam o desejo)." Sob a pressão de pulsões sexuais ou agressivas, um conjunto de cenas infantis, de lembranças mais recentes de toda espécie, de representações e de símbolos provenientes da cultura, é mobilizado e já se organiza no nível do pré-consciente. Inversamente, acontece que um incidente da vida comum, uma palavra ouvida, uma leitura despertam as pulsões inconscientes que disso se aproveitam para se "descarregar", suscitando esta ou aquela formação psíquica. Não há, portanto, produções diretas do inconsciente, assim como não há leitura direta do inconsciente, nem sistema automático de tradução, o que muitos críticos literários esquecem.

Para Freud, os mesmos processos e os mesmos conflitos estão em atividade em todas as formações psíquicas: sonhos, lapsos, ato falho, sintoma, criações artísticas, etc., mesmo que essas produções não sejam evidentemente idênticas. Uma estrutura lhes é comum, a *fantasia*: "esse roteiro imaginário em que o sujeito está presente e que representa, de forma mais ou menos deformada pelos processos defensivos, a realização de um desejo, e em última instância, de um desejo inconsciente" (Laplanche e Pontalis, *Vocabulário da psicanálise*). Já evocamos, várias vezes, roteiros organizadores do desejo, mas a própria noção é tão operatória em leitura literária, que voltaremos a isso no decorrer do nosso estudo.

A interpretação

"Poder-se-ia caracterizar a psicanálise pela interpretação, isto é, pela evidenciação do sentido latente de um material"; "a interpretação torna visíveis as modalidades do conflito defensivo e visa, em última instância, ao desejo que se formula em toda produção do inconsciente" (Laplanche e Pontalis, *Vocabulário da psicanálise*).

Não abordaremos aqui os problemas técnicos da interpretação no tratamento, em que ela tem uma função dinâmica. Acentuaremos os pontos importantes para nós:

– Para o analista, *todo discurso é enigmático*, já que nele se articulam processos e significados inconscientes e conscientes.
– Poder-se-ia comparar a psicanálise ao *trabalho do detetive*: colher os indícios desconhecidos, despercebidos ou desprezados; selecioná-los e correlacioná-los entre si e com indícios mais evidentes; organizá-los para encontrar uma solução a um só tempo convincente e eficaz.

Nos dois casos, tudo pode ser indício: um gesto, uma palavra, um tom, as coincidências e as distorções entre as diferentes versões de um mesmo acontecimento, uma omissão, digressões, uma negativa que parece uma confissão, etc. Nos dois casos se reconstrói a história. Nos dois casos, visa-se a uma verdade cuja posição continua difícil de definir.

– Notar-se-á ainda que a solução, longe de saciar definitivamente nosso *desejo de saber*, o exacerba: começamos a interpretar, por nossa vez, em torno de alguns elementos deixados em suspenso, que nos permitem modificar a interpretação do outro; antes de aparecer na crítica literária, esse fenômeno é flagrante nos textos psicanalíticos, em que o mesmo caso pode ser reinterpretado de maneira diferente em dezenas de exemplares. Enfim, modificamos incessantemente nossas próprias interpretações, pois nenhum sentido esgota as possibilidades de significação de um discurso, de uma vivência, de um imaginário concretos.

– Em um artigo do *Débat*, Carlo Ginzburg situa a psicanálise entre os sistemas "semióticos" de conhecimento, fundada na *interpretação de "signos"*, de "indícios" ou de "pistas": com a medicina clínica, a história, a investigação policial e... a *exegese dos textos*. Essa forma de conhecimento individualiza seus objetos, sempre considerados em sua singularidade: portanto, ao contrário da ciência quantitativa, trata-se de um "conhecimento indireto, indicial e conjectural" ("signos", "vestígios", "pistas"). Esse juízo nada tem de pejorativo. Ginzburg ressalta "o desagradável dilema" das ciências humanas: "ou adotar uma posição científica fraca para alcançar resultados importantes, ou adotar uma posição científica forte para atingir resultados de pouca importância".

Os psicanalistas hesitam entre essas duas posições. Quanto a nós, escolhemos expor aqui as hipóteses e os conceitos operatórios que fazem dessa disciplina uma técnica e uma teoria de interpretação nova. Podem-se ter regras e teorias comuns: é impossível eliminar a parte do sujeito que interpreta.

A leitura psicanalítica

• *A crítica literária psicanalítica é uma* **crítica interpretativa**

Psicanálise = análise da psique, como se diz: análise do texto. Veremos florescer neologismos para marcar a especificidade de um procedimento: "psicocrítica", "semanálise", "textanálise", "psicoleitura", etc.

A imagem no tapete: o escritor, como o artesão, tece seu texto com imagens visíveis e intencionais, mas a trama desenha também uma imagem invisível e involuntária, uma imagem oculta no cruzamento dos fios, o segredo da obra (para seu autor e para seus leitores). Armadilha para a interpretação, pois essa imagem está em toda parte e em nenhum lugar: de fato, há uma multiplicidade de imagens possíveis, e o texto, aparentemente terminado, é, na leitura, ocasião de infinitas metamorfoses. Pode-se pensar também nos quadros ópticos, verdadeiras armadilhas para o olhar. A mesma quantidade de apelos ao imaginário, à palavra, à atividade do sujeito leitor ou espectador.

• *A crítica psicanalítica é uma*
 prática específica da interpretação

Nisso ela é parcial e deve aceitar seus limites em relação a outras formas de crítica; deve ainda indicar, toda vez, suas escolhas, seu objetivo e seu método. Assim poder-se-á deixar a Torre de Babel!

• *A crítica analítica é uma prática transformadora*

Mas a "mutação" se refere à "estrutura não do autor, não de sua obra, mas da obra LIDA". E "o crítico fica entalado entre o sujeito do discurso interpretado e aquele que recebe a interpretação" (Smirnoff, "a obra lida"). Isto é, entre o escritor e o leitor da obra crítica. Vê-se como essa situação difere daquela que se estabelece entre divã e poltrona.

Foram notadas muitas diferenças entre o cenário do tratamento e o cenário da leitura: fala privada/escrito público; fala desorganizada/escrito elaborado e mesmo premeditado; proximidade física/distância, inclusive histórica; presença/ausência de associações livres para basear e testar as interpretações. Acrescentemos que o autor solicita de seu leitor imaginário ou real algo diferente do que o analisando espera de seu psicanalista e que a expectativa do leitor não é a mesma do psicanalista. Enfim, se, como afirma Lacan, os psicanalistas são "práticos do simbólico" (*Écrits*), que dizer dos escritores?

Quanto mais atentos estivermos à especificidade do texto literário, à especificação de sua produção e à originalidade das relações intersubjetivas que se atam em torno dele, mais nos perguntaremos como *adaptar* para a leitura o método ligado à situação estritamente analítica.

2. Utilização da literatura pela psicanálise

Textos literários desempenharam o papel de *mediador* entre a clínica e a teoria: cristalizar hipóteses nascentes, aboná-las, enfim, universalizar descobertas singulares limitadas ao campo médico. O exemplo mais brilhante é a elaboração, por Freud, do "complexo de Édipo". Veremos também como Lacan teoriza a função da "carta" no inconsciente, a partir do conto de Poe, "A carta roubada".

Mas os textos literários podem servir de pólos de referência, para verificar ou ilustrar, de modo esclarecedor, um aspecto particular da doutrina.

Freud e a descoberta do complexo de Édipo

Quem, hoje em dia, ignora a definição mínima do complexo de Édipo: o desejo incestuoso pela mãe e o desejo assassino pelo pai? Em plena desordem teórica, Freud encontra na memória a tragédia de Sófocles, *Édipo-rei*, que apresenta explicitamente a realização desses dois desejos e de seu castigo: é a salvação. Ele pode, enfim, construir um conceito que subverte as idéias admitidas sobre a infância, a organização da personalidade e do desejo humano. Mas, por sua vez, essa obra de uma sociedade desaparecida recobra uma força e um lugar tão imprevistos quanto excepcionais na cultura ocidental moderna. A partir de então, não se cessa de relê-la em todos os sentidos.

Freud correlaciona quatro elementos diferentes: as associações de seus (suas) pacientes, suas próprias associações, *Édipo-rei* e *Hamlet*. Esse conjunto heterogêneo se organiza em torno de uma convergência: através das múltiplas diferenças, Freud localiza a repetição de um motivo, o dos desejos amorosos e hostis pelos pais.

Em seu prefácio a *Hamlet e Édipo* de Jones, Jean Starobinski resume assim o movimento do pensamento freudiano:

– Eu sou como Édipo.
– Édipo era, portanto, nós.
– Hamlet é ainda Édipo, mas recalcado.
– Hamlet é o neurótico, o histérico de que tenho de cuidar diariamente.

• *Freud lê "Édipo-rei"*

Não existe, em Freud, leitura sistemática da tragédia. O prefácio de Starobinski é o primeiro estudo completo das páginas que Freud dedicou a *Édipo* e a *Hamlet* no decorrer de suas preocupações teóricas. Retomaremos aqui alguns pontos de sua reflexão.

– Com *Édipo*, Freud descobre "a expressão impessoal e coletiva" do desejo que ele partilha com seus (suas) pacientes. "O paradigma mítico aparece ao mesmo tempo como corolário da nova hipótese e como seu penhor de universalidade". Mas, como esquecer que Édipo recebe esse valor de invariante universal, por estar deslocado em nosso contexto cultural moderno: sonhos, sintomas, palavras em análise, outras obras de arte, etc. formam um novo entrelaçamento que lhe garante universalidade.
– O herói trágico torna-se a figura simbólica do desejo infantil, que esquecemos e permanece em nós. Em Édipo é *a Criança* que é promovida a herói: é nisso que Freud muda o significado da peça. "Édipo não tem inconsciente, porque é nosso inconsciente, quero dizer, um dos papéis principais que nosso desejo assumiu."
– O herói trágico tem uma posição dupla: é a um só tempo o sujeito e o objeto da investigação, "o investigador investigado". O movimento da tragédia organiza o duplo trabalho do desconhecimento e do reconhecimento até a verdade fulminante: o criminoso que persigo sou eu. Freud se identifica com Édipo e identifica a psicanálise com essa busca dolorosa da verdade às voltas com a cegueira, em que se enfrenta o outro desconhecido em si mesmo. O sujeito está inexoravelmente dividido.

Freud se identifica também com Sófocles, capaz de orquestrar em tragédia, como ele em teoria, essa aventura do homem que se interroga sobre seu ser, suas origens e sua história.

- *Freud lê* Hamlet

Eis o que ele escreveu:

"Outra de nossas grandes obras trágicas, *Hamlet* de Shakespeare, tem as mesmas raízes de *Édipo-rei.* (...) Em *Édipo*, as fantasias-desejos subjacentes na criança são postas a descoberto e realizadas como no sonho; em *Hamlet*, elas ficam recalcadas, e só sabemos de sua existência, exatamente como nas neuroses, pelo efeito de inibição que elas desencadeiam. Fato singular, enquanto esse drama sempre teve uma repercussão enorme, nunca se pôde ver com clareza no que se refere ao caráter do herói. A peça se baseia nas hesitações de Hamlet em realizar a vingança de que é encarregado; o texto não diz quais as razões ou os motivos dessas hesitações; as múltiplas tentativas de interpretação não puderam descobri-los. (...) O que é então que o impede de cumprir a tarefa que lhe atribuiu o fantasma de seu pai? É preciso reconhecer que é a natureza dessa tarefa. Hamlet pode agir, mas não poderia se vingar de um homem que afastou seu pai e tomou-lhe o lugar ao lado de sua mãe, de um homem que realizou os desejos recalcados de sua infância. O horror que deveria impeli-lo à vingança é substituído por remorsos, escrúpulos de consciência, parece-lhe que, reparando bem, ele não é melhor do que o pecador que quer punir. Acabo de traduzir em termos conscientes o que deve permanecer inconsciente na alma do herói; se depois disso se disser que Hamlet era histérico, será apenas uma das conseqüências de minha interpretação. A aversão pela sexualidade, traída por suas conversas com Ofélia, está de acordo com esse sintoma." (*A interpretação dos sonhos*, trad. franc. P.U.F., 1967)

Depois Freud procura as fontes de Hamlet na personalidade de Shakespeare.

Esse texto parece oferecer o que se reprova atualmente na "psicanálise aplicada": estudo psicológico da personagem, julgamento clínico, interpretação sem leitura precisa da obra, assimilação do autor ao personagem. E, no entanto, as leituras mais sutis não questionam a justeza dessa análise. É que estamos vivendo o momento da invenção da psicanálise e não os tempos da rotina. *Hamlet* está por demais ligada à auto-análise para que Freud possa nos fornecer o trabalho associativo que produziu essa interpretação. Porque Hamlet não é somente o paciente histérico de Freud (Starobiniski), é também, em parte, Freud às voltas com sua "nevrótica": Shakespeare escreveu *Hamlet* após a morte de seu pai, diz Freud, que, por sua vez, decifra Hamlet e se decifra nele, um ano após a morte de seu próprio pai...

A implicação pessoal de Freud em sua interpretação abre uma das vias mais fecundas da leitura psicanalítica: a obra literária não é nem um sintoma, nem a fala em análise, oferece-nos uma *forma simbolizada* para um aspecto de nosso psiquismo inconsciente que dela estava privado.

Enfim, uma tragédia fundada na "volta do recalcado" (*Édipo*) ajuda a compreender outra tragédia baseada no recalque (*Hamlet*). Se Édipo *é* o inconsciente, Hamlet *tem* um inconsciente que Édipo simboliza. Inversamente, *Hamlet* é o penhor da verdade de *Édipo* como princípio explicativo universal, antes de se tornar e mover ele próprio o "protótipo" do recalque histérico. Essa prática inicia um método que buscará esclarecer os textos, uns pelos outros.

Assim, *Édipo* e *Hamlet* são "imagens mediadoras" entre o passado de Freud e os pacientes de Freud (Starobinski). São também "imagens mediadoras" entre Freud e Freud. E, se são "as garantias de uma linguagem comum", aquela que pouco a pouco vai impor, em nossa cultura, uma nova evidência comum, tornam-se "imagens mediadoras" entre Freud e nós, entre nós e nós.

Essa função mediadora do texto literário é essencial: ele só pode cumpri-la se estiver vivo, isto é, se for lido, e com uma leitura que seja diálogo com ele, apesar das distâncias culturais e históricas. Uma leitura assim, seja qual for o modo, é sempre "uma traição criadora" (Escarpit, *La sociologie de la littérature*).

Lacan e "A carta roubada" de Poe

O Seminário sobre "A carta roubada" (*Écrits*) é um texto difícil: introduzindo na psicanálise o modelo da lingüística estrutural, Lacan tenta elaborar uma nova teoria do inconsciente e das leis que regulam as relações intersubjetivas. De fato, ele busca uma *lógica* do inconsciente, da intersubjetividade e das relações com a verdade. Em 1956 ele pensa consegui-lo, graças à leitura do texto de Poe, uma investigação policial (mais uma depois de *Édipo* e *Hamlet*!) realizada com sucesso pelo célebre Dupin.

O conto não é correlacionado com sonhos ou associações de pacientes ou do psicanalista que escreve, como em Freud. Lacan correlaciona dois tipos de textos para produzir o seu: o de Freud (teoria) e o de Poe (ficção). Ele *pensa com* esses dois textos para deles retirar "a verdade", ou então *repensa* os textos freudianos *com* o conto capaz de "ilustrar a verdade" que quer ensinar. A situação do conto fica, pois, ambígua, mas isso em nada diminui o interesse desse estudo que não se contenta em refazer a investigação de Dupin, para encontrar outra solução para o enigma: ele procura as leis não só do enigma mas também da investigação.

• *O drama da intersubjetividade*

Lacan extrai, do conto, as duas cenas que constituem a história:

– A primeira passa-se no toucador real: a rainha recebe uma carta, o rei entra; a rainha dissimula a carta, colocando-a sobre a mesa, "revirada, com o sobrescrito para cima"; o ministro vê o embaraço da rainha, compreende sua causa, tira de seu bolso uma carta idêntica, coloca-a no lugar da primeira; a rainha vê o roubo, mas não pode fazer nada. Sabe que o ministro tem a carta e ele sabe que ela sabe.

– A segunda cena passa-se no escritório do ministro: a polícia vasculhou tudo em vão para encontrar a carta; Dupin faz-se anunciar ao ministro, e, com os olhos escondidos sob óculos verdes, reconhece a carta num bilhete amassado, deixado à vista de todos, em um porta-cartões de visita pendurado no meio da lareira; ele volta no dia seguinte e, provocando um incidente de rua que desvia a atenção do ministro, rouba a carta. O ministro não sabe que não tem mais a carta; a rainha sabe que ele não a tem mais; Dupin sabe que ele não a tem mais; porém, deixando em troca um bilhete sarcástico, espera o momento em que ele descobrirá sua derrota. A carta será devolvida à rainha.

Lacan, deixando de lado todo o estudo psicológico das personagens, procede a uma leitura estrutural. Analisa a segunda cena como a *repetição* da primeira: um mesmo sistema de três figuras ligadas por um mesmo acontecimento, o roubo, em torno de uma mesma carta. De posse disso, procura-lhe a organização lógica.

• *A lógica das relações com a verdade*

Lacan define a princípio as diferentes posições do sujeito ante a verdade, analisando o jogo de olhares, segundo a equivalência ver = saber.

> "Logo, três tempos, que colocam em ordem três olhares, sustentados por três sujeitos, cada vez encarnados por pessoas diferentes.

O primeiro é o de um olhar que nada vê, é o Rei e é a polícia.

O segundo é o de um olhar que vê que o primeiro nada vê e se ilude de ver coberto o que ele esconde: é a Rainha, depois é o ministro.

O terceiro é o que vê, desses dois olhares, que eles deixam a descoberto o que é para esconder, para quem quiser se apoderar: é o ministro, e é finalmente Dupin."

Nota-se que, nesse sistema rigoroso, desapareceram dois elementos: a rainha, diferentemente do ministro, vê/sabe que lhe furtam a carta; sabe também, mas com outra forma de saber, que Dupin não é um segundo ministro e lhe devolverá a carta. Ela não parece, portanto, pertencer inteiramente a essa série que se acredita definir o sujeito às voltas com a verdade. Quanto ao rei, cego do princípio ao fim, como se estivesse fora do jogo, continua muito enigmático.

• *A lógica da intersubjetividade*

Lacan observa que, de uma cena para a outra, a rainha, o ministro e Dupin se sucedem, em momentos diferentes, nos mesmos lugares. É a carta* (figuração do significante e letra do alfabeto) que, ao circular, faz os sujeitos circularem no interior de um pequeno número de lugares fixos. Ninguém é proprietário da carta, conservá-la ou não é que atribui este ou aquele lugar: isto prova a "determinação maior que o sujeito recebe do percurso do significante". Todo sujeito está subordinado à "ordem simbólica" que o transcende e define seu lugar, sejam quais forem "os dons inatos, a experiência social, o caráter ou o sexo".

Tudo isso é bem abstrato. Mas se a carta representa "o falo" ou "um grande corpo de mulher" ("falicizado" ou sím-

---

* Em francês, *lettre* designa tanto carta quanto letra. (N. do R.)

bolo do falo ausente), tudo se torna mais claro: as duas cenas estruturam uma história edipiana, organizada em torno do complexo de castração. Três posições: o pai, a mãe, o filho. De fato só se movimentam o ministro, filho infiel, e Dupin, filho fiel, que restabelece, no final, a ordem inicial, mediante um acerto (pouco analisado) com a rainha: são a única figura (desdobrada) do sujeito.

De fato, Lacan rejeita aqui qualquer análise das singularidades de um discurso inconsciente: seria apenas uma vulgar montagem imaginária. No entanto, tais singularidades baseiam a argumentação. Derrida, em "Le facteur de la vérité," sublinha o quanto o seminário retoma pontos concretos do estudo dedicado por Marie Bonaparte a Poe. É a orientação que difere. Lacan define uma lei universal da intersubjetividade em torno do falo: o rei detém o poder conferido pelo falo, com a condição de confiar-lhe a guarda à rainha, que, com toda a certeza, não o possui e tem somente o poder de transmiti-lo. Ela deve ser fiel ao juramento prestado ao rei (o pacto do casamento), de quem é "súdita". O ministro, detendo a carta, julga-se todo-poderoso, mas "se feminiliza", e Dupin só escapa a esse destino ao devolver a carta à rainha. Vê-se o quanto essa lei inserida no inconsciente se harmoniza com as leis da sociedade patriarcal cuja necessidade universal é por ela garantida. Graças à sua leitura do conto, Lacan transforma o Édipo para convertê-lo numa lógica geral do sujeito considerado na ordem do parentesco.

• *A lógica do inconsciente*

Para Lacan, "o inconsciente está estruturado como uma linguagem" (*Écrits*), isto é, como uma língua: conta-se, pois, com combinações infinitas de elementos finitos, mas plurais e ligados diferencialmente entre si. Em lingüística, cada um é marcado pela ausência dos outros e pela presença do que falta aos outros. Aqui é tudo diferente: o inconsciente já não é a organização singular de significantes de desejos e de afetos que caracterizam um indivíduo. Há *uma* carta, *um* significante, *o* falo, único representante do desejo, governa-os: a psicanálise baseia-se na afirmação da preeminência do pênis ou do falo, emblema único e "indivisível" da sexualidade. Aqui, o inconsciente funciona (como uma máquina) segundo a alternância repetitiva da presença e da ausência do falo (a carta).

O conto colocaria em cena o funcionamento inelutável desse sistema, acrescentando-lhe um caráter circular: "uma carta chega sempre ao destinatário, apesar de suas aventuras". A carta conservada pela rainha volta à rainha: nesse meio tempo, ela foi "desviada" ou "retida", mas seu trajeto a leva de volta a seu ponto de partida. A única história da carta é a repetição ao infinito desse roubo, desse desvio e desse retorno ao lugar em que *deve* estar. Uma ordem lógica do retorno à ordem que supõe o esquecimento do primeiro remetente, do embaraço da rainha, da multiplicidade das cartas e de suas mensagens. "Aliás", esse "desvio" vai da rainha às "pilastras da lareira" (pernas* da mulher) no gabinete do ministro: os avatares das fantasias do Édipo masculino em torno da castração dita feminina tecem essa análise que transforma "a moral da fábula" em lei do Simbólico.

Fundamentar uma leitura psicanalítica nessa lógica lacaniana será infrutífero, se deixarmos de lado o primeiro trabalho de decifração presente nas entrelinhas no Seminário.

A literatura e o teste da teoria

No início de *Gravida*, Freud escreve, ao falar dos poetas: "Bebemos na mesma fonte, modelamos a mesma mas-

---

* Em francês, pilastra = *jambage* e perna = *jambe*. (N. do R.)

sa, cada um de nós com os próprios métodos." As duas análises que acabamos de seguir reconhecem na obra literária um saber igual, embora elaborado de forma diferente, sobre o inconsciente. Os textos literário e psicanalítico se esclarecem mutuamente. Porém, a especificidade do trabalho literário não é levada em conta, tanto a atenção é mobilizada pelos efeitos de verdade produzidos pelo encontro surpreendente dessas duas abordagens.

No entusiasmo da descoberta psicanalítica, os mitos e a literatura desempenham um grande papel na construção, experimentação e justificação da teoria. *As minutas da sociedade de Viena* revelam essa abundância desordenada, mas viva e inventiva, das leituras. Lemos sempre com paixão, por exemplo, *O mito do nascimento do herói*, *O estudo do duplo* ou o *Dom Juan* de Otto Rank. Sem contar *O traumatismo do nascimento*, em que, partindo do conflito edipiano, ele lhe recusa a primazia, ao descobrir a importância dos primeiros tempos da vida psíquica. Lê-se para "verificar" ou "ilustrar" e se encontra outra coisa. É que os conceitos ainda não estão fixados nem hierarquizados: a literatura oferece formas imaginárias, simbolizações, palavras a intuições clínicas ainda vagas.

Ou então, apegamo-nos ao prazer da literatura: como Freud que, decidido a "verificar" em *Gravida* de Jensen suas teorias do sonho e do delírio, descobre a arte de basear um romance inteiro na prática de um discurso de duplo sentido.

3. A obra literária como objeto de estudo

Dessa vez, o texto literário já não desempenha o papel de mediador entre a clínica e a teoria, é a psicanálise que tem o papel de *mediadora* entre a obra e seus leitores.

Estatuto da obra/estatuto do escritor

Os dois estatutos sofrem juntos variações espantosas: uma página de *Sonhos e delírios na "Gravida" de Jensen* é, desse ponto de vista, reveladora. No início, Freud afirma a superioridade dos poetas (= criadores):

> "Eles são, no conhecimento da alma, nossos mestres (...), pois se abeberam em fontes que ainda não tornamos acessíveis à ciência."

No fim, a relação é invertida: a análise do romance decerto não acrescentará nada ao nosso conhecimento do sonho; por outro lado, ela proporcionará "talvez um pequeno resumo sobre a natureza da produção poética". Mas, como conciliar esses dois juízos já contraditórios com aquele que apresentamos no capítulo II: a igualdade entre as práticas literária e analítica, em nome da "conformidade dos resultados" na diferença dos procedimentos? A página que citamos oferece uma resposta.

Com efeito, Freud passa da humildade à autoridade, ao estabelecer uma hierarquia entre os dois tipos de saber: os escritores "se limitaram a mostrar" onde o psicanalista "descobre". Há aquele que sabe, mas ignora o que sabe; há aquele que dispõe de seu saber. Lacan resume bem essa relação hierárquica em *Hommage à Marguerite Duras du Ravissement de Lol V. Stein*: "Ela mostra saber sem mim o que ensino." Ele se maravilha com a "conformidade dos resultados", mas parece-lhe impensável que Duras (escritora e mulher) pudesse saber algo que a teoria analítica ainda ignora. E quem decide dessa "conformidade", senão o psicanalista, doravante o único mestre da verdade do desejo e do inconsciente?

Seguindo Freud, o analista tem a seu favor "a observação consciente dos processos psíquicos anormais nos outros, a fim de poder adivinhar e enunciar suas leis". A auto-análise desaparece: há o cientista e o outro, objeto do saber. Quanto ao artista, está limitado ao autoconhecimento: "ele aprende pelo interior de si mesmo o que aprendemos pelos outros".

Essa rivalidade surda confere ao "poeta" uma posição incerta entre a do médico e a do neurótico. Pode-se mesmo lhe recusar esse meio saber, para transformá-lo num "caso": um doente para quem escrever serviria de muleta derrisória ou de exutório. Seria preferível deitá-lo no divã. Na falta dele, deitam-no no papel.

Nessas condições, "o fenômeno literário, por via analógica" (com a fala do paciente e o discurso do psicanalista), "está em suspensão irônica entre o patológico e o médico" (Mehlman, *Entre psychanalyse et psychocritique*). Ele pode mesmo se volatilizar nesta alternativa: a estética já não é um trabalho de simbolização, mas um véu que mascara a verdade; ela será, pois, deixada para os estetas. Em *Gravida*, Freud vê sucessivamente "um estudo psiquiátrico" e a expressão de um conflito psíquico ignorado pelo autor. Outros se limitarão a ler em uma obra, como Laforgue no caso de Baudelaire, "a confissão de um mal psíquico". De qualquer maneira, a literatura torna-se um imenso reservatório de *material clínico*.

A sujeição da obra literária ao saber psicanalítico tende a tornar-se a regra: só ele teria o poder de extrair da ficção sua parte de verdade. Uma parte da crítica funciona com base nesse modelo da autoridade: submetida a um corpo doutrinal elaborado em outro lugar, ela o utiliza para submeter o texto literário a seu poder de interpretar e de julgar, em nome de uma "ciência" do inconsciente. "A psicanálise aplicada" faz parte de todos os programas das Sociedades psicanalíticas, inclusive a Escola de Lacan. Nesse sentido, a psicanálise partilha, com todas as ciências humanas, a mesma relação ambígua com o texto literário: ele é visto como a abordagem empírica (logo, aproximativa) de uma verdade ou de um modelo produzidos pela teoria.

Dito isso, julga-se uma leitura por suas contribuições nos limites de seu projeto. É preciso, pois, ceder lugar, sem ostracismo, à diversidade dos projetos críticos; guardando, todavia, duas questões na memória: aplica-se um método, sem prever o que se vai encontrar, ou de uma vez os conceitos já elaborados na "ciência" de referência? Leva-se ou não em conta o trabalho literário como trabalho de simbolização?

Patologia da personagem e da obra...

Quem não tem tendência a identificar uma personagem fictícia com uma "pessoa real"? Ou a concluir diretamente de uma obra a psicologia do escritor? Mesmo Freud (*Gravida*), como Lacan ("A carta roubada"), ficam embaraçados com esse problema que encontram em sua própria leitura. A estilização exemplar da obra é que a diferenciaria das narrativas de doentes. Ela teria, assim, sobre seus leitores, efeitos de catarse e de autoconhecimento, sendo, além disso, o "prêmio do prazer" do velamento estético que evita o confronto direto (insuportável) com a verdade. Em suma, quando Flaubert diz "Madame Bovary sou eu", ele expressa a complexidade das projeções e identificações atuantes na elaboração estética.

Passemos em revista diferentes posições críticas:

— **Freud** constrói sua teoria da paranóia com base na simples leitura das *Memórias* do presidente Schreiber. Finalmente, cria uma noção clínica fundamentado num texto. Mas, sensível ao poder mítico e simbólico desse escrito, ele examina a afinidade que une as formas do conhecimento paranóico e as modalidades de sua própria teorização.

— **Laforgue** tenta, com *L'échec de Baudelaire*, fazer uma "patografia" da obra conduzindo à patologia do escritor. Traduzindo (às vezes termo a termo) a linguagem poética em linguagem clínica, transforma os símbolos baudelairianos em simples alegorias dos sintomas, que ele organiza em neurose. Vê-se aí geralmente uma caricatura da leitura analítica: não tanto pelo seu diagnóstico quanto pela sua redução de uma produção literária à expressão direta de uma neurose.

– **Lacan** transforma sua análise de uma personagem, tomada como pessoa real, numa interpretação simbólica: assim, Hamlet representa o homem moderno às voltas com o drama do desejo; a rainha, a mãe, sedutora tanto do pai como do filho; Ofélia, "o drama do objeto feminino preso na armadilha do desejo masculino". (*Le désir et son interprétation.*)

– **Julia Kristeva** se dedica a um diagnóstico em *Soleil noir*, livro recente consagrado à melancolia. Enquanto ela estuda a "dialetização" estética da melancolia, analisa a obra de Duras como a expressão direta desse mal. Falando a princípio de uma "estética da inabilidade", o que é promissor (embora insuficiente para explicar a escrita de Duras), ela conclui pela ausência de qualquer trabalho verdadeiro de simbolização: "Nenhuma purificação nos aguarda à saída desses romances rentes à doença, nem a de um bem-estar nem a promessa de um além, nem mesmo a beleza encantadora de um estilo ou de uma ironia, que constituiria um brinde de prazer além do mal revelado." Esse julgamento inapelável infelizmente não é acompanhado por nenhuma argumentação fundamentada num estudo preciso da composição ou do estilo das obras.

Mas Kristeva levanta um problema importante, *desaconselhando* a leitura de Duras aos "leitores e leitoras frágeis": "A morte e a dor são a teia de aranha do texto, e pobre do leitor cúmplice que sucumbir à sua sedução: ele pode ficar enredado nela de verdade." Surgem então três questões.

Por que Duras no pelourinho e Artaud, Mallarmé ou Céline incensados? De fato, toda obra literária pode gerar uma crise pessoal. Depois, deve-se atribuir tal contágio do sofrimento psíquico a uma falha de elaboração estética ou então ao fato de que os textos contemporâneos inovadores desarmam nossas defesas, por ainda não estarem inseridos na tradição (nos códigos) cultural? Enfim, esses efeitos não se devem, em grande parte, à própria leitura psicanalítica? Quando não aplicamos uma chave de pré-compreensão, ou não nos abrigamos atrás do diagnóstico referente ao outro, mas operamos uma desconstrução das simbolizações concretas de um texto, há sempre um risco. Até onde ir no trabalho de dessimbolização que nos leva a zonas insuportáveis de nós mesmos? Para dizer a verdade, guardamos defesas: o retorno às simbolizações do texto que têm então um aumento de poder; sua correlação com elementos do discurso analítico que oferece outros modos de simbolização; a busca de suas próprias simbolizações, pela escrita crítica. Acontece a qualquer um(a) parar a leitura desse ou daquele texto, mas pode-se colocar livros ou escritores no índice, em nome da psicanálise?

A psicobiografia

A psicanálise não pode suprimir a questão do sujeito. André Green escreve: "Seria possível não estabelecer nenhuma relação entre o homem e sua criação? De que forças se nutriria esta, senão daquelas que estão em atividade no criador?" (*Un œil de trop*) E as noções de inconsciente e de conflito psíquico esclarecem de outro modo a gênese e a história do indivíduo, da atividade criadora e da obra.

O projeto psicobiográfico é mais vasto do que os que acabamos de estudar, mas a problemática é semelhante. Além disso, vamos reabrir essa questão com Mauron. É por isso que nos contentaremos em dar aqui alguns exemplos clássicos, antes de passar às novas perspectivas abertas pelas pesquisas sobre as autobiografias de escritores.

• *Fundamentos da psicobiografia*

A *psicobiografia* baseia-se no programa de Freud, no Prefácio ao *Edgar Poe* de Marie Bonaparte: "estudar as leis do psiquismo humano em indivíduos excepcionais".

Bonaparte procura definir a neurose de Poe, mormente em torno da necrofilia, mas seu método ultrapassa esse projeto: buscando estruturas comuns a diversas obras, ela destaca núcleos de fantasias complexos que revelam as diversas formas de um conflito psíquico elaborado no imaginário, na composição e na simbólica dos textos.

Lacan, ao fazer o elogio do livro de Delay sobre *La jeunesse de André Gide*, generaliza logo o caso individual: Gide "coloca um problema tão pessoal que coloca o problema simplesmente da pessoa, o do ser e o do parecer", e seu romance familiar torna-se o itinerário exemplar do sujeito (masculino) preso entre as armadilhas da figura materna e do desaparecimento da fala paterna. Laplanche, em *Hölderlin ou La question du père*, tenta detectar, através da vida e dos poemas, uma carência que explica a loucura: o "repúdio" (segundo Lacan, a rejeição primordial fora do universo simbólico do sujeito) do significante fundamental que seria o Nome-do-Pai. Uma bela fórmula faz justiça a Hölderlin: "Poeta, porque abre a esquizofrenia como questão, abre essa questão porque é poeta"; ela continua, porém, enigmática. Se o diagnóstico é diferente, a finalidade e o método permanecem clássicos.

Dominique Fernandes redefine claramente os princípios da psicobiografia no início de *L'échec de Pavese*: "tal criança, tal obra". Embora afirme: "O homem está na origem da obra, mas o que é esse homem só pode ser captado na obra", ele constrói seu estudo seguindo o modelo de Bonaparte: uma primeira parte consagrada a uma biografia minuciosa, uma segunda, à obra analisada sobretudo de maneira temática. Esse encadeamento corresponde a um determinismo linear que o crítico assume: "Antes mesmo que (Pavese) tenha escrito uma única linha, seus livros estão contidos nos conflitos de sua primeira juventude". E, para ele, não se pode compreender uma obra sem o conhecimento profundo de seu autor. Não é por acaso que retoma o título *L'échec de Baudelaire* de Laforgue: a obra é uma "longa confissão" que não tem sequer valor catártico, visto que não pode impedir a "falência" humana (angústia, loucura, suicídio).

Em *L'enfance de l'art*, Sarah Kofman faz a crítica desse determinismo que serve de base relativa ao projeto psicobiográfico: opõe-lhe outro tipo de causalidade que converte o drama psíquico na estrutura da obra, mas também a obra na estruturação simbólica e na elaboração desse drama. Em suma, "a obra engendra seu pai".

Se não levamos em conta as relações complexas entre vivência, fantasia e escrita e se esquecemos a intervenção do inconsciente na temporalidade consciente, corremos grande risco de criar o que Smirnoff chama ironicamente de "uma nova entidade clínica, a neurose criadora" (*L'œuvre lue.*)

• *O estudo analítico das autobiografias*

Philippe Lejeune é o pioneiro nesse campo. Se considerarmos suas leituras concretas de Rousseau e de Sartre em *Le pacte autobiographique*, ou seu trabalho sobre *Leiris*, surgem, enfim, duas questões fundamentais: a da verdade da lembrança; a da enunciação.

Ele extrai de Freud a análise da lembrança da infância como "recordação encobridora": uma formação de compromisso entre o recalque e as defesas; a condensação, em torno de um conteúdo insignificante, mas de grande valor afetivo, de elementos tirados da realidade e da fantasia pertencentes a diferentes períodos da infância. Sua verdade não é, pois, factual, mas psíquica. A escrita autobiográfica é a reescrita de uma infância e de uma história que todos nós remanejamos em narrativa, ao longo de nossa existência. Sua decomposição deve, pois, passar pela análise da rede textual, pois a vida aqui fez-se texto. Estamos longe de Fernandez, que quer substituir as livres associações pela "comparação com as circunstâncias biográficas" e deixa escapar a estruturação das fantasias, inserindo o desejo e a interdição no âmago de toda memória. Lejeune, a partir das relações entre conteúdo narrativo, sujeito do enunciado e sujeito da enunciação, analisa o trabalho do sujeito escrevente, entre imaginário e linguagem. Essas pesquisas recentes se inserem nas mudanças de uma leitura analítica mais atenta à própria escrita.

O desvio interpretativo

O interesse de um texto crítico nem sempre se mede pelas suas intenções patentes: a atenção dada aos encaminhamentos e às particularidades despercebidas de uma obra é essencial. É aí que surgem os problemas de método.

Freud levantou-se contra a tradução direta dos símbolos nos sonhos: para ele, um símbolo (sexual, por exemplo) só encontra seu verdadeiro significado no *contexto* singular de *um* sonho ou do conflito psíquico de *um* sujeito que sonha. A tradução simbólica foi muito reprovada na crítica junguiana. Entretanto, Charles Baudoin é exceção, uma vez que, já em 1924, em *Le symbole chez Verhaeren*, ele quer "desfazer as condensações" e "revelar os deslocamentos e os recalques". Ele sublinha que "as condensações de imagem que formam os símbolos têm mais de dois termos" e, logo, não podem ser "traduzidas". Se o "simbolismo pessoal de um artista" estava *associado*, na infância, a certos conflitos ou emoções, ele evolui no decorrer da existência e da obra: "não se poderia instituir, de uma vez por todas, o léxico dos símbolos de um poeta".

Essa prática refletida preanuncia o método de Mauron. Com efeito, ela remete aos dois eixos da leitura analítica que Sarah Kofman define, com base em Freud, em *L'enfance de l'art*: a leitura "sintomal" e a leitura estrutural.

• *A leitura "sintomal"*

Ela deve seu nome a Freud, para quem "os próprios discursos constituem sintomas", entendidos como compromisso entre inconsciente e consciente. Pode-se falar também da leitura "indicial" (de "indício"), seguindo Guinzburg: nós remetemos aqui a nossas "questões de método", pois a localização dos vestígios da intervenção do inconsciente nos textos é o critério fundamental de uma crítica verdadeiramente analítica.

Da *Gravida*, Freud declara: "É um triunfo do espírito poder expressar numa mesma fórmula o delírio e a verdade". Sua análise constrói uma leitura dupla simultânea desse romance, a partir das ambigüidades de palavras, de imagens, de falas e de situações narrativas. Mas o inventário da atividade do inconsciente é mais vasto: repetição obsessiva, dissonância entre um tema e um afeto, esquisitice, lapsos, estranheza, contradição, palavra inesperada, ausência assim como presença surpreendentes, detalhe posto em primeiro plano, etc. É a partir daí que se abre outro espaço de legibilidade. Quem quiser iniciar-se nesse tipo de leitura deve ler as *Clés pour l'imaginaire* de Octave Mannoni.

A leitura analítica pode deter-se aí, podendo entretanto requerer uma leitura estrutural que confirme ou generalize a interpretação.

• *A leitura estrutural*

Ela se abre em duas direções. Da leitura de um texto, passa-se a correlacionar diferentes textos de um mesmo autor, para descobrir uma estrutura psíquica particular: Freud indica esse caminho no fim da *Gravida* e Mauron vai sistematizar essa prática. Ou então, associam-se textos de origem diferente para detectar uma estrutura universal; assim, da função tríplice da figura feminina para um sujeito masculino, em *Les trois coffrets* de Freud. Atualmente, André Green é um bom representante dessa corrente crítica.

Un œil de trop estuda, através do teatro de Ésquilo, de Eurípides, de Shakespeare e de Racine, as diversas combinações da estrutura edipiana que seria a um só tempo o invariante universal do psiquismo humano e o modelo da tragédia. Bem que Green evoca um possível Édipo feminino, mas se dedica aqui ao Édipo negativo masculino: "Enquanto geralmente a análise das obras de arte versa sobre o complexo de Édipo positivo do menino, isto é, sobre a situação de rivalidade com o pai e de amor pela mãe, nossos três ensaios têm por objeto de estudo a relação hostil do filho com a mãe." O estudo é apaixonante: do ponto de vista analítico (de fato, a noção originou-se na clínica); do ponto de vista literário, pois se descobre a estrutura específica de cada peça e o jogo dos significantes lingüísticos ou representativos (por exemplo, o lenço de Desdêmona). Entretanto, poder-se-á afirmar a partir de um *corpus* tão restrito o caráter estritamente edipiano do gênero trágico?

O perigo, para críticos menos sutis, é a monotonia desesperante do que Starobinski chama "o círculo interpretativo" (*La relation critique*): só se encontra no final a hipótese do início (freqüentemente banal). Não se soube, não se quis, não se ousou deixar-se "surpreender" pelo texto literário.

4. A psicocrítica de Charles Mauron

A obra literária está no cerne dos trabalhos do leitor apaixonado que é Mauron: como diz Genette, em *Psycholecture*, ele colocou o instrumento psicanalítico a serviço da crítica. Entretanto, a psicanálise não é instrumentalizada, intervém como uma necessidade em seu procedimento crítico: em 1938, ele havia decifrado os poemas de Mallarmé (então julgados totalmente herméticos), esclarecendo os textos uns pelos outros; diante das redes de metáforas que descobria, apenas os princípios freudianos de interpretação dos sonhos lhe pareciam permitir ir mais longe na compreensão da obra e de seus móbeis vitais. E é tateando que ele cria seu método e seu vocabulário críticos: *entre* Mallarmé e Freud.

Duas frases do escritor Bernard Pingaud esclarecem o duplo pressuposto desse procedimento crítico:

> "Todo um jogo de associações, cuja chave não possuímos, subverte constantemente e ao mesmo tempo organiza, à nossa revelia, o texto que pretendemos controlar" ("L'écriture et la cure"). E, "não escreveríamos se pudéssemos nos contentar em sonhar (...) Escrevemos para o outro (...) A obra, que se dirige ao outro, é ao mesmo tempo alguma outra coisa". ("L'œuvre et l'analyste".)

Em 1948, Mauron cria o termo "psicocrítica" para ressaltar a autonomia de um método que deve forjar "suas próprias ferramentas" em função de seu objetivo, a produção estética. Pode-se dizer que é o único inventor de um método específico, análogo, mas não idêntico, aos processos da própria prática analítica. Seus trabalhos são consideráveis: Mallarmé, Racine, Baudelaire, Molière, Valéry, Hugo, etc.

O método, para não se transformar em receitas ineficazes, supõe um longo aprendizado e, além disso, exige um longo convívio com os textos: Mauron sabia Mallarmé de cor... Entretanto, espero que a reflexão realizada desde o início deste estudo ajude a avaliar as contribuições desse pioneiro de uma leitura verdadeiramente *literária*.

Em sua tese, *Des métaphores obsédantes au mythe personnel*, Mauron expõe, de modo pedagógico, as quatro etapas de seu método:

– as "sobreposições" que possibilitam a estruturação da obra em torno de redes de associações.

– A descoberta de figuras e de situações dramáticas ligadas à produção de fantasias.
– O "mito pessoal", sua gênese e sua evolução, que simboliza a personalidade inconsciente e sua história.
– O estudo dos dados biográficos que servem de verificação à interpretação, mas só recebem importância e sentido da leitura dos textos.

Todavia, essa apresentação requer algumas observações:

– A pesquisa é feita num vai-e-vem constante entre essas quatro etapas: assim, *La psychanalyse* de Mallarmé é uma 'obra em construção', como pode sê-lo o relatório de uma experiência psicanalítica. A reconstrução lógica do método se opera depois como nos textos teórico-práticos em psicanálise. Notadamente, as sobreposições e o trabalho interpretativo intervêm até o fim, produzindo modificações e reajustamentos.

– O método é, a um só tempo, indicial, estrutural (sincrônico) e histórico (diacrônico).

– Enfim, Mauron é um dos raros que partem ao acaso *com* os textos, para descobrir a estruturação simbólica de um conflito psíquico que ignora no início.

A prática das sobreposições

"Ler é reconhecer sistemas de relações entre as palavras." Mas, trata-se de localizar relações "despercebidas" destinadas a se tornarem "evidências manifestas", adaptando à leitura literária o princípio das "associações livres" e da "escuta flutuante". Qualquer texto pode servir de contexto associativo a outro, e toda leitura ouve num texto os ecos dos outros. Na base, os processos inconscientes: condensação, deslocamento, elaboração secundária, etc. Trabalha-se aqui com o primeiro tópico freudiano: Inconsciente/Pré-consciente/Consciente.

Sobrepor não é comparar. Comparam-se objetos manifestamente análogos e distinguem-se logo tanto suas diferenças quanto suas semelhanças. Sobrepor é buscar *coincidências* de significantes verbais ou simbólicos em textos manifestamente diferentes. Isso supõe uma "interferência" do sentido consciente, uma subversão das estruturas sintáticas e semânticas, "uma certa acomodação do olhar". Na comparação, os textos permanecem distintos; na sobreposição, cedem (provisoriamente) o lugar à outra organização que Mallarmé chamava "o reflexo por baixo", ligado ao desejo de "ceder a iniciativa às palavras": de fato, à outra lógica, a do inconsciente.

Nunca se sobrepõe um elemento único, mas uma "rede", como viu muito bem Genette: a coincidência prende-se a um conjunto ou sistema de "metáforas obsessivas". A rede associativa é, pois, uma *estrutura textual*, comum a vários textos e "autônoma" em relação ao tema consciente de cada um: ela desenha uma "figura" presente de maneira esparsa em cada texto.

Assim, Mauron constrói a figura do "anjo músico", a partir de uma "arquitetura de metáforas" localizada em "Apparition", "Don du poème", "Sainte", "Une dentelle s'abolit", "Le démon de l'analogie", etc. Ele organiza a rede em torno de alguns pontos fortes que ligam palavras, imagens e afetos: felicidade perdida/devaneio nostálgico/queda/perda, etc. Mas as sobreposições textuais são infinitamente mais complexas: entra-se num universo de leitura que dá um sentimento conjunto de estranheza e de familiaridade. Por exemplo, "anjo" reúne "serafins", "lâmpada angélica", "asa", "plumagem (instrumental)", "pena", "desplumado", "pássaro", etc. E a presença tão enigmática de "Palmas!" em "Don du poème" é entendida graças à "asa ou palma" do "Démon de l'analogie". Os diversos elementos da rede não cessam, pois, de se metamorfosear, nas combinações infinitas do caleidoscópio.

Mas, num poema e na obra de um poeta, há sucessão e entrelaçamento de várias redes: em Mallarmé, à rede do anjo pode-se combinar aquela, erótica, da cabeleira e ainda outras. Pode-se, pois, à vontade, voltar à leitura de um poema para nele seguir a multiplicidade singular das organizações metafóricas. Pode-se ainda, a partir da decomposição dos significantes, operada pela psicanálise lacaniana, aprofundar o trabalho da simbolização entre imaginário e linguagem, sem a arbitrariedade das leituras que fazem como se a linguagem falasse tudo sozinha (fosse um simples código). O diálogo se trava entre um sujeito que escreve e sujeitos que lêem, os quais têm em comum textos em metamorfose. Assim "roseaux" (caniços) em "Las de l'amer repos" não remete diretamente a uma imagem-tradução fálica: é de início a condensação de "roses" (rosas) e "eaux" (águas), dois elementos do código simbólico tradicionalmente femininos que os textos de Mallarmé transformam de maneira original. Da mesma forma, "mandore" (mandora) condensa "or" (ouro), "dore" (doura), "dort" (dorme), "m'endort" (adormece-me) e "man dort" (mamãe dorme) onde se inserem a morte e a presença impossíveis de expressar da mãe perdida aos cinco anos. Tais interpretações só se sustentam graças ao encaminhamento rigoroso e paciente da psicocrítica. Foi por isso que me detive no que é mais desnorteante e inovador do método.

As figuras e as situações dramáticas

Para Mauron, "essas estruturas (poéticas) desenham rapidamente figuras e situações dramáticas", mas aborda-se diretamente essa etapa com o teatro: lendo Racine, o crítico declara: "O elemento de qualquer drama não é a personagem, mas as relações tensas entre, pelo menos, duas figuras: a própria situação dramática." Tal é a diferença entre uma leitura psicológica e uma leitura baseada na fantasia que estrutura as relações intersubjetivas do sujeito e, sobretudo, a *situação intrapsíquica* do sujeito: o modelo aqui é o segundo tópico de Freud: superego/ego/id.

Mauron define como figura do ego aquela "em que todas as relações se cruzam": se acham então sobrepostos Pirro, Nero, Tito, Aquiles, Hipólito, Eliacim, sem contar Monima-Xifarés. Da mesma forma, do lado das figuras desejadas, Andrômaca, Júnia, Atalia, Ifigênia, etc.; e, do lado das figuras repelidas, Hermíone, Agripina, Roxana, Erifila, Fedra ou Atalia; Berenice aparece (dividida) nas duas séries. Vê-se como, na ficção trágica a cada vez única, se descobre a lógica de outro drama, aquela de um conflito psíquico entre diversas instâncias da personalidade.

Ora, as próprias "figuras" já são os produtos das *relações* entre o sujeito e seus objetos (reais ou fantasiados), logo, aspectos da personalidade inconsciente. Herodíades representa tanto Mallarmé quanto o objeto feminino desejado, sedutor e proibido, pois se sobrepõe ao *Maître*, do "Sonnet em YX" ou do "Coup de dés". Mehlman fala de "figuras fluidas entre o eu e o não eu ("Entre psychanalyse et psychocritique"), para serem descobertas numa multiplicidade e num escalonamento de relações. Lyotard, em *Dérives à partir de Marx et de Freud*, fala justamente de "fantasia gerativa".

Mauron trabalha, de fato, com a psicanálise inglesa marcada pelos trabalhos de Mélanie Klein: a *produção de fantasias* é uma atividade criativa que começa com os primeiríssimos processos psíquicos (que continuam a habitar em todos nós), como a incorporação, a introjeção, a projeção, a identificação projetiva, a clivagem, o luto e a reparação, etc. Esse imaginário, em geral visto como alienante desde Lacan, continua a ser a fonte viva da arte. Nesse sentido, mais do que de figuras ou imagens, conviria falar de *imago*, noção junguiana retomada por Freud e por Klein: não se trata nem de esquemas universais, nem de reproduções dos seres reais da infância, mas de produções psíquicas compósitas.

Mauron nos leva ao que André Jarry chamou de uma *prática psicanalítica dos textos*.

"O mito pessoal", segundo Mauron

"Em cada caso, e seja qual for o gênero literário, a aplicação do método revela *a obsessão de um pequeno grupo de personagens e do drama que ocorre entre eles*. Eles se metamorfoseiam, mas são reconhecidos e se constata que cada um deles caracteriza numa boa medida o escritor. (...) *Singularidade e repetição criam assim figuras características*. (...) Ora, essas observações sobre as figuras podem ser repetidas no caso das situações. A dorminhoca de Valéry não é contemplada como a dançarina de Mallarmé. Chega-se assim, em cada caso, a um pequeno número de cenas dramáticas, cuja ação é tão característica do escritor quanto os atores. *Seu agrupamento compõe o mito pessoal*.

Poderíamos contentar-nos com essa definição empírica, denominar 'mito pessoal' a fantasia mais freqüente num escritor ou, melhor ainda, a imagem que resiste à sobreposição de suas obras. Mas não seria já ficar aquém de nossos próprios resultados? Vimos como se formam essas figuras míticas. Representam 'objetos internos' e se constituem por identificações sucessivas. O objeto exterior é interiorizado, torna-se uma pessoa na pessoa; inversamente, grupos de imagens internas, impregnadas de amor e de ódio, são projetados sobre a realidade. Uma *incessante corrente de trocas povoa assim o universo interior*, núcleos de personalidade que são em seguida mais ou menos assimilados, integrados em uma estruturação total. A imagem de Débora em *Les trois cigognes* continua uma lembrança de Maria, enriquecida talvez de contribuições alheias (por exemplo, lembranças de leitura); entretanto, ela já é uma parte de Mallarmé (meio pregador, meio dançarina). (...) Racine-Bajazet desafia Racine-Roxane. Cada figura só pode representar um ego ou algum aspecto do superego ou do id; entretanto, o número das combinações permanece praticamente infinito e sua qualidade, imprevisível." (*Des méthaphores obsédantes au mythe personnel*, J. Corti, 1983.)

Ressaltamos as fórmulas importantes que resumem o procedimento crítico que conduz da estruturação dos textos à estruturação da personalidade inconsciente. O "mito pessoal" estaria na fronteira das duas: fantasia inconsciente ("constância e coerência estruturada de certo grupo de processos inconscientes") e roteiro pré-consciente que organiza ficções conscientes. Não se está distante do *Mythe individuel du névrosé* que Lacan define como "a grande apreensão obsedante do sujeito" (a partir do *Homem dos ratos* de Freud e de *Poesia e verdade* de Goethe).

Trata-se, certamente, de uma construção crítica: assim, para Mallarmé: "Eu velo, solitário, na angústia, pois minha irmã morta está atrás dessa parede: ele aparecerá, musicista." Não a encontramos realizada, tal qual, em nenhum texto. Até mesmo *Les trois cigognes*, narração escrita logo após a morte de Maria, põe em cena um ancião (duplo de um gato poeta e filósofo) que recebe a visita de sua filha morta. Mais ainda, se Mauron postula uma fantasia fundamental comum à vida e à escrita, ele faz do "mito pessoal" a fantasia que sustenta a escrita e se encontra estruturada especificamente por ela. Logo o "eu social" e o "eu criador" comunicam-se sem serem idênticos.

A partir dessa espécie de invariante, volta-se aos textos: desta vez, "as diferenças nos interessam tanto quanto as analogias". Mais até, porque de fantasias estratificadas passa-se ao próprio movimento da criação de fantasias e de símbolos que transformam a linguagem e o imaginário.

Descobrem-se as variações e as permutas da fantasia. As variações primeiro: a paisagem que o moribundo deseja atrás das "Janelas" ("Les fenêtres") se sobrepõe a Débora, Herodíade, ou às ninfas do "Fauno" ("Faune"). As leituras, a tradição cultural fornecem continuamente novas encarnações aos pólos da fantasia. O próprio poeta só cria através de uma rede de *substituições*. Por outro lado, ocorrem *permu-*

tas entre os pólos da fantasia: troca de lugares, passagem da ativa à passiva ou à reflexiva, negação, inversão dos afetos, etc. Todas essas operações simbólicas estão ligadas a jogos dinâmicos de forças pulsionais.

Para Mauron, o mito pessoal tem uma *história*: uma gênese (um texto de adolescência) e avatares diversos. Em Racine, há, por exemplo, uma grande inversão a um só tempo simbólica e psíquica, quando, às tragédias de três figuras (uma masculina entre duas figuras femininas contraditórias), se sucedem aquelas de quatro figuras, com o surgimento da figura do pai em *Mitridates*. Quando se passa de *Fedra* (meu pai me mata instigado por minha mãe) a *Atalia* (meu pai me salva matando minha mãe), a transformação não é indiferente!

O motivo pessoal recobre evidentemente motivos socioculturais em jogo entre os sexos e as gerações de que o autor é como que emissário involuntário. A força de Mauron está em não mascarar, atrás de uma lei-verdade universal, conflitos que ele se obstina em analisar em singularidade, mesmo que colidam com uma ideologia geral (e, além do mais, psicanalítica). Há uma ética de Mauron que recusa transformar personagens ou autores em emblemas de conceitos analíticos que definem o humano geral: criticaram-no muito por causa disso, acusando-o de *humanismo*, no entanto é isso que confere valor de verdade concreta a seu trabalho. O caminho continua aberto a interpretações diferentes, sobretudo a modificações históricas da subjetividade.

O lugar do estudo biográfico

Relembramos a problemática da psicobiografia: como não desenraizar uma obra de uma existência e de uma história concretas, e, ao mesmo tempo, não a explicar sumariamente por um ou outro sistema de causalidade?

Quando Mauron fala de "verificação pela biografia", quer pôr à prova a interpretação do mito pessoal e da "personalidade inconsciente". Entretanto, o que conta não são os fatos em si, mas sua repercussão psíquica: ora, na ausência das associações no divã, só a obra pode indicar como o sujeito interpreta e torna a representar sua história para si mesmo. Assim, é pela leitura dos poemas que Mauron descobre a importância, para Mallarmé, da morte de sua jovem irmã Maria, acontecimento que os biógrafos tinham deixado de lado. Do mesmo modo, *Le démon de l'analogie* formula o enigma de uma obsessão, a de uma frase "absurda": "A *Penúltima* morreu", associada a sensações e imagens pertencentes à rede do "anjo músico", indo até o pânico, quando o poeta vê, reunidas na realidade de uma vitrine de um fabricante de instrumentos musicais, as imagens interiores que teciam seus textos. Mauron resolve o enigma: a derradeira morta (a Última) é Maria, a Penúltima é a mãe morta que Mallarmé nunca evoca. O luto irreparável está ligado a um trama (uma ferida) que, de acordo com a teoria freudiana, nasce da junção de dois acontecimentos, um dos quais permanece radicalmente inconsciente.

Concluiremos com esta frase de Mallarmé: "O escritor, de seus males, dragões que ele mimou, ou de uma alegria, deve instituir-se, no texto, o histrião espirituoso" (*Quant au livre*). Deve-se notar o duplo sentido de "espirituoso"* e refletir sobre esse julgamento de Mauron, para quem o drama do desejo se metamorfoseia, em todo escritor, em drama do desejo de escrever.

5. Novas orientações

Atualmente, a crítica psicanalítica, assim como a psicanálise, tem uma história e faz parte de nosso quadro cultural.

---

* Em francês, *spirituel*, que significa tanto espirituoso como espiritual. (N. do R.)

Ela tem de defrontar modos de leitura nascidos de outras ciências humanas, das novas teorias do texto e da produção textual.

Os herdeiros de Mauron, fiéis a seu método, voltaram-se para outras perspectivas. Anne Clancier trabalha entre a análise da personalidade inconsciente e a da simbolização poética, porém valoriza o que Mauron deixava de lado, sua posição de leitora ante o texto (transferência/contratransferência). Yves Gohin e Serge Doubrovski se consagram, sob o termo de "psicoleitura", às relações estabelecidas entre estruturas conscientes e estruturas inconscientes na extrema singularidade de um texto. Quanto a mim, estou atento ao trabalho da enunciação: à elaboração de fantasias que foge à expressão de fantasias estratificadas; à distância ou às contradições produzidas pela encenação enunciativa. Derrida ressaltou muito esse aspecto do texto literário esquecido por Lacan ("Le facteur de la vérite").

Esses procedimentos críticos se distinguem das leituras temáticas, na medida em que visam ao *reprimido* e não ao *implícito* e em que neles o inconsciente conserva sua carga de sexualidade infantil. Continua à parte esse monumento, de classificação impossível, que é *O idiota da família* de Sartre. Esse ensaio alentado, consagrado a Flaubert, mereceria um longo desenvolvimento. Sublinhemos que esse projeto antropológico engloba a psicanálise: pode-se bradar contra o desconhecimento de noções consideradas fundamentais; apesar disso, "a psicanálise existencial" historiciza tanto os componentes do psiquismo individual quanto a teoria freudiana do devir humano.

O "inconsciente do texto", segundo Jean Bellemin-Noël

Vers l'inconscient du texte apresenta um duplo aspecto: um método e uma teoria. A "textanálise" é uma estratégia de leitura próxima da "psicoleitura", mas o crítico recusa as noções "humanistas demais" de autor e de "mito pessoal". Em primeiro lugar, propõe essa fórmula feliz – "o inconsciente de *une écrivance*"– (um ato de escrita), que descentraliza o sujeito em relação a seu texto. Mas o "inconsciente do texto" é uma fórmula ambígua. Gohin observa com exatidão que a "ausência do autor" leva à postulação de "um inconsciente impessoal". Diria eu que esse uso do estruturalismo lacaniano transforma o inconsciente numa simples língua e não numa fala; ora, não há mais inconsciente fora dos indivíduos do que língua fora dos sujeitos falantes (Saussure). Com efeito, o perigo é substituir o sujeito que escreve pelo sujeito que lê ou ainda tomar por único interlocutor o sujeito que teoriza.

Entretanto, uma bela frase restitui o crítico à sua prática real: "um diálogo justo" com o outro, "entre um ele meio mudo e um eu meio surdo". Reconhece-se a especificidade desse encontro defasado em torno do texto: o escritor escreve para "seu público interior", como diz M'uzan, e o leitor constrói um autor para si em sua leitura.

A semanálise de Julia Kristeva

A teorização de Kristeva está em movimento: após *Pour une révolution du langage poétique*, ela se volta cada vez mais para a psicanálise. Além de *Soleil noir*, de que já falamos, citemos *Histoires d'amour* ou *Les pouvoirs de l'horreur*.

Com a semanálise, Kristeva cria uma teoria que abarca todos os conhecimentos contemporâneos: a preocupação de articular semiologia com psicanálise é para nós particularmente importante. Remetemos ao capítulo que lhe é consagrado no livro de Le Galliot, *Psychanalyse et langages littéraires*, para reter aqui dois aspectos:

- *A oposição entre semiótica e simbólico*

Ela é fundamental nessa teoria. A semiótica (no que tange ao "genotexto", logo, à geração do texto) está ligada ao pulsional, ao arcaico, às práticas de linguagem da primeira infância ou da esquizofrenia: é designada de maternal-feminino. O simbólico, por sua vez, concerne à lei da linguagem (organização dos signos, sintaxe, semântica linear, discurso que constrói o "fenotexto"): como em Lacan, confunde-se com o paternal-masculino. Reencontra-se a dicotomia que funda a filosofia ocidental: mãe-corpo-natureza/pai-linguagem-cultura. Kristeva, porém, tenta ler os textos poéticos como a defrontação dialética dessas duas ordens heterogêneas. Valorizando a atividade semiótica, ela devolve à poesia sua força pulsional (musicalidade, fragmentações do sentido, trabalho da "significância", ecolalias, etc.), seguindo em parte os trabalhos do psicolingüista Fonagy.

- *O sujeito em processo*

Ele fica preso entre semiótica e simbólico, entre sujeito pulsional, fragmentado, "pulverizado", e sujeito "tético", que se afirma no enunciado. A única liberdade do sujeito falante provém de seu jogo imprevisível e singular com e contra os signos: é a particularidade do sujeito em processo cujo modelo Kristeva vê nos poetas da modernidade (Mallarmé, Artaud, Bataille, Joyce, Céline). A psicanálise deveria estar atenta a "essas crises do sentido, do sujeito e da estrutura". Kristeva recusa-se a "sexualizar as produções culturais" em termos de homem ou de mulher, pois o "dizer" (o sujeito em sua enunciação) escaparia a essas categorizações. Escreve-se, com efeito, para se desfazer desses papéis ou representações estratificadas. Mas cumpre notar que as categorias do feminino e do masculino permanecem no fundamento não investigado dessa teoria.

Kristeva evoca a dificuldade de se construir uma teoria daquilo que, por definição, escapa à teorização: é preciso que, paradoxalmente, o sujeito da teoria esteja ele próprio "em análise infinita", o que "uma *mulher*, com outras, pode afinal admitir, conhecedora que é da inanidade do ser" ("Le Sujet en procès"). Pode-se, pois, sexualizar as produções teóricas? "É preciso provavelmente *ser uma mulher*, ou seja, a última garantia da socialidade para além do desmoronamento da função paterna simbólica e geradora inesgotável de sua renovação, de sua expansão, para não renunciar à razão teórica, mas forçá-la a aumentar a potência, dando-lhe um objeto além de seus limites." Por que o que é tão fortemente afirmado na área teórica é recusado no campo literário? Por que escritoras não contribuiriam para essas crises do "sentido, do sujeito e da estrutura", que supõem "rupturas, uma historicização" e contestações variáveis conforme os indivíduos?

Kristeva abre a questão da sexualização do lado do pensamento, fecha-a do lado da produção literária: é pena. Porque, dentre as singularizações do imaginário, do desejo, das relações com o mundo, com o outro e com a linguagem, é difícil eliminar essa dimensão do humano. A menos que "o sonho de uma hereditariedade puramente paterna, (que) nunca cessou de obcecar a imaginação grega" (Vernant), continue a obcecar a cultura ocidental, recusando mesmo a idéia da possibilidade de poder ser mista, ou seja, o produto, em trocas incessantes, dos dois sexos. Pôde-se notar que o conjunto dos textos literários, teóricos e críticos evocados em nosso estudo são textos escritos por homens: a psicanálise, teoria da sexualidade, não escapou à ideologia do masculino-geral. Incessantemente, ela retorna à questão da feminilidade que é sua dificuldade: sua "tarefa cega", diz Luce Irigaray. Definitivamente, a sexualização dupla continua no horizonte da teoria freudiana como um alvo inacessível.

Foi para continuar a experiência realizada durante minha análise – experiência que não encontrava espaço nem palavras na própria teoria – que tentei ler de maneira analítica os textos de Duras, a caminho da descoberta. Nem exclusão nem redução dos textos de Duras, em nome do universal ou do feminino codificado. E, se formações imaginárias, simbolizações, estruturas narrativas não podem ser assumidas pela teoria analítica, é a teoria que deve mudar. Esta era a minha posição em *Territoires du féminin*. Reencontramos a distinção feita no início deste capítulo entre conceitos operatórios (em torno dos processos inconscientes) e conceitos explicativos que, por sua vez, estão ligados ao caráter sócio-histórico da psicanálise.

A ortodoxia analítica denega precisamente esse caráter sócio-histórico de seus conceitos canônicos que querem definir o devir humano: Édipo, a preeminência da filiação e da função paterna, a unicidade fálica do sexo e do desejo, etc.

Vernant contesta, em nome de uma "psicologia histórica", o caráter unilateralmente explicativo, pela teoria freudiana, do mito de Édipo. Lévi-Strauss faz da teoria freudiana uma "versão" desse mito. A isso, Green responde com um dogmatismo suspeito: enquanto existir a família, haverá Édipo. Não estará ele confundindo as questões fundamentais (aquelas de termos nascido de dois, da diferença dos sexos e das gerações) com a resposta de que Édipo está classicamente no masculino? Laplanche, ao contrário, em *La nef*, declara: "As estruturas do inconsciente e da fantasia são suscetíveis de evoluir com as da troca e da família."

O fetichismo dos conceitos me parece ameaçar a observação das mudanças coletivas que a literatura elabora sempre algum tempo antes da teoria: a observação dos textos de mulheres, menosprezados de modo antiquado e maciço; a observação dos textos de homens marginalizados ou reduzidos às idéias, às formas e ao imaginário aceito. Acrescentemos que a teoria analítica deve ser vista como um campo de pesquisas múltiplas e às vezes contraditórias, e não como uma doutrina votada a excluir tudo quanto ameaça a ortodoxia comunitária. Eis-nos no âmago dos problemas contemporâneos.

BIBLIOGRAFIA

Foram citados numerosos textos: eles serão encontrados nas obras gerais que citamos e que comportam excelentes bibliografias.

I – Obras consagradas à crítica psicanalítica

Bellemin-Noël, Jean. *Psychanalyse et littérature*, Que sais-je? P.U.F., 1972 (excelente bibliografia).
Clancier, Anne. *Psychanalyse et critique littéraire*, Privat, 1973, reed. 1989 (Capítulo sobre Mauron).
Gohin, Yves. "Progrés et problèmes de la psychanalyse littéraire", in *La pensée*, outubro, 1980 (Bibliografia nova).
Le Galliot, Jean. *Psychanalyse et langages littéraires*, Nathan, 1977 (Capítulo de Simone Lecointre sobre Kristeva).

II – Obras de consulta

Beugnot e Moureaux. *Manuel bibliographique des études littéraires*, Nathan, 1982.
Laplanche e Pontalis. *Vocabulário da psicanálise*, São Paulo, Martins Fontes, 1982.

III – Obras sobre Freud, Klein e Lacan

Mannoni, Octave. *Freud*. Écrivans de toujours, Seuil, 1968.
Marini, Marcelle. *Lacan*, "Dossiers", Belfond, 1986, reed., 1988.

Robert, Marthe. *La révolution psychanalytique*, 2 vols. PBP, 1969.
Segal, Hanna. *Introduction à l'œuvre de Mélanie Klein*, P.U.F., 1969.

IV – Diversos

Irigaray, Luce. *Speculum de l'autre femme*, Éd. de Minuit, 1974.
Lévi-Strauss, Claude. *Anthropologie structurale*, Éd. Plon, 1958.
Vernant, Jean-Pierre e Vidal-Naquet, Pierre. *Mythe et tragédie en Grèce ancienne*, Éd. Maspero, 1974.

III. A crítica temática
Por Daniel Bergez

Introdução

Adquiriu-se o hábito, há algumas décadas, de se falar de "temas" nos estudos literários. Os agrupamentos temáticos apareceram nos programas de certos concursos, nas provas dos exames finais do curso secundário e nos manuais escolares. A noção parece, pois, ser evidente. No entanto, é problemática, quando relacionada à corrente crítica à qual emprestou seu nome.

Nos anos 1950, a crítica temática foi globalmente assimilada à "nova crítica", que suscitou ásperas polêmicas entre defensores e adversários da modernidade. Ora, essa assimilação é enganadora: a nova crítica desenvolveu-se sobretudo no campo da lingüística, do estruturalismo e da psicanálise, três correntes em relação às quais a crítica temática sempre pretendeu preservar sua autonomia. Essa confusão motivou vinculações errôneas. Roland Barthes e Jean-Paul Sartre foram assim associados, às vezes, a essa corrente crítica. Ora, eles não partilham seus fundamentos espiritualistas e se distanciaram dela progressivamente; quanta distância, em Roland Barthes, entre seu *Michelet* e *S/Z*; em Sartre entre seu *Baudelaire* – primeiro ensaio de "psicanálise existencial" – e *O idiota da família*! Ambos se aproximaram da crítica temática, mas não é em torno dessa referência que se desdobra sua reflexão crítica.

É o caso, em compensação, de todos aqueles que escolhemos para evocar neste capítulo: Georges Poulet, Jean Rousset, Jean Starobinski, Jean-Pierre Richard, todos influenciados pelos trabalhos de Gaston Bachelard e, de modo mais subterrâneo, pelos fundadores da "Escola de Genebra", Albert Béguin e Marcel Raymond. Esses críticos são ou foram ligados por relações de amizade e de estima, mas também pela curiosidade atenta que manifestavam uns pelos outros. Assim, Albert Béguin, que teve uma coletânea de artigos prefaciada por Marcel Raymond, consagrou artigos pertinentes a seus confrades, Gaston Bachelard e Jean Rousset; Jean Starobinski prefaciou *Les métamorphoses du cercle* de Georges Poulet, que por sua vez prefaciou *Stendhal et Flaubert* de Jean-Pierre Richard. Esses críticos se observam trabalhar para melhor interrogar-se sobre seu próprio procedimento.

É que o ponto de vista temático nada tem de dogma; não se articula em torno de um corpo doutrinal, mas se desenvolve como uma pesquisa, a partir de uma intuição central. Seu ponto de partida é decerto a rejeição de qualquer concepção lúdica ou formal da literatura, a recusa de considerar um texto literário como um objeto cujo sentido poderia ser esgotado por uma investigação científica. A idéia central é a de que a literatura não é tanto objeto de conhecimento quanto de experiência, e que esta é de essência espiritual. Marcel Raymond diz, assim, ter sido atraído em Rousseau "por uma experiência de ordem mística" (*Jean-Jacques Rousseau, la quête de soi et la rêverie*). Quanto a Georges Poulet, evocando sua experiência literária aos 20 anos, escreve:

> "A literatura parecia abrir-se ao meu olhar sob o aspecto de uma profusão de riquezas espirituais que me eram generosamente outorgadas." (*La concience critique*.)

É natural, em tais condições, que esses críticos se voltem, prioritariamente, para a poesia; é a ela que são consagrados os textos mais densos de Albert Béguin, é ela que é interrogada com mais freqüência por Gaston Bachelard, para quem "a poesia é uma função de despertar" (*A água e os sonhos*). Todos são sensíveis à vocação existencial que a poesia assume a partir do Romantismo: "Há menos de dois séculos, a poesia assume conscientemente uma função ontológica – quero dizer, ao mesmo tempo uma experiência do ser e uma reflexão sobre o ser." (J. Starobinski, prefácio a *Du mouvement et de l'immobilité de Douve*, de Yves Bonnefoy)

1. Situação histórica

A crítica temática é, com efeito, ideologicamente filha do Romantismo. Entretanto, a referência aos "temas" nos estudos literários é bem anterior. O termo é herdado da antiga retórica, que concedia grande importância ao "topos", elemento de significação determinante num dado texto. Foi preciso, todavia, esperar os desenvolvimentos do comparativismo – lingüístico e literário – no início do século XIX, para que a noção adquirisse importância: o "tema" fornece então um elemento comum de significação ou de inspiração, que pemite comparar, a partir de um mesmo "índice", obras de autores diferentes.

A herança romântica

Na mesma época, a corrente romântica, sobretudo a alemã, desenvolve uma teoria da obra de arte que, mais de um século depois, terá continuidade na crítica temática. Para o "Grupo de Iena", a obra de arte não é mais pensada em função de um modelo prévio, que conviria reproduzir; ela remete a uma consciência criadora, a uma interioridade pessoal a que se subordinam todos os elementos formais e contingentes da obra: tema de inspiração, "maneira", composição, etc. A influência do pensamento alemão se fará sentir também nos críticos da "Escola de Genebra", e terá continuidade no espírito dos críticos temáticos, via filosofia de Heidegger. Não é, portanto, surpreendente que a crítica temática tenha feito do Romantismo sua época predileta. A. Béguin, M. Raymond, G. Poulet, J.-P. Richard lhe dedicaram estudos. Eles vêem nele o triunfo de uma literatura da consciência que combina com seu próprio procedimento: "o ponto de partida único de todos os românticos, qualquer que seja a diversidade de seus pontos de chegada, é infalivelmente o ato de consciência". (G. Poulet, *Entre moi et moi*.)

Na perspectiva romântica, a arte não é, a princípio, uma construção formal, vale como geradora de experiência, e produtora de um sentido que repercute sobre a vida. Todos os críticos de inspiração temática concordam nesse ponto: "se, ao sair da experiência (de leitura e de interpretação), nem o mundo nem a vida do intérprete encontraram um acréscimo de sentido, valeria a pena aí se aventurar nessa experiência?" (J. Starobinski, *La relation critique*). Nessa experiência dupla – visto que diz respeito tanto ao leitor quanto ao escritor – a realidade formal da obra não poderia ser estudada por si mesma. A obra de arte é o "desabrochar simultâneo de uma estrutura e de um pensamento (...) amálgama de uma forma e de uma experiência cuja gênese e nascimento são solidários" (J. Rousset, *Forme et signification*). Segundo J. Starobinski, Rousseau foi um dos primeiros, na história das letras na França, a viver esse "pacto do eu com a linguagem" *(Jean-Jacques Rousseau, a transparência e o obstáculo*), a fazer com que seu destino de homem dependesse de sua criação verbal. Há, pois, em Rousseau, confusão entre a existência, a reflexão e o trabalho literário: o escritor não só se diz mas também se cria no compromisso das palavras. Rousseau e depois dele os românticos propuseram, assim, uma concepção a um só tempo espiritualista e dinâmica do ato criador: a obra é a aventura de um destino espiritual, que se realiza no próprio movimento de sua produção.

A filiação proustiana

Marcel Proust levará adiante essa concepção, tanto em *Contre Saint-Beuve* como em certas páginas de *Em busca do tempo perdido*. Afirmando a necessária superação do ponto de vista biográfico, recusando toda concepção exclusivamente artesanal do trabalho criador e toda definição limitativa do estilo, ele dava continuidade à herança romântica, lançando as bases da futura crítica temática. Estabelecendo que o estilo não é questão de técnica mas de visão, que a obra implica uma percepção do mundo singular que adere ao material de que é feita, ele definia o estilo em sua dupla realidade indecomponível de criação lingüística e de universo sensível. Sua leitura das obras o levava, assim, a aproximar-se da noção de tema tal como ela seria utilizada pela crítica literária na metade do século:

> "Essa qualidade desconhecida de um mundo único (...) talvez seja essa, dizia eu a Albertine, a prova mais autêntica do gênio, muito mais que o conteúdo da própria obra. (...) Eu explicava a Albertine que os grandes literatos nunca fizeram senão uma única obra, ou melhor, refrataram através de meios diversos uma mesma beleza que trazem ao mundo. (...) Você verá em Stendhal um certo sentimento da altitude ligado à vida espiritual: o lugar elevado onde Julien Sorel está preso, a torre em cujo topo está encerrado Fabrice, o campanário onde o abade Blanès se ocupa de astrologia e de onde Fabrice lança uma bela olhadela". (*La prisonnière*.)

2. Embasamentos filosóficos e estéticos

O eu criador

A concepção proustiana, superando a distinção tradicional da forma e do conteúdo, também implica necessariamente uma nova definição do eu criador. Proust se explica claramente em *Contre Sainte-Beuve*: "um livro é o produto de um eu diferente daquele que manifestamos em nossos hábitos, na sociedade, em nossos vícios. Esse eu, se quisermos tentar compreendê-lo, será no fundo de nós mesmos, ao tentar recriá-lo em nós, que poderemos consegui-lo". A reflexão de Proust pode parecer contraditória: o eu de que fala é, a um só tempo, um dado da psicologia profunda do artista e o objeto de uma (re)criação. Compreendamos que o eu criador se inventa no movimento pelo qual ele se comunica. Ele se exprime, pois, se superando, e o ato criador é inseparável desse movimento instaurador.

A maioria dos críticos de inspiração temática partilham esse sentimento de uma plasticidade dinâmica do eu. J.-P. Richard, que cita em epígrafe de *L'univers imaginaire de Mallarmé* a frase do poeta, "Diante do papel, o artista se faz", é, sem dúvida, o mais próximo do pensamento proustiano:

> "O estilo é aquilo a que o homem não cessa nebulosamente de aspirar, aquilo pelo que ele organiza inconscientemente sua experiência, aquilo em que fabrica a si próprio, inventa e ao mesmo tempo descobre a verdadeira vida." (*Ibid.*)

J. Starobinski pensa, do mesmo modo, que "o escritor, em sua obra, se nega, se supera e se transforma". (*La relation critique*); e J. Rousset, no entanto mais atento que qualquer outro ao jogo das formas literárias, não receia afirmar que "antes de ser produção ou expressão, a obra é para o sujeito criador um meio de auto-revelação". (*Forme et signification*.)

A crítica temática recusa, pois, tanto a concepção "clássica" do escritor totalmente dono do seu projeto quanto o procedimento psicanalítico que atribui a obra a uma interioridade psíquica que lhe é anterior. Ela não esquece nem esse domínio nem essa parte de inconsciente, mas vincula a verdade da obra a uma consciência dinâmica que se está formando. É por isso que J. Starobinski, em *Jean-Jacques Rousseau, a transparência e o obstáculo*, confessa apreciar pouco a investigação psicológica e médica dos escritores, praticada por críticos que "estendem esses cadáveres sobre a mesa de autópsia, como se se preparassem para descobrir em algum parênquima lesado a mola secreta das obras"; ora, se "o artista deixa sempre despojos (...) nunca atingiremos sua arte em seus despojos".

Visto que a obra tem uma função tanto de criação quanto é de desvelamento do eu, a crítica temática concede uma atenção muito particular ao ato de consciência do escritor. Se G. Bachelard fala nesse sentido do "cogito do sonhador", a noção recupera uma dimensão mais intelectual em G. Poulet; porém, mesmo assim, está muito distante do cogito cartesiano. Em Descartes, com efeito, o "penso, logo existo" funda na segurança e na clareza uma ontologia comum a todos os homens. Em G. Bachelard e G. Poulet, ao contrário, ele singulariza uma consciência e um universo criador, determinando por uma intuição primária, irredutível a qualquer outra, uma relação específica com o mundo. É por isso que G. Poulet, notadamente em *Entre moi et moi*, que agrupa os *Essais critiques sur la conscience de soi*, tenta fixar nos escritores esse momento hipotético em que o eu existe singularmente em e por seu ato de consciência. J. Starobinski mostra igualmente como, para Rousseau, o surgimento da verdade é inseparável do "desvelamento de uma consciência" (*Jean-Jacques Rousseau, a transparência e o obstáculo*). O mesmo crítico descobre em Montaigne uma problemática semelhante:

"A consciência é, porque se mostra. Entretanto, não pode se mostrar sem fazer surgir um mundo no qual ela está indissoluvelmente interessada." (*Montaigne en mouvement*, Gallimard, 1982.)

Para explicar esse desvelamento de um eu contemporâneo da obra, a crítica temática costuma evitar relacioná-la com o indivíduo histórico que é seu autor. Em seu estudo sobre Montaigne, J. Starobinski substitui freqüentemente o nome do autor pelos termos "eu", "sujeito", "ser". Esta última noção é uma das manias lingüísticas mais reconhecíveis da crítica temática. J. Rousset a ela recorre, como J.-P. Richard, G. Poulet, G. Bachelard. M. Raymond esclarece as razões dessa predileção, quando afirma que "a obra de Rousseau é difícil de interpretar. Os movimentos de seu ser não se deixam facilmente reduzir a uma análise unificadora" (*Jean-Jacques Rousseau, la quête de soi et la rêverie*). Além do caso de Rousseau, ele sugere, com efeito, que o trabalho crítico tente captar um eu em suas flutuações, sobretudo nesse movimento essencial e instaurador pelo qual ele se realiza avançando em sua obra.

A relação com o mundo

O relevo dado ao ato de consciência implica necessariamente um pensamento da relação com o mundo. A filosofia moderna nos convenceu realmente de que toda consciência é consciência de alguma coisa, de si mesmo ou do universo de objetos que nos cerca. G. Poulet deduz daí essa lei geral:

"Dize-me qual é o teu modo de imaginar o tempo, o espaço, de conceber a interação das causas ou dos números, ou então ainda tua maneira de estabelecer relações com o mundo externo, e eu te direi quem és." (*Entre moi et moi*, J. Corti, 1977)

Um dos principais conceitos da crítica temática é, portanto, o da relação; é por sua relação consigo mesmo que o eu se estabelece, é por sua relação com o que o cerca que se define. A insistência sobre o tema do olhar – ato relacional por excelência – deve decerto muito a essa intuição: em G. Bachelard, para quem "o olhar é um princípio cósmico"; em J. Rousset que, em *Leurs yeux se rencontrèrent*, consagra uma série de estudos à "cena da primeira vista no romance", ou ainda em J. Starobinski, que coloca o ato crítico sob a insígnia do "olho vivo".

Essa filosofia da relação instauradora deve muito ao desenvolvimento da fenomenologia. Bachelard fora marcado por Husserl; seus sucessores serão influenciados por Merleau-Ponty. Este define a fenomenologia como "uma filosofia que substitui as essências na existência e não pensa que se possam compreender o homem e o mundo de outro modo senão a partir de sua "facticidade" (*La phénoménologie de la perception*). Nessa perspectiva "os sentidos têm um sentido", segundo a expressão de Emmanuel Levinas; isso leva A. Béguin a recusar a falsa "distinção entre o eu e os objetos, que me faz crer que meus órgãos da percepção 'normal' registram a cópia exata de uma "realidade" (*L'âme romantique et le rêve*.)

A abordagem fenomenológica já fora privilegiada por Proust, mormente nas célebres páginas que o narrador dedica à visão de seu quarto ao despertar, no início de *Em busca do tempo perdido*. Essa perspectiva tornou-se dominante na crítica temática que costuma dedicar-se a definir um modo de "estar-no-mundo" a partir dos textos literários. Esse é o projeto de J. Starobinski nos dois grandes livros que consagrou a Rousseau e Montaigne. Ele mostra que, quanto ao primeiro, "trata-se na verdade de atingir os outros, mas sem sair de si mesmo, contentando-se em ser si mesmo e em se mostrar tal qual é" (*Jean-Jacques Rousseau, a transparên-*

cia e o obstáculo); quanto ao segundo, ele nos convence de que "o indivíduo só toma posse de si mesmo na forma refletida de sua relação com os outros, com todos os outros". (*Montaigne en mouvement*.)

A leitura temática das obras em geral se organiza, pois, em função das categorias da percepção e da relação: tempo, espaço, sensações... Para G. Poulet a "pergunta *Quem sou eu?* se confunde (...) naturalmente com a questão *Quando sou eu?* (...) Mas a essa pergunta corresponde também, não menos naturalmente, outra análoga: *Onde estou eu?*" (*La conscience critique*). Os quatros tomos de seus *Etudes sur le temps humain* correspondem a esse projeto. Embora essa preocupação seja menos sistemática nos outros representantes da crítica temática, ela não deixa de orientar subterraneamente sua reflexão; assim, J. Rousset distingue dois tipos de atitude diante do tempo na época barroca, opondo "aqueles que se oferecem complacentemente à experiência da multiplicidade movente e aqueles que a recusam ou se aplicam em superá-la" (*La littérature de l'âge baroque en France*). Sobre esse ponto ainda, o caminho fora traçado por G. Bachelard: foi o primeiro a mostrar como a imaginação criadora se apropria do tempo e do espaço conforme um modelo revelador de um "estar-no-mundo" próprio do artista.

O estilo de expressão da crítica temática se ressente dessa inflexão, dando às categorias de percepção um largo uso metafórico. Isso é sobretudo verdadeiro quanto ao espaço; por exemplo, quando J. Starobinski comenta os *Devaneios* de Rousseau:

> "A partir desse momento, um novo espaço poderá se desdobrar: um espaço temporalizado, centrado no eu, animado e povoado pela expansão do sentimento. Tal é o espaço do passeio." (*Jean-Jacques Rousseau, a transparência e o obstáculo*.)

Num sentido paralelo, as modalidades da percepção adquirem muitas vezes uma realidade substancial, que lhe comprova importância no "estar-no-mundo" do artista. Assim, em J.-P. Richard, o rugoso, o aveludado, o marmóreo, o murcho, o envernizado, etc. perdem sua função de atributos para se tornarem verdadeiras substâncias. Da mesma forma, J. Starobinski ressalta em Montaigne a importância das "qualidades materiais do cheio e do vazio, do pesado e do leve, que são inseparáveis das imagens do movimento" (*Montaigne en mouvement*). A escrita dos críticos temáticos alarga e desloca assim o jogo da caracterização: a apreciação crítica não se refere somente a uma consciência, um objeto ou um ser, mas aos meios e modalidades das relações que os unem. A impressão sensível pode então ter tanta importância quanto o pensamento reflexivo.

Imaginação e devaneio

No contexto de uma obra de arte, a percepção é indissociável de uma criação. Não se pode, pois, analisá-la referindo-a simplesmente a um dado anterior de que ela seria apenas a transcrição. Reencontramos aqui o paradoxo da reflexão de Proust sobre o eu criador: se o artista se revela em sua obra, ele se constrói da mesma forma por ela. A crítica temática postula, pois, uma relação dupla, de implicação recíproca, entre o sujeito e o objeto, o mundo e a consciência, o criador e sua obra. G. Bachelard, que gostava de citar esta imagem de Éluard: "como se transforma sua mão colocando-a em outra", escrevia também: "pensamos que olhamos o céu azul. De repente é o céu azul que nos olha" (*O ar e os sonhos*). J. Starobinski tira as conseqüências dessa intuição afirmando, em *La relation critique*, "o vínculo necessário entre a interpretação do objeto e a interpretação de si mesmo".

É por isso que a crítica temática está particularmente atenta a tudo o que, em um texto, se prende a uma dinâmica da escrita. J. Starobinski empenha-se em mostrar o "esquema que dirige o pensamento da história em Rousseau" (*La relation critique*) e não é gratuitamente que ele intitula seu estudo sobre o autor dos *Ensaios, Montaigne en mouvement*; detecta nessa obra notadamente "a construção por germinações sucessivas que é a matéria mesma de Montaigne". E J.-P. Richard, comentando Mallarmé, se propõe a seguir o "desdobramento" da obra, em vez de ficar em seu "umbral" (*L'univers imaginaire de Mallarmé*); sua maneira de não fossilizar o trabalho do escritor reduzindo-o a um objeto de estudo, mas de tomá-lo em seu movimento criador.

A crítica temática só pode portanto manter relações conflituosas com a psicanálise – mesmo que alguns de seus representantes, J. Starobinski e J.-P. Richard sobretudo, devam-lhe muito. Os pontos de convergência são, é verdade, importantes: a mesma atenção privilegiada às imagens, o mesmo desejo de ultrapassar o sentido manifesto dos textos, o mesmo recurso a uma leitura "transversal" das obras, que permite aproximações e revela, por analogia, figuras e esquemas dominantes. Mas as duas abordagens se opõem radicalmente quanto à relação que postulam entre o sujeito criador e sua obra. A psicanálise tende a fazer desta um complexo de signos que remetem a uma situação psíquica anterior e têm um papel de sublimação: a arte faz falar, por interposição da ilusão, um desejo que, de outra forma, não poderia manifestar-se. Gilbert Durand conclui daí que "as imagens em Freud são apenas máscaras – mais ou menos envergonhadas – dos disfarces com que o recalque reveste a libido censurada. A imagem, no fundo, não passa de um tapa-sexo" ("Jung ou le polythéisme de Psyché", *Le magazine littéraire*, nº 159/160). Para G. Bachelard, ao contrário, não se deve relacionar a imagem à sua gênese, ligá-la a uma anterioridade, mas captá-la em seu nascimento e vivê-la em seu devir. O biografismo e a investigação psicanalística são, pois, redutores e mutilantes: visto que "a obra está, ao mesmo tempo, sob a dependência de um destino vivido e de um futuro imaginado" (J. Starobinski, *La relation critique*), ela desmancha os esquemas de uma causalidade retrospectiva.

Nada mostra melhor essa orientação crítica que a referência insistente à noção de imaginação. Ela permite aos críticos temáticos se afastarem de uma concepção funcionalista do psiquismo humano e torná-lo uma faculdade criadora e realizadora. Para G. Bachelard, que traçou o caminho nesse campo para todos os críticos de inspiração temática, a imaginação é um dinamismo organizador, a mil léguas do efeito de "nadificação" do real que lhe atribui J.-P. Sartre: ela organiza o mundo específico do artista, por ser um fenômeno do ser: "Uma simples imagem, se é nova, abre um mundo. Visto das mil janelas do imaginário, o mundo é cambiante. Ele renova, pois, o problema da fenomenologia." (*A poética do espaço.*)

O conceito de devaneio, também freqüente na crítica temática, esclarece essa concepção. Ele seduz tanto M. Raymond (*Romantisme et rêverie; Jean-Jacques Rousseau, la quête de soi et la rêverie*), A. Béguin (*L'âme romantique et le rêve*) quanto J. Starobinski, que consagrou páginas decisivas aos *Devaneios do caminhante solitário* de Rousseau, e ao movimento "devaneador" do pensamento em Montaigne. O devaneio aqui é quase o oposto do sonho tal como o entende a psicanálise: enquanto o sonho noturno dissolve a consciência em proveito de uma língua do inconsciente, o devaneio mantém a consciência em certo nível de atividade; ela se coloca em um intermédio indeciso em que a imaginação criadora poderá funcionar plenamente. M. Raymond, comentando um dos sentidos do verbo "sonhar" no século XVIII, escreve assim:

> "O fio condutor é do abandono, da descontração que segue a distração. Escapando aos limites da lógica, a pessoa se desorienta, se altera, se aliena. Mas (...) tem também a pos-

sibilidade de se encontrar, de entrar em outro eu-mesmo." (*Jean-Jacques Rousseau, la quête de soi et la rêverie*.)

A intuição de uma imaginação criadora e a atenção dirigida ao devaneio estão ligadas a uma concepção do psiquismo colocado sob o signo da conciliação. Enquanto a psicanálise põe em cena conflitos, faz o inventário das forças pulsionais que se afrontam, a crítica temática prefere tentar estudar como a obra cria um equilíbrio em que se resolvem com acerto as contradições. J. Starobinski o mostra bem em Rousseau:

> "A função do devaneio consiste (...) em reabsorver a multiplicidade e a descontinuidade da experiência vivida, inventando um discurso unificador em cujo seio tudo viria compensar-se e igualar-se." (*Jean-Jacques Rousseau, a transparência e o obstáculo*.)

A crítica temática se opõe, dessa forma, a uma das principais constantes do pensamento moderno (representada notadamente pelo estruturalismo): a idéia de que o sentido e o valor são sempre diferenciais, de que os desvios é que são mais significantes; a crítica temática está mais próxima de um filósofo como René Girard, para quem a lei geral de significação é a semelhança. Sendo o "tema", no essencial, definido por sua recorrência, por sua permanência através das variações do texto, é mesmo a essa lei de conciliação pela identidade que o procedimento temático obedece.

3. O procedimento temático

A obra como totalidade

O privilégio concedido às relações de semelhança, que remetem a um imaginário "feliz", leva os críticos de inspiração temática a homogeneizar sua leitura das obras: eles procuram desvelar-lhe a coerência latente, revelar as afinidades secretas existentes entre seus elementos dispersos. Esse procedimento crítico se pretende, pois, "total", e o é tanto em seus fins como em seus métodos: porque é uma experiência de "estar-no-mundo", tal como ela se realiza na obra, que se trata de captar; e porque é através da totalidade orgânica do texto considerado que o crítico tentará apreendê-la. Essa ambição globalizante se reflete na escolha de assuntos de análise privilegiados: a questão do eu, de sua unidade, de sua carência, é, por exemplo, constantemente colocada, porque remete à idéia unitária da obra e a um procedimento crítico unificador. J. Starobinski define nesse sentido uma das maiores ambições de Rousseau:

> "A necessidade de unidade se encontra tanto no impulso para a verdade quanto na reivindicação orgulhosa. Como Rousseau quer *fixar* sua vida, dar-lhe-á como fundamento o que há de mais imutável – a Verdade, a Natureza – e, para se assegurar de que daí por diante será fiel a si mesmo, proclamará em alta voz sua resolução, tomará o mundo inteiro por testemunha." (*Jean-Jacques Rousseau, a transparência e o obstáculo*.)

Tal "paixão pela semelhança" (é o subtítulo de um estudo que J. Rousset consagrou a Albert Thibaudet) traz conseqüências lingüísticas facilmente identificáveis; especialmente grande número de expressões generalizantes, que visam a condensar a totalidade da obra em algumas palavras definitivas ("Nada menos fixo, pois, ...", G. Poulet, *Entre moi et moi*; "Nada tão revelador quanto...", J. Starobinski, *Jean-Jacques Rousseau, a transparência e o obstáculo*; "Tudo começa efetivamente aqui...", J.-P. Richard, *Nausée de Céline*). J. Rousset sentiu o perigo desse procedimento: voltando quinze anos depois a *La littérature de l'âge baroque en France*, que foi sua primeira grande obra, ele contesta seu princípio metodológico: a idéia de "um sistema unitário cujos diversos planos deviam necessariamente comunicar-se com os outros" (*L'intérieur et l'extérieur*). Por sua vez, G. Poulet pretende precaver-se contra esse perigo, no prólogo de *La poésie éclatée*, explicando que "assim que procuramos destacar a originalidade das pessoas consideradas isoladamente, já não há semelhanças (ou estas tornam-se secundárias). O que conta então é a diferença qualitativa, que faz com que nenhum gênio se deixe identificar com qualquer outro". Tal insistência é reveladora: parece tanto confissão quanto conjuração.

O que a crítica temática perde às vezes em sentido de nuanças, por causa de seu objetivo globalizante, ela o compensa decerto, pela mesma razão, graças à mobilidade de seu discurso sobre a obra. As hierarquias tranqüilizadoras que dispõem as instâncias tradicionais – autor, contexto, projeto, sentido, forma, etc. – umas relativamente às outras, conforme relações de causalidade, são, com efeito, abaladas pela idéia de uma totalidade orgânica da obra, colocada sob a égide de um imaginário criador. Desde então, o discurso crítico só pode realizar "trajetos" no interior da obra. J.-P. Richard, apresentando seus *Onze études sur la poésie moderne*, afirma assim que são apenas "simples levantamentos de terreno: (...) *leituras*, isto é, percursos pessoais que visam ao destaque de certas estruturas e ao desvelamento progressivo de um sentido". Percurso sem princípio nem fim, já que o pressuposto unitário da obra dá a cada um de seus elementos um valor significativo igual. Aí está a origem do procedimento tão particular de J.-P. Richard, que não cessa de passar de um motivo a outro:

> "Cada objeto, uma vez reconhecido nessas categorias constitutivas, (...) abre-se, irradia-se para muitos outros. (...) Com a perspectiva, aliás, de muitas ramificações laterais, de

muitas relações oblíquas." (Conferência realizada em Veneza, em 1974; texto inédito comunicado por J.-P. Richard.)

A obra é, pois, naturalmente policentrada; a crítica temática substitui a concepção piramidal clássica (que implica uma hierarquia, um sistema de valores que organiza e estrutura o sentido), pela visão panorâmica de uma rede onde tudo faz sentido, e convida o leitor a um percurso analógico sem fim previsível.

Os conhecimentos inúteis

Como a crítica temática muda assim os conceitos e instrumentos de avaliação e estabelece conexões inéditas entre campos epistemológicos habitualmente separados, ela cria uma circulação nova entre as noções, redistribui em uma (des)ordem nova os meios habituais da análise literária. Para quem está familiarizado com uma ortodoxia crítica, ela se assinala sobretudo por essas superações de limiares, por essas extrapolações audaciosas, que perturbam o cadastro habitual dos inventários científicos. No ponto de partida dessa subversão, há, como vimos, a convicção de que a obra é, antes de mais nada, uma aventura espiritual, que ela é vestígio, meio e oportunidade de uma experiência que nenhum saber positivo poderia esgotar. Daí uma posição antiintelectualista (outro ponto de convergência com Marcel Proust), que se traduz por uma rejeição da crítica de erudição ou do discurso articulado a partir de bases epistemológicas muito coercitivas. J. Starobinski, embora pouco suspeito de ignorância, imagina assim que o crítico consente "em partir de mais baixo – isto é, de um perfeito não-saber, de uma completa ignorância – a fim de ter acesso a uma compreensão mais vasta". (*La relation critique*.)

A ciência dos textos e todas as ciências humanas não faltam, porém, às críticas de inspiração temática. J. Rousset, em *La littérature de l'âge baroque en France*, se interroga, por exemplo, sobre as razões históricas do surgimento do barroco, que ele situa, no final de seu livro, entre um "classicismo renascente" e um "longo classicismo de cunho barroco após 1665", e propõe desenvolvimentos particularmente informados sobre esse campo pouco conhecido da história literária na França, que é o teatro na primeira metade do século XVII. O procedimento de J.-P. Richard, na edição crítica que fez de *Pour un tombeau d'Anatole* de Mallarmé, não é menos tradicional e universitário em sua articulação. As análises lingüísticas são, é verdade, mais raras – talvez por postularem uma assimilação da obra à única realidade verbal, "objetiva". Quase totalmente ausentes em G. Bachelard e G. Poulet, elas intervêm sutilmente em J.-P. Richard e J. Starobinski; porém, só são freqüentes em J. Rousset: o autor de *Forme et signification* estuda, por exemplo, precisamente a metáfora dos "violinos alados" na literatura barroca, desenvolve análises de narratologia (posição do narrador, regime temporal, perspectivas narrativas, etc.) em *Narcisse romancier*, ou ainda se interroga sobre "o destinatário no texto" em *Le lecteur intime*.

O exemplo de J. Rousset mostra, entretanto, que esses inventários "técnicos" sempre são apenas auxiliares a serviço de um projeto crítico que os ultrapassa: os problemas de escrita que ele evoca estão sempre ligados a um móbil existencial maior, como quando mostra a importância temática do lugar do narrador em *O ciúme* de Robbe-Grillet.

O ponto de vista do "leitor"

Se os conhecimentos sempre continuam a ser auxiliares para a crítica temática, esta não pode, entretanto, reivindicar uma hipotética transparência: não há discurso inocente. Qual é então o *lugar* a partir do qual se exprime o crítico? Uma vez que a literatura é concebida no início como experiência criadora, esse *lugar* será essa mesma consciência. Tratar-se-á, pois, de aderir ao movimento que conduz o texto e, como nota G. Poulet a propósito de G. Bachelard, de "assumir a imaginação de outrem, tornar-se co-responsável por ela no ato pelo qual ela engendra suas imagens" ("Gaston Bachelard et la conscience de soi", *Revue de métaphysique et de morale*, 1965, n° 1). Estudar um texto está relacionado, por conseguinte, com o mimetismo. Sobre esse ponto, a maioria dos críticos de inspiração temática demonstram uma unanimidade. Para G. Poulet:

> "O ato de ler (ao qual se reduz todo verdadeiro pensamento crítico) implica a coincidência de suas duas consciências: a de um leitor e a de um autor. (...) Quando leio Baudelaire ou Racine, é realmente Baudelaire ou Racine que se pensam e se lêem em mim." (*La conscience critique*.)

J. Rousset, por sua vez, pensa que "O leitor penetrante se instala na obra para seguir os movimentos de uma imaginação e os desenhos de uma composição" (*Forme et signification*). J.-P. Richard tem essa mesma convicção:

> "O espírito só possuirá uma obra, uma página, uma frase, mesmo uma palavra com a condição de reproduzir nele (e ele nunca o consegue totalmente) o ato de consciência de que elas constituem o eco." (*L'univers imaginaire de Mallarmé*, Seuil, 1962.)

O procedimento temático se aproxima, nesse ponto, da "crítica de simpatia", representada notadamente por Sainte-Beuve, no século XIX, e se distancia radicalmente da maior parte das orientações da "nova crítica", caracterizada, ao contrário, pela busca de uma objetividade fundada nos elementos observáveis do texto.

É que, como vimos, a verdade da obra a penetra e nela se encarna, mas não se reduz a ela, pois é em essência espiritual. É preciso, pois, descobrir, pela "simpatia", por uma espécie da "capilaridade" crítica, o impulso criador que é seu princípio. É por isso que a crítica temática se fixa em geral com tanta insistência no momento primeiro, originário, do qual se supõe proceder a obra: ela tenta identificar um ponto de partida, uma intuição primeira, a partir da qual a obra se irradia. Como escreve G. Poulet, a propósito de Charles Du Bos, "cada estudo crítico tem (...) como dever essencial retomar um impulso e reencontrar um ponto de partida" (*La conscience critique*). Esse mito originário é particularmente perceptível em J.-P. Richard que, por exemplo, após uma primeira citação, começa o artigo consagrado a René Char assim: "Tal é o clima no qual René Char desperta inicialmente para as coisas e para o ser" (*Onze études sur la poésie moderne*). Pensa-se aqui na afirmação de Bachelard: "uma imagem literária é um *sentido* em estado nascente" (*O ar e os sonhos*).

A vantagem dessa leitura "simpática" das obras é que permite preservar e experimentar o prazer quase fisiológico que nasce do contato com as palavras. É preciso ler a poesia, porque "poesia é uma alegria do alento, a evidente felicidade de respirar" (G. Bachelard, *O ar e os sonhos*); mas isto é também verdade no que se refere a todo texto literário:

> "Ler uma página dos *Ensaios* é fazer, no contato com uma linguagem prodigiosamente ativa, toda uma série de gestos mentais que transmitem a nosso corpo uma impressão de flexibilidade e de energia." (J. Starobinski, *Montaigne en mouvement*.)

Para preservar esse movimento ao mesmo tempo espiritual e fisiológico que tenta seguir, a crítica temática aplica-se em separar o menos possível seu próprio discurso dos textos que comenta: ora se limita a seguir a cronologia das obras (como J. Rousset em *Le mythe de Don Juan*, ou J. Starobinski em *Jean-Jacques Rousseau, a transparência e o obstáculo*); ora se empenha em multiplicar as citações, em tecer juntamente a palavra crítica e a voz da obra; ora, enfim, coloca o crítico na mesma posição do autor que comenta. Acontece, assim, a J. Starobinski de falar no lugar de Montaigne:

> "Não somente pensarei a morte, mas ainda pensando-a como *minha* morte, eu pensarei a mim mesmo por intermédio da morte: uma continuidade perfeita, uma coerência maciça ligará todos os atos, sob a luz unificante de minha hora derradeira." (*Montaigne en mouvement*.)

O "eu" aqui é a instância dupla em que as duas vozes gêmeas, do escritor e do comentador, vêm confundir-se.

Naturalmente, não se pode pretender uma coincidência total entre o discurso crítico e a obra que ele esclarece: a palavra do comentador é sempre outra. Embora ela vise assintoticamente a constituir-se como palavra de adesão, nem por isso deixa de ser heterogênea. É por isso que ela se define freqüentemente numa relação de "simpatia" distante com as obras literárias: J. Starobinski, por exemplo, alterna explicitamente a leitura "sobranceira" e a leitura de adesão; J. Rousset não dissimula sua "posição, um tanto equívoca, de um intérprete que se coloca alternadamente no interior e fora de seu objeto". (*Le lecteur intime*.) E J.-P. Richard tira daí a seguinte conclusão:

> "Fidelidade mediadora, infidelidade excitante, tal é por certo a mola dupla da função crítica." (*Études sur le Romantisme,* Seuil, 1971.)

A noção de tema

Nessa aventura sempre perigosa que é uma leitura que pretende ultrapassar os horizontes tradicionais das ciências humanas ou das disciplinas lingüísticas, a noção de tema fornece ao crítico o ponto de apoio indispensável à coerência – e à comunicabilidade – de seu procedimento. O tema é o ponto de cristalização, no texto, dessa intuição de existência que o ultrapassa mas que, ao mesmo tempo, não existe independentemente do ato que o faz aparecer. Não se poderia aceitar a definição dele dada por J.-P. Weber, para quem o tema é "o vestígio que uma recordação de infância deixou na memória de um escritor" e para a qual convergem "todas as perspectivas da obra" (*Domaines thématiques*): tal concepção é coercitiva, limitadora e redutora, tanto no plano psicanalítico quanto no da percepção literária dos textos.

É a J.-P. Richard que se deve a reflexão, decerto mais precisa e útil, sobre o que se pode entender por "tema":

> "É, no espaço da obra, uma de suas unidades de significação: uma dessas categorias da presença reconhecida como sendo particularmente ativas." (Conferência realizada em Veneza, em 1974.)

Assim definido, o tema designa tudo o que, numa obra, é um indício particularmente significativo do "estar-no-mundo" peculiar ao escritor. J.-P. Richard explica-se a esse respeito notadamente na introdução de *L'univers imaginaire de Mallarmé*: depois de afirmar que o tema é "um princípio concreto de organização, um esquema ou um objeto fixos, ao redor do qual tenderia a se constituir e a se manifestar um mundo", ele coloca a questão de sua identificação: o critério mais evidente parece ser a recorrência de uma palavra; mas é verdade que o tema ultrapassa muitas vezes a palavra e que, de uma expressão a outra, o sentido de um mesmo termo pode variar; o indício mais seguro será, pois, "o valor estratégico do tema, ou, se preferirmos, sua qualidade topológica". Esse critério é determinante: uma leitura temática nunca se apresenta como um levantamento de freqüências; ela tende a formar uma rede de associações significativas e recorrentes; não é a insistência que faz sentido, mas o conjunto das conexões que a obra forma, em relação com a consciência que nela se expressa.

A partir dessa definição geral, cada crítico orienta sua leitura de acordo com intuições que lhe são próprias (a subjetividade é aqui manifesta), para escolher os temas que comenta. O tema é, com efeito, suscetível de remeter tanto a um "conteúdo" quanto a uma realidade formal. G. Poulet, por exemplo, autor de *Etudes sur le temps humain*, analisou igualmente *Les méthamorphoses du cercle*; no primeiro caso, é uma categoria da percepção que dá unidade ao inventário temático; no segundo, é uma simples forma abstrata, puro traçado geométrico desprovido de qualquer significação *a priori*. J. Rousset é sem dúvida quem mostra melhor essa plasticidade dos temas, dando maior extensão à noção: as constantes que estuda concernem tanto às formas quanto às noções, às artes quanto à literatura, a grupos de escritores quanto a criadores isolados. Nele o tema está próximo do arquétipo, ou mito coletivo, mas sua encarnação é sempre precisa, sensível e formal ao mesmo tempo.

É pela escolha que fazem de temas privilegiados que os críticos de inspiração temática se diferenciam mais visivelmente: a subjetividade que perseguem nos textos literários condiciona-lhes igualmente o procedimento. Portanto, devemos agora, após esse panorama de suas semelhanças, considerá-los isoladamente. Falta espaço para evocá-los a todos. Escolhemos aqueles que nos parecem mais significativos: G. Bachelard, G. Poulet e J.-P. Richard.

4. Gaston Bachelard

Apresentando os estudos que reuniu em *Poésie et profundeur*, J.-P. Richard precisa: "Como aqui se tratava de poesia, a sensação não podia (...) se separar do devaneio que a interioriza, a prolonga. Isso mostra tudo o que esse livro deve às pesquisas de Gaston Bachelard." É igualmente sob o patrocínio do filósofo que se coloca G. Poulet, que a considera uma crítica literária decididamente nova, colocada sob o signo da consciência, captada na encarnação das imagens:

> "A partir de Bachelard já não é possível falar-se da imaterialidade da consciência, assim como fica difícil percebê-la de outro modo que não através das camadas de imagens que nela se sobrepõem. (...) Depois dele, o mundo das consciências e, por conseguinte, o da poesia, da literatura, já não são os mesmos de antes." (*La conscience critique*.)

O epistemólogo e o poeticista

Precursor do procedimento temático, Bachelard não foi, no entanto, crítico literário. Filósofo de formação e de profissão, ele foi a princípio um epistemólogo voltado para a história das ciências. Em *La formation de l'esprit scientifique*, notadamente, empenhou-se em definir o espírito de um racionalismo aberto e evolutivo, tão distante do animismo do pensamento primitivo quanto do racionalismo cartesiano.

Como o epistemólogo tornou-se um filósofo do imaginário, um "sonhador" de palavras apaixonado por poesia? "Homem do poema e do teorema", como foi lembrado, em 1984, no simpósio de Dijon, Bachelard não sentiu nenhuma incompatibilidade entre sua formação racionalista e sua paixão pelo imaginário. Ciência e poesia se encontram, para ele, numa mesma intuição da criatividade humana, num mesmo desejo de dar sentido ao mundo. O que ele esperava das leituras poéticas era um retorno às fontes mais profundas – aquilo que prenunciava o procedimento "originário" dos futuros críticos temáticos: "o cientista, quando deixa seu ofício, retorna às revalorizações primitivas". (*A psicanálise do fogo*.)

Duas influências foram muito importantes nessa pesquisa: o freudismo e a fenomenologia. Do primeiro, Bachelard se afastará bem rapidamente, em favor de uma concepção dinâmica e criadora do imaginário. A fenomenologia o marcará mais profundamente: é a seu ensinamento que ele deve em parte sua concepção das imagens, assim como seu sentido do "devaneio", misto de percepção e de criação que faz o mundo existir numa relação sempre evolutiva entre sujeito e objeto: "eu sonho o mundo, logo, o mundo existe como o sonho". (*A poética do devaneio*.)

A abordagem fenomenológica se aliava em Bachelard a um humanismo criador que valorizava todos os fenômenos de consciência. Ele afirmava assim, em *A poética do devaneio*, que "toda tomada de consciência é um acréscimo de consciência, uma ampliação de luz, um reforço da coerência psíquica"; razão por que "a consciência, por si só, é um ato humano". Via a sua mais alta manifestação na literatura – sobretudo na poesia, à qual se dedicou quase exclusivamente –, nesse trabalho das palavras que, solicitando o imaginário, é destinado por definição a revelar e fundar nosso "estar-no-mundo".

Uma fenomenologia e uma ontologia do imaginário

"Em seu nascimento, em seu desenvolvimento, a imagem é, em nós, o sujeito do verbo imaginar. Ela não é seu complemento. O mundo vem se imaginar no devaneio humano" (*O ar e os sonhos*). Tal afirmação leva a suas conseqüências extremas a intuição fenomenológica: é o fato de consciência que é primário, e dispõe em relação a si as instâncias do sujeito que percebe e do mundo. Ele, em verdade, os cria, visto que é por ele que existem através do conjunto das relações que lhes definem o ser.

É por isso que a imaginação, que para Bachelard englobava a totalidade das funções psíquicas do homem, tinha uma função criadora e realizadora. Para fundamentar essa instituição, ele remetia à lição do poeta alemão Novalis, para quem a poesia era "a arte do dinamismo psíquico" (*O ar e os sonhos*). De fato, nesse ponto capital, Bachelard é o herdeiro e o continuador do pensamento romântico alemão, que foi o primeiro a fazer da imaginação uma faculdade conquistadora. Ele continua mesmo o pensamento de Kant, que afirmara o caráter transcendental da imaginação, que rege *a priori* nossa experiência, em vez de decorrer dela.

A imagem tem, pois, um papel ontológico criador:

> "A imagem, obra pura da imaginação absoluta, é um fenômeno de ser, um dos fenômenos específicos do ser falante." (*A poética do espaço*.)

Explica-se dessa maneira a qualidade de evidência que Bachelard reconhecia nas imagens que citava: a imagem poética se dá em sua totalidade no próprio momento de seu surgimento.

> "Se os erros psicológicos dos mitólogos racionalistas são eloquentes, em geral é facultado aos poetas dizer tudo em algumas palavras." (*A terra e os devaneios da vontade*.)

A imagem não participa, portanto, de um discurso explicativo e se prende ainda menos a uma preocupação ornamental.

Essa convicção supõe naturalmente uma concepção da imaginação incompatível com o discurso psicanalítico. Já que a imagem não se refere a um passado, já que "ela não é em nada comparável, segundo o modo de uma metáfora comum, a uma válvula que se abriria para libertar instintos recalcados" (*A poética do devaneio*), não pode ser assimilada a um sistema psíquico dependente de um esquema pulsional. Bachelard, porém, atraído pela psicanálise – como mostra o título do estudo que dedicou à imaginação do fogo –, distanciou-se rapidamente dela: em sua pena, a referência a Freud é progressivamente substituída pelo nome de Jung. Ele partilhava, efetivamente, com o grande dissidente do movimento psicanalítico, instituições essenciais: a idéia de um inconsciente coletivo, mais determinante que o inconsciente individual, e uma concepção dinâmica e criadora da vida psíquica.

Da imaginação material à imaginação cinética

O pensamento de Jung se articulava a partir da noção de arquétipo, "imagem primordial" e "expressão de conjunto do processo vital". Próximo dessa idéia, Bachelard, entretanto, não a explorou senão implicitamente: o influxo vital, de que o arquétipo é portador, ele tentou captá-lo sobretudo na materialização concreta das imagens. É por isso que sua reflexão se refere principalmente a uma fenomenologia do imaginário, orientada por sua experiência de leitor. Procedimento flexível, empírico, que o levou a considerar sucessivamente a imaginação em seu componente "material", depois em seu caráter cinético.

Ele parte da intuição de que a imagem é tanto substância quanto forma. Explica-se a esse respeito na introdução de *A água e os sonhos*: "Há (...) imagens da matéria, imagens *diretas da matéria*. A vista as nomeia, mas a mão as conhece. Uma alegria dinâmica as manuseia, as molda, torna-as mais leves. Essas imagens da matéria são sonhadas na substância, na intimidade, afastando-se as formas, as formas perecíveis, as imagens vãs, o devir das superfícies."

O trabalho de Bachelard consistirá, pois, em definir as modalidades do devaneio humano sobre a matéria, e em mostrar como, sobretudo nos poetas, ele governa a escrita bem como a experiência sensível do mundo. Foi a Aristóteles que Bachelard tomou de empréstimo a distinção entre os quatro elementos, que vão reger a articulação de sua reflexão – de *A psicanálise do fogo* (1937) a *A terra e os devaneios* (1947) e *A terra e os devaneios do repouso* (1948), passando por *A água e os sonhos* (1940) e *O ar e os sonhos* (1942). Seu gosto pela alquimia – na qual ele se iniciara por intermédio de Jung – foi decerto determinante nessa escolha.

Apoiando-se nessa classificação, Bachelard pôde definir constantes psíquicas, esclarecidas pela relação imaginária com os elementos. Com efeito, "para que um devaneio prossiga com suficiente constância para resultar numa obra escrita, para que não seja simplesmente a disponibilidade fugidia, ele tem de encontrar sua *matéria*, um elemento material deve dar-lhe sua própria substância, sua própria regra, sua poética específica" (*A água e os sonhos*). Ele foi, assim, conduzido a adotar como objetos de sua reflexão temas que prenunciam muito de perto aqueles que serão privilegiados, depois dele, pelos críticos temáticos: temas das "águas claras", das "águas amorosas", das "águas profundas", da "água pesada", da "água violenta" em *A água e os sonhos*, por exemplo; temas do "sonho de vôo", da "queda imaginária", da "árvore aérea", entre outros, em *O ar e os sonhos*. Essas materializações substanciais de valores psíquicos abriam à análise um vasto campo lexical e nocional que a crítica temática ia explorar.

Entretanto, Bachelard não tardou a perceber o caráter redutor dessa classificação em quatro elementos: distinção esquemática demais para explicar a diversidade das valorizações imaginárias. Ele perturbou, pois, esse quadro formal excessivamente lógico, consagrando não quatro, mas cinco livros a esses quatro elementos, e mostrando a ambivalência de cada um deles; assim, a terra é ambígua: convida "tanto à introversão como à extroversão"; além disso, os elementos se comunicam entre si e se misturam: um capítulo inteiro de *A água e os sonhos* é dedicado às "águas compostas" (a água e o fogo, a água e a noite, a água e a terra).

Para ultrapassar radicalmente o que o esquema aristotélico tinha de redutor, Bachelard baseia-se sobretudo em uma concepção cinética da imaginação. A mudança é evidente já na introdução de *O ar e os sonhos*; nela Bachelard afirma que "a imaginação é essencialmente aberta, evasiva" e que "cada poeta nos deve, pois, seu *convite à viagem*". Compreendamos que essa viagem nada mais é senão o recurso à própria imagem, em sua mobilidade criadora. Não há talvez outra obra em que Bachelard seja mais fiel a essa inspiração do que em *Lautréamont*. Fundamentando-se na idéia de que "a imaginação só compreende uma forma se a transforma, se dinamiza seu devir", ele mostra como "a poesia de *Lautréamont* é uma poesia da excitação, do impulso muscular, (...) não é em nada uma poesia das formas e das cores".

Bachelard leitor

Afirmando que a imaginação é um dinamismo organizador, Bachelard anunciava diretamente a crítica temática: para ele, como para J.-P. Richard, cada imagem não vale por si mesma, mas pela rede de sentidos que inaugura ou desenvolve. A conseqüência disso no plano de seu método crítico é, aliás, muito semelhante àquela de seus sucessores: estudar uma obra, comentar um texto, é, essencialmente, fazer um trabalho de leitura, submeter-se às injunções do texto, deixar-se invadir pela repercussão que ele provoca. Trata-se de ler e de fazer ler – como Éluard, decerto seu poeta preferido, sonhava em "fazer ver" – em uma alegria renovada. As citações são, pois, numerosas, os comentários admirativos ou "sonhadores", o estilo em geral lírico, o procedimento raramente analítico. Bachelard desculpa-se por isso na introdução de *A água e os sonhos*: "As imagens da água, nós as vivemos, nós as vivemos sinteticamente em sua complexidade primária dando-lhes muitas vezes nossa adesão ilógica."

Já que se trata de "viver o ser da imagem" (*A poética do espaço*), o comentário não poderia ser explicativo, nem singularizante. Bachelard desenvolve como que concentricamente a repercussão da imagem, em vez de analisá-la. E, em vez de especificar por ela o trabalho do escritor, prefere ver aí o ponto de cristalização de uma experiência universal. Ter-se-á um exemplo disso nesse comentário a dois versos de Eluard:

> "*Eu era como um barco correndo na água fechada
> Como um morto só possuía um único elemento.*"*
> "A água fechada toma a morte em seu seio. A água torna a morte elementar. A água morre com a morte em sua substância. A água é então um elemento *substancial*. Não se pode ir mais longe no desespero. Para certas almas, a água é a matéria do desespero." (*A água e os sonhos*.)

Vê-se bem aqui como se desenvolve o comentário: não por um procedimento analítico, mas de maneira globalizante e generalizante. As frases curtas, justapostas, não encerram a citação numa rede de relações lógicas, mas se encadeiam por repetições. A expressão imita uma partida sempre recomeçada do devaneio a partir da imagem, para lhe extrair, finalmente, o valor mais geral.

Compreende-se de uma só vez, por esse exemplo, os limites da "leitura" bachelardiana das obras literárias: o comentário, desembocado numa lição universal, tende sempre a fazer do texto citado um exemplo dentre outros de uma lei geral. Bachelard preocupa-se mais com a imaginação humana, em seus grandes componentes, do que com o universo imaginário próprio de cada escritor. Sua reflexão não é, pois, "crítica" no sentido exato do termo: não tende a operar

---

* "*J'étais comme un bateau coulant dans l'eau fermée/Comme un mort je n'avais qu'un unique élement.*" (N. do T.)

escolhas, a estabelecer distinções, e menos ainda hierarquias. Aqueles que, depois dele, representarão a crítica temática, reequilibrarão o procedimento, concedendo mais importância à singularidade das obras.

5. Georges Poulet

G. Poulet é por certo o crítico mais próximo de G. Bachelard: toda a sua atenção está dirigida para a consciência criadora, através das formas de "estar-no-mundo" que a obra desdobra em redes imaginárias. Prossegue também o ponto de vista, espiritualista, dos fundadores da "Escola de Genebra", por uma definição tão intelectual quanto sensível do "cogito" que quer estudar:

> "Recomeçar no fundo de si mesmo o *Cogito* de um escritor ou de um filósofo é reencontrar sua maneira de sentir e de pensar, ver como ela nasce e se forma, quais obstáculos encontra; é redescobrir o sentido de uma vida que se organiza a partir da consciência que toma de si mesma." (*La conscience critique*.)

A atividade crítica consiste, pois, numa apropriação subjetiva do "mundo" próprio do artista; permite "remontar na obra do autor àquele ato a partir do qual cada universo imaginário desabrocha às vezes como uma mulher, às vezes como uma planta, uma prisão, uma rosácea, uma girândola". (*Trois essais de mythologie romantique*.)

A reflexão sobre o tempo

G. Poulet se interessou, com uma constância ímpar, pelas grandes categorias da percepção, o tempo e o espaço. Seus *Études sur le temps humain* propõem uma vasta investigação sobre as modalidades da percepção do tempo, através da história literária. A partir do segundo tomo, a perspectiva temática dominante é indicada por um subtítulo que torna precisa sua orientação: *A distância interior* (t. II), *O ponto de partida* (t. III), *Medida do instante* (t. IV). Esse último volume é bem representativo do procedimento do crítico, que visa a especificar o "mundo" próprio de cada escritor, através de sua apreensão individual de uma categoria da relação com o mundo: o tempo é, aqui, precisamente o instante.

É porque "o instante tem todas as medidas e todas as desmedidas": "ora ele se acha reduzido à sua própria instantaneidade; ele só é o que é, e, aquém, além, em relação ao passado, ao futuro, não é nada. E ora, ao contrário, abrindo-se para tudo, contendo tudo, ele já não tem limite". Esse é o caso de Maurice Scève, que condensa em uma duração extremamente reduzida um complexo múltiplo de sensações, sentimentos, acontecimentos, etc. Stendhal parece ser o antípoda dessa percepção: nele o instante é leve, saltitante, ele mantém uma consciência de viver feliz e exaltada. Os momentos de paixão são um bom exemplo disso: "surpresa, indignação, furor, desejo de vingança e o gesto que deve realizá-la, tudo passa num mesmo momento sem duração". O desejo de reter esses momentos fugidios explica o culto stendhaliano da consciência e da inteligência, que permitem reaver pela reflexão o melhor de uma sensação sempre fugidia.

G. Poulet mostra como essa fugacidade e o sentimento dessa precariedade cresceram ao longo do século XVIII. O pré-romantismo "é ensombrecido pela consciência desse desvanecimento do instantâneo". Os românticos ingleses reagiram significativamente a essa angústia, em sua reflexão, ao substituírem a eternidade de Deus "que ocupava os poetas da idade barroca ou clássica" pela "eternidade pessoal, subjetiva, uma eternidade para seu uso próprio"; incluíram esse sonho de permanência em "instantes paramnésicos" em que "passado e presente coabitam estranhamente".

Essas análises mostram bem a extrema plasticidade que adquire a noção de tempo – categoria contudo muito abstrata – na reflexão de G. Poulet: o instante, remetendo a uma percepção global do mundo, é como uma substância material, moldada pela imaginação do criador, que a torna um objeto para seu uso, quando não à sua imagem. Daí, por exemplo, a metáfora material pela qual G. Poulet apresenta a natureza do instante proustiano, que se divide em um *agora* e um *mais tarde*:

> "Como no mundo biológico da cissiparidade, esse instante tão cheio de si mesmo pode (...), em razão de sua densidade, cindir-se, engendrar seu semelhante, ser simultaneamente ele mesmo e outro."

A reflexão sobre o espaço

Foi justamente a Proust que G. Poulet consagrou uma reflexão sobre o espaço que corresponde aos *Études sur le temps humain*. A questão sobre o valor simbólico dos esquemas espaciais já estava presente em *Les métamorphoses du cercle*, cuja tese é a passagem, através da história, de uma visão teológica para uma visão antropológica, centrada no homem. A mutação de sentido na figura do círculo é um revelador privilegiado, como observa o crítico a propósito do século XVII:

> "Durante todo o decorrer do século XVII, o pensamento religioso mantém a relação entre 'o globo resumido' da existência humana e a esfera da eternidade. Mas, com o fim do século, o símbolo da esfera infinita perde todo o significado e toda a energia, desaparece da linguagem teológica e filosófica, de maneira que a pequena esfera, na qual se forma o pen-

samento humano, é condenada a flutuar agora sem amarras e sem modelo, e a revelar tanto mais gravemente sua insignificância."

Em *Les métamorphoses du cercle*, a reflexão se avizinha de uma história das mentalidades, captadas através de suas "leituras" particulares de uma única figura. Em *L'espace proustien*, a perspectiva é inversa: o livro tem por objeto uma única obra cuja singularidade o crítico tenta delimitar através das diversas figuras que lhe regem a organização do espaço. Todas elas participam de uma mesma espacialização da duração, que transforma o sucessivo em simultâneo. Essa conversão, cujo caráter mistificador Bergson ressaltará, é entretanto totalmente legítima em Proust, na medida em que participa de um procedimento estético perfeito que o justifica inteiramente.

O crítico mostra assim a importância, na obra *Em busca do tempo perdido*, da "vacilação" do espaço, da distância que separa os seres e as coisas, e os coloca cada um em sua perspectiva singular: a importância, em suma, da "localização", que em geral coincide com a identidade dos seres. É por isso que o "esnobismo proustiano" assume muitas vezes a forma de um "devaneio sobre os nomes de lugares e de famílias nobres". Esses lugares são freqüentemente desconexos, porque o espaço, assim como o tempo, não é contínuo:

> "A distância é o espaço, mas o espaço despojado de qualquer positividade, espaço sem eficácia, sem poder de plenificação, de coordenação e de unificação. Em vez de ser uma espécie de simultaneidade geral que se desenvolveria de todos os lados para suportar, conter e relacionar os seres, o espaço é aqui simplesmente uma incapacidade que se manifesta de todas as partes, em todos os objetos do mundo, para formar juntos uma ordem. (...) A distância, para Proust, só

pode ser portanto trágica. Ela é como que uma demonstração visível, inserida na extensão, do grande princípio de separação que afeta e aflige os homens."

A distinção genérica entre dois "lados" – de Guermantes e de Méséglise – é uma manifestação estrutural desse princípio de separação o qual parece abolido nas experiências privilegiadas de memória involuntária, que permitem restaurar uma continuidade, fazendo "desenrolar-se uma extensão mental, cuja amplitude se mede pela intensidade do sentimento experimentado". A lembrança, com efeito, abre espacialmente, como num leque, um feixe de sensações, de emoções, de experiências. Em Proust, a busca do tempo perdido é acompanhada, assim, de uma "reconquista do espaço perdido". Entretanto, a unidade espacial só é verdadeiramente adquirida pelas viagens, pelos deslocamentos, que sempre têm algo de "mágico". Com eles, "cada coisa está relacionada a uma infinidade de posições possíveis, de uma a outra das quais as vemos passar".

Uma crítica "diferencial"

A reflexão sobre as categorias gerais do tempo e do espaço corre sempre o risco de dissolver a singularidade das obras. Foi contra esse risco que G. Poulet pretendeu precaver-se em *La poésie éclatée*, consagrado sucessivamente a Baudelaire e a Rimbaud. O livro é, com efeito, um prolongamento e uma superação dos estudos precedentes: a imagem da explosão junta as duas categorias, do tempo e do espaço, num mesmo esquema dinâmico que as anula. Para G. Poulet, as obras desses dois poetas são como explosões que quebram a falsa continuidade da história literária e suprimem os pontos de referência falaciosos, pela evidência de uma criação nova.

A intenção do crítico é, pois, explicar essa singularidade de duas obras poéticas maiores, sem outro ponto de semelhança além de sua comum irredutibilidade ao que não seja elas mesmas. O crítico não deixa de aplicar seu método habitual (definição, pelos textos, de um "cogito" inicial revelador de um "estar-no-mundo" particular). Mas a intenção é, mais do que nunca, diferencial, pois propicia justamente a oposição dos dois poetas a partir de bases comuns: Baudelaire "se sente rigorosamente predeterminado pelo pecado original, que ameaça privá-lo de toda a liberdade de espírito; ele é obcecado pelo passado e pelo remorso; não percebe em si mesmo senão uma infinita profundidade que se estende até as zonas mais longínquas de seu pensamento retrospectivo". Ao contrário, Rimbaud "desperta a cada vez para uma existência nova. Está isento de qualquer remorso, livre para reinventar seu mundo e seu eu a qualquer instante, de maneira que esse instante adquire imediatamente um valor absoluto para ele".

6. Jean-Pierre Richard

Um procedimento original

J.-P. Richard parece partilhar o mesmo projeto crítico de G. Poulet. Também ele tenta definir um "estar-no-mundo" fundamentado em experiências que se manifestam em figuras na obra literária. Ele pretende situar seu "esforço de compreensão e simpatia numa espécie de primeiro momento da criação literária: momento em que a obra nasce do silêncio que a precede e a contém, em que ela se institui a partir de uma experiência humana" (*Poésie et profundeur*). Afirma, da mesma forma, no início de *Onze études sur la poésie moderne*, que "todos esses poetas foram compreendidos no plano de um contato original com as coisas".

As modalidades desse "contato" permitem, em compensação, sublinhar a originalidade de J.-P. Richard. Se para

G. Poulet o "cogito" é sobretudo intelectual – a tal ponto que o crítico costuma falar do "pensamento" dos autores que comenta (por exemplo, a propósito de Nerval, em *Trois essais de mythologie romantique*) –, ele é substituído, em J.-P. Richard, por uma apreensão sensual e sensível do mundo, para quem a ontologia se deduz de uma fenomenologia da percepção: a captação de si mesmo se opera por um "contato" renovado com o que nos cerca. As sensações fornecem, pois, o campo de análise privilegiado desse procedimento crítico: J.-P. Richard pretende colocar-se ao "nível mais elementar": aquele "da sensação pura, do sentimento em estado bruto ou da imagem ao nascer". (*Poésie et profundeur*.)

É por isso que seu procedimento é menos centralizador e hierarquizado que o de G. Poulet. Este remete com insistência, por indução, a uma intuição de existência central e original: seu pensamento se desloca das ramificações da obra – por mais diversas e singulares que sejam – para a experiência criadora que é seu princípio. Se G. Poulet procura nas obras uma profundidade central, J.-P. Richard se encanta em percorrê-las em todos os sentidos, em descobrir-lhes, com um olhar sempre curioso, toda diversidade visível. Crítica de "superfície" tanto quanto de profundidade, combinada com uma visão policentrada das obras literárias, visto que cada fragmento pode remeter ao todo, sem real hierarquia. O espírito do crítico pode assim vagar entre os temas e motivos da obra, em um percurso sem fim previsível. G. Poulet seleciona, hierarquiza e escolhe. J.-P. Richard aceita alegremente a diversidade e colhe nos textos tudo o que pode ser uma oportunidade de inteligência e de fruição.

O próprio texto que ele estuda, percebido em sua realidade lingüística, é uma dessas oportunidades, umas dessas ocasiões oferecidas ao crítico. G. Poulet afirma que importa apenas a adesão da consciência crítica à consciência criadora; o texto é, nessa perspectiva, um meio, um intermediário; sua realidade material desaparece em prol da função que assume. A percepção de J.-P. Richard é mais propriamente "poética": o que o leitor – e o crítico – encontra num livro não é somente uma consciência e uma experiência, é também um texto. Ou melhor, o texto também é oportunidade de experiência, de sentido, de prazer. O ponto de vista de J.-P. Richard, não é, pois, o de um lingüista ou de um especialista em estatística. É aquele, bachelardiano, de um "sonhador" de palavras, tão distante de uma crítica que esquece a linguagem quanto de um olhar formalista que a supervaloriza.

A "leitura" richardiana

O livro que J.-P. Richard consagrou a Mallarmé, *L'univers imaginaire de Mallarmé*, é decerto o mais demonstrativo de sua "leitura" crítica dos textos. A composição de conjunto do livro obedece ao esquema tradicional dos estudos literários: do homem à obra. Passa-se, com efeito, do "poema infantil de Mallarmé" e de seus anos de adolescência, ao estudo das "Formas e meios da literatura". Entretanto, os capítulos intermediários embaralham esse esquema cronológico e casual tranqüilizador demais: "Os devaneios amorosos", "A experiência noturna", "Dinamismo e equilíbrio", "A luz", etc. cruzam a experiência literária e os dados biográficos sob o ângulo de temas organizadores. Isso permite ao crítico definir as modalidades de uma experiência sensível, que remete a um projeto duplo, existencial e estético. Ele pode assim mostrar, por exemplo, como "o obstáculo amoroso é amiúde uma cortina de folhagem", ou estudar, numa perspectiva bachelardiana, as "relações do sonho amoroso e do devaneio aquático".

Seria impossível resumir análises tão diversas e sutis. Contentar-nos-emos aqui em refletir sobre um comentário que ele propõe, para captar ao vivo o método do crítico, a partir de uma citação de Mallarmé:

"Na estrada, a única vegetação, sofrem raras árvores cuja casca dolorosa é um emaranhado de nervos desnudados: *seu crescimento visível é acompanhado sem parar,* apesar da estranha imobilidade do ar, de um *lamento dilacerante* como o dos violinos que, *tendo alcançado a extremidade dos ramos,* estremece em folhas musicais." (Extraído de *Symphonie littéraire* de Mallarmé.)

"O violino aqui faz ressoar maravilhosamente nele a nervosidade baudelairiana, já não se sabe se ele range em uma tripa de gato ou na nudez esfolada de um tronco novo. Mas, sobretudo, ele emite sua música *no topo* de um crescimento, na extremidade estática de uma folhagem nessa ponta da forma que serve tantas vezes, para Mallarmé, de fronteira aberta entre o objeto e sua idéia. Explodida alhures em folhas vermelhas, a árvore se desfaz docemente aqui em música. E esse malogro permanece, apesar de tudo, doloroso. O 'lamento dilacerante' do violino, acompanhado pelos estremecimentos da folhagem, talvez sirva, então, para sugerir a íntima dor de uma objetividade levada a se separar da matéria, que até aqui a sustentava para melhor se arrancar 'idealmente' de si mesmo."

Essa passagem é um exemplo do método de J.-P. Richard. Sua organização – uma citação seguida de um comentário – mostra que a perspectiva de conjunto é mesmo aquela de uma "leitura", isto é, de um modo de compreensão que tenciona não se distanciar demais de seu objeto, e manter com ele relações de vizinhança. É por isso que certas palavras estão grifadas no texto citado – já é um gesto crítico –, enquanto o comentário retoma palavras do texto, inserindo-as em seu próprio discurso: as vozes do autor e crítico se interpenetram e só se distinguem para melhor se tornarem cúmplices.

Essa relação mimética é tanto mais forte pois se estabelece num plano que apaga as caracterizações excessivamente individuais: o crítico é apenas um leitor anônimo, "alguém"; e o autor só é designado uma única vez, simples predicado ("para Mallarmé") de sua obra. Só esta importa portanto em seu poder de sugestão de um "universo" original, que parece dever existir por si mesmo: as relações de causalidade, ainda que sejam lembradas pelo emprego do verbo "servir", são quase ausentes. A reflexão tradicional sobre a "fabricação" do texto (a resposta às perguntas "por quê e como" que participam de um procedimento retórico) não é abordada, substituída por um inventário, um levantamento superficial. A descrição prevalece sobre a análise.

Isso quer dizer que o crítico não "explica"? Muito pelo contrário, ele restitui o valor espacial a esse verbo, desdobrando o texto, mostrando as virtualidades do mundo que ele representa. Para tanto, J.-P. Richard modifica e condensa os elementos do texto, a fim de torná-los mais evidentemente significativos. Ele abstrai, por exemplo, certos dados concretos; assim, os "nervos desnudados" tornam-se a "nudez esfolada": a substantivação do particípio passado transforma um atributo circunstancial em uma modalidade de ser; a mesma modificação nos faz passar da "extremidade dos ramos" para o "topo de um crescimento". O trabalho de condensação é ainda mais notável: ele agrupa em associações novas o que o texto citado apresenta separadamente; assim a analogia – virtual no texto de Mallarmé – entre os "nervos desnudados" e os violinos está condensada em metáfora já na primeira frase do comentário; no lugar onde uma análise estilística ressaltaria a metáfora que trabalha implicitamente o texto, e sublinharia os efeitos dessa escrita alusiva, o comentário de J.-P. Richard a atualiza, a torna real: ele desenvolve as virtualidades do texto tal como elas podem surgir na consciência do leitor.

Nisso J.-P. Richard continua fiel à lição de G. Bachelard, que desejava que se "sonhasse" a partir das imagens do texto. Mas seu "devaneio" permanece sempre orientado por seu projeto crítico. Visto que se trata de estudar um "universo imaginário", e este depende dos modos de relação da consciência com seus objetos, a questão essencial – a da relação – volta com insistência, articulando a passagem "entre o objeto e sua idéia". É dessa maneira, por vias que lhe são próprias, que J.-P. Richard se aproxima do comentário tradicional inspirado pela história literária: partindo de uma referência baudelairiana, ele chega a uma definição da "idealização simbolista". Mas, em vez de explorar um conhecimento histórico e literário, preliminar, ele vai ao seu encontro no final de um percurso analógico da obra que comenta.

Diversidade e modificações

Porque, como escrevia Paul Eluard em "L'évidence poétique", "os poemas têm sempre grandes margens brancas, grandes margens de silêncio onde a memória ardente se consome para recriar um delírio sem passado", eles autorizam, naturalmente, e decerto tornam até necessário, tal "devaneio" recriador dos textos. Isto não impediu J.-P. Richard de se interessar, também e com igual felicidade, por grandes obras narrativas. Seu procedimento continua o mesmo: destacar um "universo imaginário" (cf. *Paysage de Chateaubriand*), mediante um inventário de primeiras sensações (cf. *Proust et le monde sensible*). Esse mesmo projeto é aplicado a *Littérature et sensation*, notadamente na segunda parte, que trata da "criação da forma em Flaubert".

Articulada em três tempos, segundo um esquema de pensamento que encontramos em *L'univers imaginaire de Mallarmé*, a reflexão leva de um sentimento da existência (marcado pela inanidade do real e pela obsessão do nada) a condutas existenciais (associação do sadismo e do masoquismo, impotência amorosa e fetichismo), para desembocar no sentido mesmo da escrita literária: "A criação artística equivale (...) para Flaubert a uma criação de si, por si mesmo." Com efeito, o autor dá consistência ao real com seu estilo e salva-se a si mesmo nesse trabalho:

> "Escrever é mergulhar nessas profundezas, descobrir esse movimento petrificado, essa lama de existência, depois tornar a subir com ela à sua própria superfície e deixá-la secar numa crosta que constituirá a forma perfeita."

Essa imagem dá bem a medida do devaneio substancial que, ao longo de todo o texto, dirige o propósito crítico, e propicia-lhe articulação; por exemplo, o tema da refeição permite pôr em evidência o motivo da impossível saciedade, enquanto a experiência amorosa é ligada a imagens recorrentes de liquidez. Aqui ainda, a história literária não é de modo algum dispensada (J.-P. Richard cita a correspondência de Flaubert, propõe uma comparação com o impressionismo, etc.), mas só tem um papel suplementar, *a posteriori*, para confirmar as impressões de leitura.

O estudo temático de grandes conjuntos ficcionais ou poéticos exige alto grau de concentração do comentário: "aplainada" a obra, o crítico circula por ela como por um espaço simultaneamente oferecido a seu olhar. Em conseqüência, cada parte da obra fica subordinada ao olhar globalizante que a capta. Com suas *Microlectures* (tomos I e II) J.-P. Richard tentou o desafio inverso: fazer a totalidade de um "universo" literário da análise precisa de breves fragmentos. Ele explica isso no prefácio do tomo I: "A leitura já não é da ordem de um percurso, nem um sobrevôo: ela se prende mais a uma insistência, a uma lentidão, a um voto de miopia. Ela confia no detalhe, esse grão do texto." A relação estrutural da parte com o todo se inverte portanto, mas com isso confirma a profunda lei de analogia e de homogeneidade que todo estudo temático supõe.

A novidade dessa tentativa reside antes na perspectiva mais precisamente pulsional, em que J.-P. Richard pretende colocar-se: "da mesma forma que como sensação ou devaneio (no sentido bachelardiano do termo), a paisagem me aparece hoje como fantasia, isto é, como encenação, trabalho, produto de certo desejo inconsciente". O propósito do crítico aproxima-se a partir de então da psicanálise, substituindo a descrição fenomenológica por uma explicação libidinal: a paisagem torna-se "a saída e a conclusão, o lugar de prática também, ou de autodescoberta de uma libido complexa e singular".

Essa modificação é acompanhada por uma atenção mais firme à *letra* do texto, "em literatura tudo é linguagem". A leitura baseia-se, pois, "a um só tempo na essência verbal das obras literárias (o que as constitui em *páginas*) e nas formas, temático-pulsionais, por onde se manifesta um universo singular (o que as organiza em *paisagens*)".

À guisa de balanço

A inflexão psicanalítica dos últimos trabalhos de J.-P. Richard mostra que a crítica temática ainda está à procura de si mesma e de bases seguras que a possam fundamentar. Como todo empreendimento crítico, ela corre um risco duplo: o de se dissolver em seu objeto ou de ficar muito distante dele. O "devaneio" bachelardiano, ao mesmo tempo participante e criador, pretendia colocar-se nesse intermédio. Mas como permanecer aí por muito tempo? Como assegurar a pertinência de um discurso sempre colocado nos limites do sujeito e do objeto? Recorrendo à psicanálise e à lingüística, J.-P. Richard torna a dar consistência a ambos. Mas essa simetria mostra bem que ele tenciona colocar-se sempre no lugar de sua hipotética intersecção.

Essa dificuldade não é peculiar à crítica temática: concerne a qualquer discurso sobre uma obra literária. Outras fraquezas, em compensação, lhe são mais ligadas: a subjetividade da escolha dos "temas", o caráter incerto, e às vezes redutor (quando não está próximo do contra-senso, como ocorre às vezes em Bachelard), de uma "leitura" baseada apenas na "simpatia"; a falta de distinção suficiente entre as obras; a ausência de verdadeira reflexão sobre a realidade literal dos textos (em Bachelard, por exemplo, a noção de "imagem", embora constantemente solicitada, nunca é definida precisamente).

Essas lacunas talvez expliquem por que a abordagem temática nunca se tenha constituído em escola crítica. Ela é representada por críticos eminentes, mas todos autônomos, e que não parecem muito ter sucessores; não se vê quem, hoje, possa ser colocado na trilha de J.-P. Richard.

É também porque cada um desses críticos – e deve-se pensar aqui em todos aqueles de que não pudemos falar especificamente: Albert Béguin, Marcel Raymond, Jean Rousset, Jean Starobinski – desenvolveu uma obra que tem sua continuidade, sua homogeneidade, que é irredutível a qualquer outra. Com a inspiração temática, a crítica decerto reencontrou sua dimensão criadora. Da mesma forma que afirma a vocação espiritual das obras literárias, ela se apresenta como um procedimento fecundo que dá vida aos textos com um olhar generoso.

BIBLIOGRAFIA

I – Problemas Gerais

Poulet, Georges. *Les chemins actuels de la critique*, Plon, 1967 (atas de um simpósio realizado em 1966; útil para situar o procedimento temático nos debates da "nova crítica").
La conscience critique, J. Corti, 1971 (uma série de artigos esclarecedores sobre os principais representantes e precursores da crítica temática).

"Thématique et thématologie" (atas do simpósio realizado na Universidade de Bruxelas em 1976), *Revue des langues vivantes*, Bruxelas, 1977 (um dossiê de grande pertinência sobre a situação, os pressupostos e os métodos da crítica temática).

II – Algumas obras dos autores citados

Bachelard, Gaston. *A água e os sonhos*, São Paulo, Martins Fontes, 1990, *A poética do devaneio*, São Paulo, Martins Fontes, 1988.

Béguin, Albert. *L'âme romantique et le rêve*, J. Corti, 1939.

Poulet, Georges. *Études sur le temps humain*, Plon, 4 tomos, 1950-1968.
Les métamorphoses du cercle, Plon, 1961.

Raymond, Marcel. *Jean-Jacques Rousseau, la quête de soi et la rêverie*, J. Corti, 1963.

Richard, Jean-Pierre. *Onze études sur la poésie moderne*, Seuil, 1964.
Stendhal et Flaubert, Seuil, 1954.

Rousset, Jean. *La littérature de l'âge baroque en France*, J. Corti, 1954.

Starobinski, Jean. *Jean-Jacques Rousseau, a transparência e o obstáculo*, São Paulo, Companhia das Letras.
La relation critique (*L'œil vivante, II*), Gallimard, 1970.

IV. A sociocrítica
Por Pierre Barbéris

Introdução

Sociocrítica? A expressão é recente, mas com um sentido restritivo e preciso, como se verá mais adiante. A idéia, entretanto (mais ampla do que atualmente), é antiga, e ligada ao próprio movimento das ciências sociais nascentes e da reflexão sobre as inter-realidades socioculturais.

A idéia, com efeito, de "explicar" a literatura e o fato histórico pelas sociedades que os produzem, e que os recebem e consomem, conheceu na França uma fase áurea no início do século XIX. Estava-se então convencido de ter encontrado o segredo do funcionamento e do movimento das sociedades a partir do modelo francês, tornado mais legível pela Revolução.

É que essa Revolução parecia ter trazido muitos esclarecimentos sobre questões que o Iluminismo de antes de 1789 só podia formular de forma incompleta: uma sociedade nova nascera, um novo público, novas necessidades, novas possibilidades. Nenhum "filósofo" jamais vivera numa sociedade revolucionada. Mas o efeito redobrou quando essa Revolução foi detida ou desviada: pela variante "terrorista" de 93-94, pelas estabilizações ou tentativas de reação, em 1800 com Bonaparte, em 1814-1815 com o retorno dos Bourbons e as ameaças "ultras". A Revolução tinha aclarado o passado, entretanto confundia também o presente e o futuro, fazendo surgir ou devendo arrostar novas contradições. Muitos homens queriam a Revolução completa e verdadeira, fiel a si mesma. Forças, novas ou latentes, eram ou seriam o instrumento dessa "revolução cultural": burguesia liberal, pequena burguesia e "classe pensante" (Stendhal) que buscavam a si mesmas do lado do popular, "camadas novas", como dirá Gambetta, classes operárias arrancadas um dia de seus pardieiros a quem a Teoria social nova prometia ser a nova alavanca da História.

A literatura expressava e expressaria tudo isso: os combates e o sentido de ontem bem como os combates e o sentido de amanhã. Ela verificava, mas também prenunciava. Como se pensava ter uma idéia clara da marcha das sociedades, pensava-se ter também uma idéia do produto social que era a literatura. Ela já não visava somente ao verdadeiro e ao belo moral mais ou menos trans-histórico, mas a um verdadeiro e belo *militante*, ainda que sem o saber. A literatura, dizia Madame de Staël, já não era uma arte mas uma arma: para agir e para compreender. As formas, como a psicologia e a sensibilidade, tornavam-se históricas. Stendhal também proclamará que todo classicismo havia sido romântico pelo fato de ter pintado os homens de seu tempo para os homens de seu tempo: tanto Ésquilo como Racine, por essa razão, haviam sido "modernos" e, assim, tínhamos o direito e o dever de sê-lo também por nossa vez.

O que se deveria chamar um dia sociocrítica era, assim, um produto da História, e não uma simples atitude intelectual abstrata. Mas, por isso mesmo, ela era convocada a ser apreciada no contexto de uma outra e nova História: aquela que talvez já não tivesse as mesmas idéias sobre a marcha e sobre o funcionamento das sociedades. E esse é exatamente, hoje em dia, o ponto de partida de uma reflexão sobre o problema: historicização e socialização, certamente, contra não-historicização ou dessocialização; mas também releitura permanente dessa historicização e dessa socialização. Há sempre, com efeito, certo equívoco sobre a palavra *sociedade*: organismo que funciona de maneira mais ou menos fechada, ou que muda de modo às vezes surpreendente, e isso como e para quê? Literatura/Sociedade/História: qual é o lugar e o papel dos homens e de sua consciência em seu ambiente cultural? O problema logo se torna filosófico: a História será um *SENTIDO*, ou, no sentido pascaliano: um *DIVERTIMENTO*? E se alguma coisa, mesmo assim, se delineia e permanece, não seria a literatura, como produto específico? Vemo-nos assim convidados a refletir em termos inovados sobre o BELO, sobre o VERDADEIRO, mas também sobre a EFICÁCIA do fato de escrever – e de ler. Qual é o performativo do sistema dos SIGNOS no campo com fronteiras abertas do DATADO?

A noção de sociocrítica

O termo *sociocrítica* será empregado por comodidade, embora designe há muitos anos outro procedimento diferente da simples interpretação "histórica" e "social" dos textos como conjuntos e também como produções particulares. Entre a sociologia do literário que concerne ao que é anterior (condições de produção do texto) e a sociologia da recepção e do consumo que concerne ao que é posterior (leituras, difusão, interpretações, destino cultural e escolar ou outro), a sociocrítica definida por Claude Duchet (ver nossa Bibliografia no final do capítulo) visa ao próprio texto como espaço onde se desenrola e se efetiva uma certa socialidade.

Mas, como a sociologia do literário e a da recepção *stricto sensu* se revelam em parte alheias ao essencial (o que se passa no texto), a sociocrítica parece poder, sem grande prejuízo, integrá-las, ainda que só no plano do vocábulo empregado. Entre as determinações e as conseqüências, o texto é suficientemente importante para atraí-las em sua leitura. Dever-se-á ter em mente que o projeto sociocrítico foi um projeto específico e datado, mas também, por definição, um projeto aberto e que continua assim, enquanto a sociologia dos fatos anteriores assim como aquela dos fatos posteriores são constantemente ameaçadas pelo reducionismo.

A *sociocrítica* tem, além disso, a vantagem de fazer o marxismo mover-se e avançar num campo apreciável e particular. O marxismo hoje é, com efeito, a referência constante e obrigatória, ao mesmo tempo que em seus textos fundadores e em suas práticas é-lhe necessário reconhecer que se passa e se passou alguma coisa, que em sua fase regimental ele não havia concebido. *Sociocrítica* designará, pois, a leitura do histórico, do social, do ideológico, do cultural, nessa configuração estranha que é o texto: ele não existiria sem a realidade, e a realidade, em última instância, teria existido sem ele; mas a realidade, então, tal como podemos percebê-la, seria exatamente a mesma? Toda a questão está aí: se a realidade só nos é conhecida pelos discursos realizados a seu respeito, qual será, entre eles, o lugar do discurso propriamente literário?

Princípio da leitura sociocrítica

A leitura sociocrítica não poderia ser a aplicação aos textos de princípios e muito menos de receitas já disponíveis e constituídas em *corpora* teóricos que já teriam dito tudo sobre as sociedades, e, pois, sobre as atividades e as produções culturais, em especial as literárias. Isso por três motivos:

– Porque esses *corpora* teóricos hoje são antigos, logo, não contêm todas as chaves de uma realidade que nos aparece como mais rica e mais complexa: Montesquieu e Marx não disseram tudo sobre as sociedades e sobre a História, mesmo tendo dito infinitamente mais do que se dissera antes deles.

– Porque foi nos próprios textos e nas reflexões que eles geraram que já se constituiu uma sociocrítica nascente e em potencial.

– Porque toda leitura é invenção e busca, e porque em seu nível próprio ela contribui para o enriquecimento e para o progresso da consciência do sócio-histórico: tanto quanto a escrita e a criação, a interpretação, mesmo que se apóie em certas aquisições teóricas, contribui, sem pedir permissão a ninguém, para moldar, de forma sempre precária, e para retomar a consciência que temos da realidade em seus diversos aspectos. É no nível da interpretação, como no da escrita e da criação, que se constitui continuamente uma nova síntese entre infra-estruturas/superestruturas, consciência/não-consciência, pessoal/universal, texto/referente, coisas e acontecimentos/expressão, formas antigas e herdadas/formas novas e inventadas.

A leitura sociocrítica é portanto um movimento que não se opera unicamente a partir de textos fundadores e de arquivos, mas a partir de uma busca e de um esforço tateante e descobridor que inventa uma nova linguagem, faz aparecer novos problemas e coloca novas questões. A leitura sociocrítica e sócio-histórica faz a história e a sociologia se moverem ao mesmo tempo que as leva em conta como disciplinas e como consciências já disponíveis e aceitas. É por isso que ela não poderia ser uma bula que conduz a um sentido último, a um último recurso e a um "afinal de contas" redutor. Ela está atenta a tudo o que emerge de novo, e que ela contribui para emergir, na História e na historiografia, no conhecimento das mentalidades, das diversas temporalidades da HISTÓRIA e das difíceis relações eu–HISTÓRIA e, enfim, no conhecimento da evolução das maneiras de escrever e de narrar.

Porque o eu é sempre um eu social e socializado, mas também porque não se reduz à sua dimensão sociológica quantitativa, a sociocrítica é um engajamento na busca das confluências e das contradições. Por isso nunca delineia um traço final que faria do texto um produto *acabado*, embora conclusão, ele é também ponto de partida e algo que não existia *antes*: todo texto, sempre determinado, também é sempre um novo determinante. Se a leitura sociocrítica tem sempre uma dimensão política, também tem sempre uma dimensão existencial: não é somente a criança que "vive o universal no modo do particular" (Sartre), é todo homem também, com sua Razão e com suas razões, mas também com sua consciência e sua *psique*, logo, com sua linguagem e com suas linguagens.

1. Referências históricas

"A literatura é a expressão da sociedade" (Bonald)

Por muito tempo, a literatura (tanto sua prática como sua leitura) dependeu exclusivamente da arte de escrever: retórica, prosódia, problema da imitação e da originalidade, até mesmo o problema da língua em que se escrevia (a passagem do latim ao francês nunca foi natural), e, em resumo, problema dos *modelos* (vindo o problema do soneto à italiana substituir o problema da ode, que vinha do grego e do latim). Escrever "com pureza" ou de outro modo foi por muito tempo a principal preocupação, devendo o direito à invenção sempre negociar com as regras de uma estética e de uma conveniência. Mesmo quando uma nova realidade entrava na literatura (a América no século XVI, de Ronsard a Montaigne), ainda não se prestava atenção à relação Sociedade-Literatura. Melhor: no momento em que as leis e a política entravam no campo de uma reflexão relativista (Montesquieu), ninguém imaginava um *Do espírito das literaturas* que teria encarado o ato de escrever como uma instituição e uma superestrutura articuladas com base na História. Foi necessário o abalo da Revolução Francesa: mesmo quando continuavam a impor-se os modelos clássicos, a filosofia, tornando-se diretamente política, mexera na própria noção de filosofia puramente especulativa e metafísica. Mas também todo um mercado da literatura havia mudado. Novo público, novos escritores, novas destinações dos textos, o exemplo de Rosseau, com o qual não se sabia muito o que fazer no campo de um classicismo hegemônico: ia soar a hora da entrada da coisa literária (e mais geralmente da artística) em uma discussão de um novo tipo.

Essa discussão, todavia, não funciona no contexto ao qual hoje estamos habituados. Não existe então verdadeiramente *ensino* de literatura, e a leitura sócio-histórica dos textos não é feita em escolas, universidades nem, de um modo mais geral, tem uma metodologia para especialistas de interpretação. Uma instituição como o Lycée de la Harpe é um organismo paralelo e privado para amadores instruídos. No ensino secundário, o discurso francês (que é um exercício retórico e de imitação, copiado do discurso latino) dominará por muito tempo antes que desponte a dissertação por volta do fim do século XVII: exercício de comentário e de análise que fará do aluno não mais um aprendiz de escritor, mas um aprendiz de crítico e professor.

Para se chegar a essa mutação, precisará nascer o magistério da crítica, secundado pelo jornalismo e pelas primeiras cátedras universitárias (Villemain na Restauração). Portanto, vai instaurar-se a discussão entre escritores, entre praticantes da literatura que buscam novas razões para escrever e se interrogam sobre sua própria prática: o que se faz quando se escreve? E que fizeram os escritores do passado quando escreveram? Menos que a literatura no sentido estrito e preciso do termo, é a *cultura* que é interrogada, e o conjunto das formas, e isto por homens que escrevem que são também (para retomar uma distinção de Barthes) escritores. Sua preocupação com a didática, entretanto, e suas teorizações nascentes abrem caminho ao que se tornará uma prática específica ("Nós nos propomos a abrir uma nova trilha para a *crítica*", Chateaubriand, *O gênio do cristianismo*), sendo nesse contexto que se instaura e se constitui um dos debates criadores da crítica histórica: não tanto o *paralelo* mas a *oposição* século XVII-século XVIII, com o começo da disputa de ambos pelo qualificativo *grande* (o que conduzirá à provocação de Michelet: "o grande século, senhores, isto é, o século XVIII").

Baseada em toda uma reflexão sobre o político e o histórico, levada a um alto grau de incandescência pela Revolução e suas conseqüências (liberdade liberal, ditadura "terrorista" e imperial, novos problemas "da" Liberdade e das liberdades, por ocasião da instalação hesitante, em 1814, de um sistema parlamentar), essa reflexão sobre o cultural revitaliza a atividade propriamente criadora, ao mesmo tempo que desmembra o primeiro território de uma profissão que ainda não tem todos os seus profissionais.

Desde 1800, *O gênio do cristianismo* de Chateaubriand e *De la littérature* de Madame Staël operam uma verdadeira revolução e, sob o império, num artigo do *Mercure de France* (1806) Bonald lança sua famosa frase: "A literatura é a expressão da sociedade." Os pontos de partida e os objetivos são certamente muito diferentes (fecundar a herança do Iluminismo para Madame de Staël; teorizar o elemento cristão como constitutivo da modernidade em Chateaubriand; distinguir a boa e a má literatura em Bonald), mas os efeitos se mostrarão convergentes: tudo *acaba* de se tornar histórico e a literatura não poderia escapar a isso. No lugar de um "homem eterno", que devia retomar e enaltecer todo um discurso idealista e negador da História, aparece um Homem a um só tempo *recorrente* a perguntas que se faz sobre sua relação com o mundo e *histórico* em sua modelagem pelas condições evolutivas de sua experiência. É o questionamento que percorre todo o *Journal* (Diário) do jovem Beyle (futuro Stendhal) e seus inumeráveis primeiros ensaios literários: como expressar ao mesmo tempo o real e o trágico-poético do que é moderno? Cumpre para isso uma nova comédia (a pintura exata do real) – tragédia – epopéia (a expressão de *nossa* grandeza), com novos assuntos, novos heróis e um novo estilo. Que isto deva e possa ser o romance, como Beyle levará muito tempo para perceber ("Essas pessoas precisam mesmo de um Molière" no *Journal*, repete "La Bruyère nos faz falta" de *O gênio do cristianismo*), mostra bem que não se trabalha sobre algo morto e classificado, mas sobre algo que se está buscando e fazendo. O canteiro de obras que se abre no início do século XIX (mas já entreaberto pela querela dos Antigos e dos Modernos na virada do século XVII para o século XVIII), e que continua a ser o nosso, é aquele de uma escrita e de uma literatura que se pergunta o que ela realmente *faz*, para que serve e o que significa.

Chateaubriand

Pela primeira vez, com Chateaubriand, levanta-se realmente a questão da relação-coabitação, até então nunca interrogada entre cultura pagã e cultura cristã, relação que estava no próprio cerne do classicismo. Escrevia-se em formas e com modelos greco-latinos, mas com um conteúdo *cristão* ("um homem nascido cristão e francês", La Bruyère), no sentido não tanto teológico e fideísta quanto moral, sensível e social. Chateaubriand mostra que Fedra e Andrômaca falam não como gregas, mas como francesas e cristãs: a mãe, bem como a enamorada, não são mais as mesmas. Quanto ao homem moderno e cristão, ele não tem a *ágora*, nem o Campo de Marte nem o estádio, mas o sentimento de sua solidão e de sua diferença, com esse outro profundo sentimento da *falta* que mais alimenta a teologia do que é nutrido por ela.

> "Habita-se, com um coração cheio, um mundo vazio; e sem ter aproveitado nada, está-se desencantado de tudo. A amargura que esse estado de alma espalha pela vida é incrível; o coração se volta e se fecha de cem maneiras, para empregar forças que sente lhe serem úteis. Os antigos conheceram pouco essa inquietação secreta, esse amargor das paixões abafadas que fermentam todas conjuntamente. Uma grande participação política, os jogos do ginásio e do Campo de Marte, os negócios do fórum e a praça pública preenchiam todos os seus momentos e não deixavam nenhum espaço para os fastios do coração."

Chateaubriand, *O gênio do cristianismo*

A releitura positiva de Pascal (contra Voltaire, que o considerara um erro dos velhos tempos) e de Platão (que será traduzido por Cousin) não leva a alguma nova beatice, mas a um novo sentimento religioso que integra, ao sentimento da falta e do infinito, aquele do *arkhé* (base original e base fundadora) inseparável daquele das revoluções. Não é de espantar que Rousseau esteja incessantemente na mente de Chateaubriand; pela interrogação sobre o eu passa a interrogação sobre o mundo e sobre a História. O Cristianismo é menos um decreto e um resíduo do que uma invenção permanente. É o sentido da famosa redescoberta do *gótico*: essa palavra designava até então o *bárbaro*; já designa, como mais tarde em Malraux, uma das formas locais e históricas da empresa humana. O tempo grego é uma forma. A catedral e a flecha são outra: daí em diante, com o passar do tempo, a arte negra deixa de ser impossível. Contra o universalismo "clássico", símbolo cultural de uma dominação e de um socioetnocentrismo, acha-se afirmada a diversidade das formas e das linguagens. Com *Andrômaca* e *Fedra*, Chateaubriand dá os primeiros exemplos de explicações de textos pela linguagem e pela História. Mas esse relativismo não é abstrato e seco. Ele não se fecha em um determinismo redutor: é a própria vida e a condição humana (e não mais a natureza) no momento em que os "intelectuais" (a "classe pensante" de Stendhal em 1825) começam a interrogar-se sobre o pós-Revolução: o "vazio das paixões" não é impotência de emigrado como quiseram crer, mas sentimento dos novos plebeus do mundo moderno e já burguês.

Quando, a propósito dos novos Poderes, Chateaubriand escreve "La Bruyère nos faz falta", ele traça o futuro programa de Stendhal e de Balzac: a colocação da literatura na perspectiva histórica e social, com esse herói-chave que se transforma no jovem (não mais simples adolescente prolongado e cheio de desejos, mas filósofo e novo tribuno de uma "sabedoria"), não é um exercício escolar e crítico, mas o motor de uma nova consciência. Ao mesmo tempo, entretanto, constitui-se uma nova estética que pode muito bem funcionar sozinha e, com o passar do tempo, de maneira independente em relação à criação.

Madame de Staël

• *Leitura diacrônica*

Para Madame de Staël, a literatura muda com as sociedades e com os progressos da "liberdade". Ela se amolda à evolução da ciência, do pensamento, das forças sociais. A literatura é sempre *crítica* e ao mesmo tempo convite a alguma coisa. A literatura de Corte estava limitada à sátira e à amargura porque o horizonte histórico era fechado. Mas tudo mudou a partir de 1789: uma literatura da fraternidade tornou-se possível e necessária. Foi Rousseau quem desbloqueou o sistema ao anunciar um mundo novo, enquanto Voltaire permanecia fechado no antigo. Assim aparecem formas novas à medida que vão surgindo sentimentos novos: a partir de então a questão de *o que escrever* invade a do *como escrever* e a transforma:

> "Existem na língua francesa, sobre a arte de escrever e sobre os princípios do gosto, tratados que não deixam nada a desejar; mas parece-me que não se analisaram suficientemente as causas morais e políticas que modificam o espírito da literatura. Parece-me que não se considerou ainda como as faculdades humanas se desenvolveram gradualmente pelas obras ilustres em todos os gêneros que foram compostas desde Homero até os nossos dias [...]
> O que o homem fez de maior, ele o deve ao sentimento doloroso do caráter incompleto de seu destino. Os espíritos medíocres estão, em geral, bastante satisfeitos com a vida comum. Eles arredondam, por assim dizer, sua existência e preenchem o que ainda lhes falta com as ilusões da vaidade; mas o sublime do espírito, dos sentimentos e das ações deve seu impulso à necessidade de escapar aos limites que circunscrevem a imaginação [...]"
>
> Madame de Staël, *De la littérature*

• *Leitura espacial*

Para Madame de Staël, a mudança e o progresso se inserem também no espaço: há territórios diferentes para a literatura e para o pensamento. A nova liberdade é francesa, mas há muito tempo existe uma liberdade européia: nos locais onde homens e sociedades tinham escapado ao autoritarismo do *imperium* romano, prolongado pelas monarquias do tipo francês. São as célebres passagens sobre a Alemanha e sobre as "literaturas do Norte" que se constituíram fora da hegemonia do Estado. Também é literatura o que se passa em outro lugar: drama e romance inglês e alemão, universidades alemãs, teatro Shakespeariano. É o fim do modelo francês e o início de uma antropologia literária.

• *A contradição "literatura necessária – literatura de fato"*

Assim como uma política racional se inseria na seqüência lógica de *O espírito das leis*, uma prospectiva do literário parece poder ser a seqüência lógica dessa teorização histórico-social: a nova França tem necessidade de uma grande literatura patriótica e social que exalte os novos valores coletivos, que correspondem aos desejos dos indivíduos. Mas Madame de Staël logo descobre um novo estado de fato: a predominância de novos interesses e de novos egoísmos na sociedade consular, o aumento do individualismo e da ambição. Novamente o indivíduo sensível sofre. Ele se fecha, mas simultaneamente procura a comunicação com seus semelhantes. Ora, o que os homens "fizeram de grande" sempre veio do "sentimento doloroso do caráter incompleto de nosso destino". Esse sentimento que se expressa também na metafísica (uma das formas de resistência aos Poderes) é, pois, o produto a um só tempo último e novo da modernidade. De uma lógica da literatura revolucionária (mantida contra os partidários do antigo regime e do antigo sistema) passa-se a uma lógica da literatura revolucionada.

O antigo regime acabou, mas também a festa revolucionária, e o "romantismo" nascente se explica, por sua vez, pela História evolutiva e pelas últimas mutações da sociedade. *De l'Allemagne* (proibido em 1810) ampliará essa reflexão: *Werther* e *René* são os produtos da nova sociedade que se está tornando e foi tornada aquela dos notáveis e de um poder neomonárquico que volta a abeberar-se na tradição francesa do *imperium*. Os direitos do escritor, que por um momento pareceram poder inserir-se numa nova literatura unanimista e "social", de um modo quase-injuntivo (pode-se e *é necessário* escrever para a sociedade regenerada), se inserem de novo nas margens e segundo dissidências vigiadas pela censura. Por isso o grande teatro "nacional", um dia programado, recua em proveito do romance concebido, não para as celebrações comuns, mas para a comunicação intersubjetiva. No momento em que o Império, *através do* Instituto, tenta, como sempre, se encarregar do cultural, Madame de Staël mostra que uma sociocrítica real não poderia redundar em polícia das Letras ("para quem você escreve?"), mas em teoria da especificidade da escrita, justificada pela análise histórica e social de seus componentes, de seus objetivos, de suas motivações e de seus resultados.

Contra os partidários de uma retórica e de uma arte de escrever não-temporais, sempre garantias de uma Ordem, Madame de Staël continua a ser prática na medida em que relativiza toda literatura e a torna uma instituição social. Ela continua igualmente eficaz contra qualquer reducionismo político que pretenda encerrar a era das revoluções e enclausurar a literatura em uma missão. A riqueza dessa contradição não terminou de fazer sentir seus efeitos.

Bonald e suas conseqüências inesperadas

A frase sobre a literatura "expressão da sociedade" tinha de início um objetivo polêmico: toda sociedade tem a literatura que merece. Assim o século XVII, católico e monarquista, tinha uma grande literatura, enquanto o século XVIII, ímpio, tinha uma de má qualidade. Mas Bonald, aliás um dos primeiros inventores do "homem social" e que, mais católico do que cristão, não falava da transcendência, não sabia que estava abrindo a caixa de Pandora. Sua frase devia ser largamente repetida sob a Restauração, por todos aqueles que pretendiam inserir a reflexão sobre o literário na História: saint-simonianos, críticos do *Le globe* (a partir de 1824), criadores da história literária e da literatura comparada. Contra os "clássicos" conservadores (em geral liberais e homens de Esquerda), partidários da idéia de *modelo* ("nossos clássicos franceses") e hostis a um romantismo no qual viam um "Coblentz literário" (o que equivalia a admitir a tese do adversário sobre a ligação literário-histórica e política), eles deviam tornar-se os defensores da diversidade. A literatura expressão da sociedade devia desenvolver-se de acordo com três eixos:

– Reconhecimento de toda literatura implicada pelo reconhecimento de toda sociedade: a Shakespeare e aos alemães, *Le globe* acrescenta o Oriente, a América do Sul, a Escandinávia, a China, etc. As traduções se multiplicam.
– Explicação de toda literatura por suas determinações e necessidades próprias.
– Nascimento de uma sociologia do literário como fenômeno social: o mercado da "livraria", o impacto do jornalismo, os fenômenos de edição e de difusão – já que a literatura se desenvolve a partir de então fora dos Cursos.

Além do *corpus* do *Le globe*, *Racine* e *Shakespeare* de Stendhal (1825) e inúmeros textos saint-simonianos (igualmente a partir de 1825), ampliam a interpretação sócio-histórica da literatura: ela sempre corresponde às necessidades de um momento. Para Stendhal, os clássicos foram românticos em seu tempo porque todo escritor sempre é moderno. Para os saint-simonianos, a literatura é para ser lida conforme as alternâncias de períodos *orgânicos* (em que o social integra, se não a totalidade, pelo menos o máximo de forças humanas) e *críticos* (em que, como a unidade se rompe sob a pressão de "novas necessidades" e reclama novas "combinações sociais", as vozes se fazem discordantes): assim o socratismo, a literatura oriunda da Reforma e hoje o romantismo não são desordens ímpias e gratuitas, mas sinais de uma desordem geral e da necessidade de uma nova unidade.

A literatura termina então de tomar lugar no conjunto dos fenômenos e das práticas sócio-históricas. No início de 1830, Hugo resume tudo ao dizer que o romantismo não passa, afinal de contas, do "liberalismo na literatura" (prefácio de *Hernani*): entenda-se o novo liberalismo democrático e não mais o velho liberalismo dos voltairianos aburguesados. A literatura expressão da sociedade escapa assim a suas origens, em geral esquecidas: a frase foi subvertida, transformada. Com isso, seus novos operadores evitarão o mesmo erro de Madame de Staël: o do injuntivo e do normativo. Eles saberão não confundir o que é explicação do passado e da herança com a prática imediata e a prospectiva do futuro: uma vez que a sociedade imediata assim como a História são opacas, a literatura não poderia ser transparente. Todos defenderão os direitos imprescritíveis do escritor, e Balzac não reprovará tal romancista por ter escrito um romance republicano, mas por ter escrito um mau romance.

Assim se consolida uma aquisição: não confundir a leitura explicativa do passado (em que muitas coisas estão nos seus lugares) com receitas para o presente e para o futuro (em que nada é certo e tudo está em curso). A literatura do passado pode ter sido "expressão de" como ter estado "a serviço de": nada poderia ser tão claro para a literatura que está sendo feita e cujas finalidades nos escapam. Certas modalidades suas são bem percebidas: mercado, contratos, direitos autorais, *lobbies* e entrelaçamentos, precisões sobre a "profissão" do escritor, percepção da importância das tecnologias do papel e da imprensa; muito depressa seus produtos são lidos, como os de momentos históricos (a literatura emigrada, aquela dos "filhos do século"); ela, porém, permanece largamente existencial e relativa à linguagem: o problema do estilo é central, tanto quanto o dos "temas" (ver o prefácio de *Armance* de Stendhal, em 1828). O primeiro empreendimento sociocrítico não reificou a literatura. Ele a tornou uma atividade auto-reflexiva, mais rica e mais aberta. Gerou também um procedimento votado à independência: aquele do explicador de textos que se instala não tanto no cerne seguro quanto no fluxo incerto da História.

As grandes teorizações deterministas

Entra-se aqui no campo de um infinito que é possível entretanto reduzir a alguns pontos claros com, sempre, tanto "certezas" como escapadelas.

• *Taine, o meio, a raça e o momento*

La Fontaine et ses fables (1853), de Taine, teve seu momento de glória. Entretanto, mais que seu determinismo positivista demasiado seco e que nada deixava atrás de si, importam duas grandes idéias. O meio e a raça vêm de longe; estão relacionados com o que se chamaria hoje a longa duração. O momento faz intervir não só o factual específico mas também a mudança captada num ponto particularmente forte. O escritor e seu texto são assim um produto duplo e não algum milagre gratuito. Mas com sua "ligação das coisas simultâneas" (há correspondência entre uma tragédia, o castelo de Versalhes, uma ópera e um modo de raciocinar), Taine introduz o que não se chama ainda uma estrutura significante. Opera-se um corte transversal que define a coerência momentânea de uma prática social e cultural. Acrescenta-se igualmente a idéia de que, *documento*, o texto é também *monumento* (a idéia será retomada, juntamente com a expressão, por Michel Foucault); ele reflete, mas também constrói e inventa; ele dá certa ordem ao que está disperso e difuso no social. Finalmente, o escritor, atrevemo-nos a dizer, escreve apesar de tudo. Falta a Taine o que ainda não existe: a ciência da linguagem e a ciência do inconsciente. Mas ele desclassifica o impressionismo mundano assim como o idealismo dominante.

• *A contribuição do marxismo*

Explicar a literatura pelas relações sociais e pelas lutas de classe era inevitável e programado para uma teoria do superestrutural: como o Direito, como a Política, como as Idéias e a ideologia, a literatura e a cultura deveriam ser repensadas como efeitos e como meios de uma última instância econômico-social. A herança deveria ser relida à luz da "dialética histórica". Com inumeráveis variantes, o novo materialismo ia trabalhar em três direções.

• *A leitura dos campos culturais e literários*

Na perspectiva marxista, a literatura não é apenas uma prática restrita aos grandes escritores. Ela é também um mercado e uma prática extensiva. Daí as pesquisas sobre as condições e meios de seu exercício: estudo dos meios, dos entrelaçamentos, dos sistemas de produção, de reconhecimento e de recepção. Quem escreve o que e quem lê o quê? A sociologia do literário completa a sociologia do político e do intelectual. A história dos discursos e de sua difusão pode ser desviada para o estudo do campo social global. O empreendimento é homólogo ao de Jaurès em sua *Histoire socialiste de la révolution française*. Condições da produção literária, história da leitura e da alfabetização, infraliteratura, paraliteratura, grupos sociais antigos e novos, a literatura não é mais Apolo inspirando o Poeta, mas um aspecto da história social. Mas esse esforço extensivo e quantitativo deveria produzir frutos qualitativos, como a reabilitação de autores "censurados" (do cura Meslier a Vallès), ou de formas desprezadas, como o romance popular.

• *A interpretação dos grandes textos*

Tratava-se de "resgatá-los" das leituras que os castravam. Os escândalos e as rejeições que se seguiram às propostas de Lukács ou de Goldman (*O Deus oculto* provocou o mesmo grito de indignação que mais tarde provocaria o *Racine* de Barthes) mostraram que o objetivo não era ilusório. Os grandes textos haviam expressado crises, impasses, aporias que não se quiseram ver. Do mesmo modo que já não havia conhecimento de 1789 sem o conhecimento das curvas de preço (Labrousse), já não havia conhecimento dos grandes escritores sem conhecimento das contradições por eles expressas. O trabalho referiu-se sobretudo ao século XIX, século das revoluções incompletas. O triunfo foi mostrar que a ideologia confessada dos autores estava, às vezes, em contradição com o resultado de suas obras, sendo o exemplo mais famoso aquele de Balzac, escrevendo à luz de duas verdades eternas, O Trono e a Religião, mas sendo de fato, como o diz Hugo em seu túmulo, da forte raça dos "escritores revolucionários": Engels diria que tinha aprendido mais com ele do que com os historiadores profissionais (Augustin Thierry já dissera o mesmo de Walter Scott). Curiosamente, o texto saía vencedor assim daquilo que arriscava reduzi-lo: ele produzia seu próprio sentido e não era esquecido que Marx se tinha interrogado sobre o interesse que sempre sentimos por Homero. O momento 1830 ou 1848, o impasse da juventude intelectual, o problema do novo poder do dinheiro, a imaturidade das revoltas, o futuro apesar de tudo capitalista, as luzes do saber há muito tempo burguesas, a reconstrução constante dos Poderes: muitos textos tomavam outro sentido. E o interesse dos escritores por Saint-Simon, por exemplo, provava que a ideologia deles estava em busca de algo dessas "sementes do futuro" de que fala Aragon em *A semana santa* a propósito de Géricault e de todo artista em busca de seu caminho.

• *O esboço de uma finalização*

O marxismo não era apenas uma interpretação. Era também uma política e, portanto, também uma política para a literatura. Além de um esforço para mudar os temas – dar possibilidade a outra literatura, para um novo público, a partir de então diferente do burguês e mundano –, ele produzia um sobre os próprios textos. Lukács é que deveria ser o mais coerente:

> "Todo grande romance – certamente de um modo contraditório e paradoxal – tende para a epopéia, sendo justamente essa tentativa, e seu fracasso necessário, a fonte de sua grandeza poética.
> [...] no estágio superior da barbárie, na época homérica, a sociedade ainda estava relativamente unificada. O indivíduo, colocado no centro do mundo pela criação poética, podia ser típico, representante de uma tendência fundamental da sociedade.
> [...] Com a explosão da sociedade gentílica, é inevitável que essa forma de figuração da ação desapareça da poesia épica, pois desapareceu da vida real da sociedade. Uma vez surgida a sociedade de classes, a grande poesia épica já não pode tirar sua grandeza épica senão da profundidade típica das oposições de classes em sua totalidade instável. Para a (nova) figuração épica, essas oposições se encerram como luta entre indivíduos *na sociedade*." (Grifo no texto.)
>
> György Lukács, "O Romance", in *Escritos de Moscou*, trad. franc. de Claude Prévost

Ao "herói médio", herói do compromisso e da ocultação dos conflitos, o "grande realismo" fizera suceder o "herói crítico", que fazia explodir as contradições e que, típico, vivia também do modo mais pessoal, um universal em crise. Mas devia suceder-lhe, por sua vez, no âmbito de uma literatura mais madura, o "herói positivo" que ultrapassava a crise e inaugurava o futuro. O dispositivo permitia fazer o processo do naturalismo "fotográfico", que havia tornado tudo insípido, e abrir as portas a um novo realismo, este "socialista", que não se contentaria mais em denunciar.

Esboço de um balanço

Muito frutífero para a releitura dos "clássicos" em seu tempo e confrontados com o nosso, o procedimento trazia em si, entre os mais militantes, um temível perigo: o dos prêmios de honra e das condenações. O mais célebre foi o de Flaubert, sumariamente condenado por Lukács (em seu *Romance histórico*) como retrógrado em comparação aos autores do "grande realismo". Constata-se também um encolhimento do campo literário: se o teatro e sobretudo o romance são caças prediletas, a poesia continua pouco questionada, a não ser quanto a seus discursos explícitos. É digno de nota, a esse respeito, a forte reação de Aragon que, em seu inventário do "realismo francês", vai buscar Musset como manejador de linguagem e notadamente de alexandrinos. Enfim, as primeiras leituras marxistas costumavam carecer de rigor científico. Elas se cristalizavam em texto-guia e com freqüência caíam na armadilha do Panteon literário instituído. Foi realizado um esforço considerável a esse respeito por toda uma geração impregnada de marxismo e que renovou a história literária com uma nova pesquisa extensiva e erudita[1] muito sensível, aliás à própria realidade do *texto* que ela abordava, com as armas novas e vizinhas da semiótica literária e da psicanálise[2].

A "sociedade do romance" de que fala Claude Duchet, sociedade produzida pelo texto e não somente refletida por ele, ultrapassa o sociologismo ingênuo e simplificador para captar, a um só tempo, um texto de efeitos (o texto nomeia ou conota realidades que importa identificar: o sistema dos objetos descartáveis em *Madame Bovary*, e os inícios da

---

1. Ver a *Histoire littéraire de la France*, Paris, Éditions Sociales, a partir de 1973.
2. Ver, a título de exemplo, a tese de Anne Ubersfeld sobre o teatro de Hugo, *Le roi et le buffon*, e o artigo de Claude Duchet sobre *Le Système des objets de Madame Bovary*.

venda por correspondência e do *kitch*) e efeitos de textos. É o que pretende Badiou quando diz: "não reflexo do real mas realidade do reflexo", e, portanto, análise materialista da escrita. Em seu resultado mais válido, a sociocrítica não evapora o texto. Ela o promove e serve à literatura, arrancada aos velhos magismos. Lukács já havia chamado a atenção para o que chamava as "formas sentido"; não há, de um lado, as "idéias" e os "sentimentos" e, do outro, o "estilo"; há um ato unificador e inovador pelo qual o real passa do latente ao expresso.

Como todo percurso, este faz aparecer devir e recorrente. *Devir*: os homens têm, ou podem ter, uma consciência mais ampla do que são o ato de *escrever* e o ato de ler. *Recorrente*: as situações não produzem obras *ipso facto*. Conhece-se melhor o que o ato de escrever exprime, tenciona, eventualmente atinge. Mas nem por isso se sabe melhor *fazer* escritores. Aconteceu o mesmo com a ciência do político: ela acreditou por muito tempo que poderia enfim fundar uma "política racional" (expressão saint-simoniana repetida por Lamartine em 1831) a partir de um conhecimento da política do passado. O ato de escrever, em suas relações com o inconsciente e com os instrumentos da linguagem (jamais inertes mas forjados), é um ato de progresso mas também um ato de refúgio e de recusa, e, a esse respeito, todo texto é clandestino, fraudulento, mesmo os mais públicos. Todo texto é palavra secreta, fragmento, criptograma, dos in-fólios de Hamlet às *Memórias* secretas de Saint-Simon, passando pelos rascunhos de Pascal antes da massa da *marginalia* de Beyle.

Por isso a crítica moderna habilitou o fragmento e o rascunho, o pré-texto ou o peritexto, e já não se limita às obras-primas grandiosas das instituições. Ela se prende à noção de *discurso*, seja qual for sua roupagem. E aqui a sociocrítica, que inicialmente pretendia trazer esclarecimento ao reino das Musas, acaba por enriquecer e tornar complexo o velhíssimo problema de *quem segura a pena* e *quem sopra as palavras*. Como todo procedimento verdadeiro, a sociocrítica nos obriga a interrogar nossas capacidades de divertimento ou de auto-mistificação: o que é produzir um texto? Assim como: o que é amar e desejar ou então exercer um Poder? Nessa perspectiva, a sociocrítica não é um método a mais colocado numa estante entre as autoridades. Tendo desejado entender o sistema dos objetos, ela consegue colocar em termos renovados o problema do sujeito, e portanto contar nossa vida. Ela institui o homem concreto no contexto, mas à margem de uma humanidade concreta.

2. Problemas e perspectivas

Leitura do explícito

Valmont assinala, fugidia mas realmente, sua vinculação a uma classe social daí em diante sem futuro. O politécnico Octave de Malivert pergunta o que será doravante um nome, hoje que a máquina a vapor é a "rainha do mundo". Dominique, o "puro" enamorado de Madaleine, fala de sua participação, antes de 1848, em um cenáculo republicano, até mesmo socializante. Ou ainda: a Revolução de 1830 está ausente, a despeito da cronologia, tanto da *Confession d'un enfant du siècle* quanto da narrativa de *Os miseráveis* (final de 1828, os amigos da A.B.C. preparam uma revolução... que será a insurreição de 1832), e ela não chega até o colégio de Rouen em *Madame Bovary*.

De forma expressa ou lacunar, há alguma coisa no texto que a princípio se trata de não repelir e de levar em conta. O grau zero da sociocrítica é mormente não considerar secundários ou desprezíveis certos enunciados patentes. Diante de toda uma tradição psicologizante e desistoricizante (outrora em nome do homem eterno, hoje em nome do texto pura forma), trata-se de recarregar o texto com o que já *está* nele, mas que foi marginalizado ou eliminado. Não se trata aqui de um símbolo obscuro mas de referências claras por reconstituir, e que podem estar disseminadas: O Sr. de Rénal tem uma fábrica de pregos; mas ele tem também contratos com o Ministério, o que só se sabe mais tarde no romance; só pode tratar-se de contratos para o fornecimento de pregos destinados aos calçados *militares*, o que implica ou sugere uma continuidade da atividade "industrial" do prefeito de Verrières, sob o Império e sob a Restauração, sendo daí que se precisa o caráter trans-regimes dos interesses capitalistas, mesmo que os empresários fossem nobres. O Sr. de Rénal tinha, aliás, votado *sim* a "Bonaparte", como o indica a censura que ele faz ao velho cirurgião por este ter votado *não*.

Vemo-lo: o reprimido e o não-lido são aqui econômico-políticos, e remetem às relações sociais. É importante, pois, perseguir aquilo que, no texto, se encontra *dito* e denotado, o que funciona em duas direções: releitura do texto e crítica das não-leituras e de suas razões.

Mas essa "descensura" antiburguesa não é tudo.

Após ter visto e dito que, em *La mort et le bûcheron*, o credor (isto é, o agiota e o burguês) oprime tanto o miserável quanto o senhor e o rei (a "corvéia"), um outro e imenso trabalho ainda está por ser feito.

Leitura do implícito

Um texto não é feito somente de coisas claras as quais não se puderam ou quiseram ver. Um texto é também um arcano que expressa o sócio-histórico pelo que pode parecer apenas estético, espiritual ou moral. Em que medida o autor o faz "propositalmente" ou não é secundário: só o texto conta. Robbe-Grillet "quis", em *O ciúme*, opor as duas espécies de europeus "africanos" que ali viu Jacques Leenhart? Que significará o neoclassicismo remanente que vai das *Da-*

mes du Bois de Boulogne a *Marienbad* e que ressuscita ou suscita a tragédia? E qual a relação com a exuberância de *Enfants du paradis*? Esses exemplos tomados ao cinema são importantes na medida em que remetem a uma de nossas mais antigas práticas: a do espetáculo, impulsionado por uma nova tecnologia da expressão. O implícito de fato, o legível, o que é para ser lido, devem ser detectados e interpretados ao redor de pólos.

• *As situações de bloqueio e de impasse*

Há sempre, em qualquer texto, perturbações da linguagem e/ou do comportamento, opacidades que constrastam com o relativamente claro da "vida" e do curso do mundo. Aquele que fala ou age de outra maneira (afasia ou logorréia, fuga ou agressão) faz sempre emergir frustrações e/ou alienações que, embora pareçam existenciais ou relativas ao caráter, remetem sempre a crises e a aporias na realidade sócio-histórica. Vem daí, sem dúvida, o prestígio e a importância do louco e do vagabundo com suas "contra-linguagens" e suas "contra-condutas" (o mendigo cego de *Madame Bovary* é também um poeta e um "voyeur"). Revolta, escândalo e suicídio podem ser as manifestações mais ou menos mescladas dessa instabilidade: trata-se sempre de valores e de leis que são questionadas. Hamlet, Dom Quixote e Emma Bovary, passando por Alceste e René, emblemam essas amputações do ser e a busca de "soluções" que envolvem o leitor. Aí estão os grandes mitos modernos, mitos ficcionais que devem ser comparados aos mitos épicos originais (Virgílio): a falta, a ausência, o alhures, "a outra coisa", inquietam a modernidade (comparar a esse respeito o *Telêmaco* romanceado de Fénelon a seu modelo homérico). Essas grandes representações críticas (reencontra-se Lukács) combinam e fazem co-explodir o que vem dos pais e o que vem do mais precisamente histórico: o sentimento de bastardia e de ilegitimidade é o que Sartre chama, a propósito da infância, "o universal vivido de modo particular", os diversos recalques, os diversos inconscientes que se encaixam para a constituição de um imaginário.

Assim se acham postas em seu lugar as figuras claras demais da propaganda e da demonstração: o "bom" Chouan, literalmente falando, só pode falar por muito mais do que uma estreita fidelidade a uma causa excessivamente simples, e acontece o mesmo com o "bom" revolucionário que tenta acertar outras contas que não aquelas de uma mera liberdade política, cuja análise sociológica mostra logo os limites. A família, o casal e a sociedade aparecem como pontos de desgaste e de ilusão cujo parentesco estende singularmente as fronteiras do histórico político. Nascem assim novas encruzilhadas edipianas, das quais Hamlet é um prodigioso exemplo e das quais uma teoria pode ser extrapolada a partir das proposições de Marthe Robert sobre a bastardia e de René Girard sobre a triangulação do desejo: o privado sempre se ancora no público, mas também o público sempre tem acesso ao significante apenas através de uma interiorização privada produtora de linguagem.

• *As transgressões formais*

Todo texto transgride uma Arte poética, e as discussões literárias referem-se sempre ao estilo: a construção de uma intriga, a constituição de uma personagem ou os níveis de língua. Há, em todo texto, alguém que fala como todo mundo e que nunca diz uma palavra em tom mais alto que a outra. (Polonius em *Hamlet* ou Léon em *Madame Bovary*, elogiado por Madame Lefrançois: além disso, ele come tudo o que lhe oferecem em lugar de ser bulímico ou anorexíaco, o que remete de novo à afasia e à logorréia.) Ora, essa linguagem de Estado e essa linguagem das famílias e da Ordem e das Academias, assim transgredidas, são sempre uma linguagem de Poder. A confissão de Madame de Clèves a seu marido, os quatro atos de *O casamento de Figaro*, a peça montada por Hamlet para produzir um eletrochoque no rei, a prosa poética no fim do século XVIII (quando se supunha que a prosa serviria apenas para a exposição e a poesia se tornava rígida), os imperfeitos de Flaubert e a frase de suas páginas de Proust são os indícios de uma linguagem não só *exocrática* (em oposição à linguagem *endocrática*, repetindo uma proposta de Barthes) mas *heterocrática*, na medida em que é percebida como uma ameaça pelo *establishment* e apela para uma tomada de poder por outras forças, e que são a princípio forças literárias. As transgressões formais não são, portanto, somente tempestades em copo d'água acadêmico e escolar.

Escrever de outro modo tem sempre um significado político, como o prova a famosa discussão sobre *Racine e Shakespeare* em torno de 1825: desconstruir a intriga soberana e bem-feita, fazer o monólogo mudar do deliberativo e do decisional para o existencial e o filosófico[1], introduzir as outras linguagens como a gíria ou o monólogo interior, alterar o desfecho do resolutivo para o devaneio infinito ("a Marquesa ficou pensativa" de Balzac, que é a primeira maneira de não a fazer mais sair às cinco horas), ou validar no que concerne à leitura, obras inacabadas como *Lucien Leuwen*, são igualmente sinais de tensão entre o sujeito-público e as instâncias do Poder. O desregulador literário pode ser temático (o amor de René por sua irmã), mas ele é a princípio e sobretudo estético: *Odes et ballades* é um título incendiário na medida em que contamina uma herança escolar recorrendo a uma poesia de selvagens alemães e outros. Os inventários (como aqueles dos objetos e das funções: os objetos do

---

1. Sendo a forma-limite a ausência de monólogo, como em Alceste, que obriga o leitor ou o espectador a imaginar o que Alceste diz a si mesmo, notadamente na abertura do ato V antes do diálogo com Philinte.

cotidiano e não mais somente o espelho ou a espada: o bufão-Princípe ou vagabundo e não mais somente o Rei, o jovem-filósofo do romantismo e não mais o apaixonado e o jovem protagonista) devem estender-se aos processos de expressão que não são roupagens dos textos mas seu próprio ser.

• *HISTÓRIA – História – história*

Essa trigrafia e essa triconceitualização (Pierre Barbéris, *Le prince et le marchand*) fornecem um ponto de partida cômodo para se saber de que se fala.

– HISTÓRIA: realidade e processo histórico objetivamente conhecíveis.
– História: o discurso histórico que propõe uma interpretação, naturalmente imperativa e didática, da realidade e do processo históricos.
– história: a fabulação, a narrativa, os temas e sua disposição que fornecem outra interpretação, fora de ideologias e fora de projeto sociopolítico claro, desse mesmo processo e dessa mesma realidade históricas em sua relação com o sujeito vivo, que pensa e escreve, mas também com as massas-público por nascer. A história e as histórias contradizem a maior parte das vezes o discurso da História imediatamente contemporânea e costumam prenunciar sistematizações históricas que virão mais tarde. A história tem, pois, poder de antecipação, dando uma representação mais exata da História. Por exemplo:
– Foi na história e nas histórias que se expressaram primeiro a longa duração e as mentalidades, que a História deveria em seguida constituir em objetos históricos e científicos, enquanto no mesmo momento a História estava ainda subordinada ao factual superestrutural e político (a realidade histórica que corre sob os acontecimentos ruidosos como a Revolução Francesa, as realidades do imaginário).

– Foi na história e nas histórias que se constituiu no século XIX uma interpretação das guerras do Oeste pelo confronto entre camponeses carentes e Azuis (Bleus) burgueses adquirentes de bens nacionais, e já pela conspiração aristocrática e clerical dos historiadores democratas e liberais (Michelet): propondo uma antropologia sócio-imaginária do Oeste, Balzac e Barbey (*Les chouans, L'ensorcelée*) anteciparam-se aos historiadores modernos da Vendéia e da Bretanha (Paulo Bois, Jean Clement Martin, Roger Dupuy).

A trigrafia e a trileitura acima propostas justificam, dentre outras, as pretensões do romance do século XIX de ser histórico, e não somente pelo folclore e pela famosa cor local. HISTÓRIA – História – história coloca o problema da relação da consciência com o real: há sempre uma História oficial e endocrática para dar o sentido oculto da HISTÓRIA; mas há sempre também histórias para vir baralhar o jogo e redistribuir as cartas. A *história*, aliás, pode muito bem corresponder à distinção capital entre os lingüistas, entre *narrativa* e *discurso*: a *história-narrativa* é sempre a narrativa que impede o texto de se estratificar em discurso e de reificar a HISTÓRIA, que depende certamente do científico, mas é também existencial e problemática e talvez só seja conhecível por vislumbres. O texto literário é assim uma das peças capitais do conhecimento do real, e é, hoje, muito surpreendente que os historiadores da "nova História" o tenham levado tão pouco em conta, para substituir o antigo discurso histórico por uma História mais pertinente. E decerto é outro aspecto do "prazer do texto" descobrir e estabelecer, na medida do possível, seu valor e sua força cognitiva.

As novas bases da sociocrítica

a. Todo leitor *pertence a uma sociedade e a uma socialidade* que, a um só tempo, determinam-lhe a leitura e lhe abrem espaços de interpretação, condicionam-no e tornam-no livre e inventivo.

b. Todo leitor é um eu, oriundo de relações paternas e simbólicas, as quais também o determinam e lhe abrem espaços de pesquisa e de interpretação.

Ora, as duas séries, que funcionam na imposição, no proibido, mas também na descensura e na transgressão, interferem desde as origens até hoje. O *eu* histórico e a HISTÓRIA vivida pelo *eu*, tendo sempre a linguagem como mediação, como instrumento e como meio, organizam a relação com o texto: todo eu e toda HISTÓRIA são sempre base e projeto, *arkhé* e utopia, e, portanto, todo texto mobiliza ao mesmo tempo lembranças e aspirações. No texto estão sempre em atividade forças de busca e de invenção. A fantasia e os grandes processos coletivos se reencontram no nível dos signos.

c. Se nossa leitura sociocrítica está imersa numa sócio-historicidade que a determina, mas em relação à qual ela inventa e guarda suas distâncias (se os homens são produtos, são também consciências), ela está também envolvida em e por *sistemas constituídos de discursos e de signos* que preexistem a ela, mas não estão fixados para sempre (os gêneros das "artes poéticas" nunca passaram de tentativas de consolidação daquilo que evoluía em toda parte) e que a leitura, também, trabalha e retrabalha. O romance, o soneto, as novas formas da ode e do teatro (o drama "burguês" que vai, também, alimentar um novo romanesco e um novo romance: aqueles de um realismo e do trágico do atual e do moderno, enquanto o "classicismo" postulava uma separação entre comédia = pintura de costumes e tragédia = expressão do trágico da existência) proliferaram à margem de Aristóteles e de Horácio. Ao mesmo tempo se constituía uma leitura interformas e intergêneros, em busca de um discurso polimorfo repartido entre produções textuais aparentemente classificadas: o "romântico, como se dizia em torno de 1820-1825, não é poesia, teatro ou romance (ou pintura e ópera), é sobretudo, e essencialmente, romantismo, nova maneira de ver e dizer que invade os registros acadêmicos e circula através das rubricas. Seguem-se a isso várias conseqüências:

> • Parecem depender em primeira linha da leitura sociocrítica as formas que fazem concorrência aberta à História: o romance realista e social assim como o teatro político "moderno". O que os grandes dramas alemães de Schiller e de Goethe ou os franceses de Musset e de Hugo, o que os romances de Walter Scott, de Goethe, de Stendhal, de Balzac e de Flaubert acrescentam à História ao mesmo tempo em que a confirmam? A primeira caça da sociocrítica é evidentemente a literatura que nomeia "fazer concorrência ao estado civil" (Balzac) e que nomeia diretamente ou de modo mediado e simbolizado realidades históricas, sociais e políticas. Quando o romancista pretende se fazer historiador, abre para a sociocrítica um caminho real.
> • Nem por isso as formas menos envolvidas na historicização e na socialização do discurso literário, poético e ficcional, não diretamente "histórico", ficam afastadas: começa-se a ver na obra *Em busca do tempo perdido* um "outro" romance, também ele histórico com cronologia, relações de classe e releitura da HISTÓRIA (a vitória dos defensores de Dreyfus iguala a substituição dos Guermantes pelos Verdurin, e Proust diz sem dúvida mais sobre isso que os didáticos *Hommes de bonne volonté* de Jules Romains). Mas, para provocar: o sócio-histórico de Mallarmé ainda está por se descobrir. Ao contrário, o sócio-histórico de Aragon está sem dúvida em lugar diverso daquele de suas mensagens cla-

ras (a "mulher nova" de *Cloches de Bâle*, ou Géricault, comunista sem o poder e sem o saber).

• A sociocrítica se encontra assim envolvida em duas tarefas aparentemente contraditórias: historicização e socialização de textos cuja historicidade e socialidade foram subestimadas; correção e reapreciação da historicidade e da socialidade verdadeiras de textos cuja mensagem sócio-histórica era um tanto clara demais (da mesma forma: o "cristianismo" de Pascal e de Chateaubriand, ou de Claudel e de Mauriac, devem ser relidos de outro ponto de vista diferente daquele do discurso católico dominante). Entre os dois, se ousarmos dizê-lo, imensas zonas da produção literária ainda estão para serem lidas e interpretadas como simbolizações e figurações que não poderiam depender de uma única problemática "poética" abstrata. Mas, sobretudo, a sociocrítica coloca hoje um imenso problema de pensamento, de teoria do mundo e de teoria do eu.

d. *A consciência histórica e a consciência da HISTÓRIA* não são unicamente consciências claras nem consciências da clareza ou da Razão pura, isto é, de fins e de finalidades tranqüilizadores: nem a Ciência nem a Política nem o político produzem seguramente felicidade e certeza, e isto é uma aquisição da modernidade. Já no século XVI, interrogaram-se sobre a pólvora do canhão, sobre os progressos da navegação que tinham produzido os massacres da América. La Bruyère depois o jovem Goethe se perguntaram em que o homem era mais feliz, desde que ele veio a conhecer corretamente os movimentos dos astros, e toda uma reflexão pós-revolução francesa se referia à posteridade burguesa de 1789-1815, assim como à violência e ditadura. O questionamento não parou de crescer no século XX (degradação do ecossistema, efeitos destruidores do liberalismo e do mercado; produtividade terrorista e do Estado das "revoluções"; vertigens diante das conseqüências da Ciência em seus diversos aspectos; retorno do fanatismo e do obscurantismo). Assim, a leitura sociocrítica não é só a busca de uma finalidade revolucionária e progressista, mas também a descoberta de impasses e de contradições que os textos expressam com muito mais força que os sistemas ideológicos.

A "hora sombria" de Hugo, em torno de 1832-1834 (tão perto do *Soleil de Juillet*), as ilusões de Enjolras e de seus companheiros do A.B.C. em *Os miseráveis*, a morte solitária de Jean Valjean (para citar apenas esse exemplo) não balizam uma caminhada à luz das estrelas, mas a consciência de certo trágico inerente à HISTÓRIA em seu repetitivo sentimento de algo incompleto. O romantismo nascente redescobriu Pascal e Sócrates e é em sua prisão que Julien Sorel descobre que o religioso, o sagrado, o absoluto talvez não passem de mistificação do *partido dos padres*. Há muito tempo, o processo do "progresso" (Ronsard e a nova "idade do ouro", Montaigne, Rousseau, Stendhal, Baudelaire, Barbey d'Aurevilly, etc.) se acha unido a diversas práticas e experiências do mesmo "progresso": *Hamlet*, imediatamente após a Reforma e o nascimento do Estado moderno, reinventou a indagação metafísica sobre o sentido mesmo da vida e das práticas sociais.

A leitura sociocrítica não é, portanto, um acessório de um progressismo simplista e ingênuo. É uma das formas da lucidez: certo jacobinismo mítico é, certamente, uma das "chaves" de Stendhal, mas também a idéia de que, se temos camisa e um coração, é preciso vender a camisa para ir viver na Itália, e a outra de que o italiano que sonha e só vive pela paixão é infinitamente mais inteligente que o operário inglês que se vende inutilmente por um salário e colabora com a grande obra da "indústria". A ambigüidade do capitalismo alimentou, de início, esse pensamento. Mas a descoberta, no século XX, da autonomia do Poder e da técnica em relação à moral e aos valores mostrou que não se tratava simplesmente de um problema datado do século XIX e de sua imaturidade. A leitura sociocrítica é, portanto, a leitura com todos os riscos – das virtualidades da HISTÓRIA em devir.

– processo e progresso portadores de mudanças positivas (por exemplo, a Revolução Francesa continua sob os resultados da Revolução Francesa);

– novos impasses (os saint-simonianos diziam "novos antagonismos" e Marx dirá "novas contradições");

– função da escrita e da arte como espaços e como meios de descoberta e de expressão da sócio-historicidade, enquanto campo dos problemas recorrentes e renovados do viver e da condição humana. A escrita e a arte recusam todas as "mãos invisíveis" (a do liberalismo primeiro, a das revoluções em seguida) e lhes opõem a mão que traça e combina as palavras para expressar a irredutibilidade do pensamento e da consciência. A escrita e a arte não são trivialmente "o reflexo do real" (sempre suposto positivo) mas o "real do reflexo" (sempre problemático). A fórmula de Alain Badiou apresenta o problema de maneira aberta e firme.

e. A sociocrítica coloca, de fato, *um problema teórico e prático* do qual se pode dizer que é fundamental e recorrente, mas também que aparece sob *iluminações* diferentes, conforme os momentos da História. Explicar-se-á o real por uma Natureza, por estruturas, funções, raças, situações fundamentais e por toda uma base viva de adaptação, de sobrevivência e de duração? Ou então pela invenção, progresso, por um dinamismo ascendente, a dialética, a Nação, o Direito e pela mensagem e todo um dispositivo de vida diferente de outro lugar e de outra coisa? Será a utopia não regressiva, mas antiga e moldada em *arkhé*, ou então será progressiva e levada por forças novas e renovadoras que, de modo mais ou menos claramente articulado, produzem o traçado de um futuro e de uma posteridade?

O longo desenvolvimento das forças produtivas e de trocas dirigido pelas burguesias plebéias, não monárquicas, e laicas, que mobilizam a grande idéia de Trabalho e de Energia, os administradores hábeis que fortalecem os inventores, tudo isso, por muito tempo, conferiu superioridade à segunda das duas linguagens e das duas análises: do Iluminismo ao marxismo, a sociocrítica procurou assim, nos textos e na cultura, as provas e os vestígios de uma pertinência evolutiva e prometéica da História humana. Entretanto, a ambigüidade das noções de Liberdade, de Natureza e de Direito dizia que as coisas não eram simples; falar de Liberdade, Natureza e Direito, Indústria (e também Razão) era, a um só tempo, proclamar valores novos, reencontrar e desalienar valores mais ou menos gastos e perdidos sob camadas múltiplas de usurpação. Da mesma forma, o famoso Contrato Social seria um antigo contrato por reencontrar, um antigo pacto por negociar ou então um contrato inteiramente novo? Toda a Natureza e toda a razão pretendiam falar pelo antigo, negado e desprezado e ao mesmo tempo pelo inédito. É a famosa cisão observada em Marx, entre um homem alienado, portanto genérico, que deve libertar-se de suas cadeias, e um homem insuspeitado que nunca seria mais que a soma e a intersecção das novas relações materiais a cada momento da História.

Ora, a evolução da HISTÓRIA moderna (em que a burguesia revolucionária e filósofa explora e depois, havendo oportunidade, massacra os operários; em que o socialismo produz o totalitarismo e falha em seu programa anunciado de um novo Homem, bem como de uma economia miraculosa) reativou fortemente o debate. A linearidade progressiva (Ciência, Razão, Liberdade) conheceu graves dificuldades no interior das sociedades em que ela deveria, supunha-se, funcionar de maneira positiva (crises do mundo liberal e socialista), ao mesmo tempo em que se revelava europeucentrista ou Norte-centrista e enquanto o Oriente e o Sul recusavam inscrever-se em seu modelo. O retorno do religioso, do étnico e de toda uma específica "Desrazão", a descoberta das culturas e das civilizações estranhas a nosso mundo puseram em questão a marcha para a unidade e fizeram aparecer contradições inesperadas que não eram necessariamente portadoras do velho Progresso. No domínio historiográfico de Toynbee a Foucault, viu-se aparecer as noções de cisão de desligamento, de disparidade, de círculos de civilizações que se ignoram. O museu imaginário brilhou, enriqueceu-se, mas a idéia de progresso universal está periclitante, o que não quer dizer que a humanidade deixe de estar sempre, como ela pode, no trabalho, e em trabalho.

Por conseguinte, a sociocrítica não pode mais trabalhar na antiga ótica do Iluminismo, garantido por governos por instaurar. A nova História (das mentalidades, do estrutural profundo e subpolítico, do tempo longo e da "civilização material"[1]) não é mais aquela herdada do século XVIII "filósofo", mas também do capitalismo e da tecnocracia. *As bases historiográficas da sociocrítica mudaram*. Portanto, ela já não poderia ser a auxiliar ou a serva de uma História ultrapassada. Se ela pretende continuar a ser histórica e social, tem de levar em conta que o histórico e o social já não são o que eram, e, voltando-se de novo para a literatura, nela descobrir e fazer descobrir, mais uma vez, antecipações assombrosas, mas não as mesmas dos tempos áureos. O *arkhé*, as estruturas profundas talvez não sejam estimulantes. A mulher romântica pode acabar como cliente das redes de vendas por correspondência, e o proletário encarregado de uma missão como consumidor reformista. Onde estão, conseqüentemente, os anúncios e as mediações de outrora? As mentalidades resistem e o que se consolida na HISTÓRIA são sempre os integrantes da *nomenklatura*.

---

1. Ver aqui tudo o que procede de Braudel.

A tendência seria, portanto, não para um obscurecimento, mas para maior complexidade dos problemas: isso pode muito bem partir da leitura dos textos literários, mas pode também retornar a essa leitura de modo que ela não permaneça um dos últimos redutos de um progressismo esquemático, hoje ultrapassado. Daí, talvez, a extrema agudeza, hoje, da reflexão.

Conclusão

Acontece finalmente com a sociocrítica o mesmo que com toda leitura relativa ao nosso implícito: nós não estamos "naturalmente" preparados para ler nossa própria HISTÓRIA nem nossa própria socialidade nem nosso próprio meio ambiente afetivo e moral, estando tudo sempre bem guardado por barreiras de segurança, de que são necessárias, sobretudo à escola, em seu início, para ajudar a socialização das crianças de que cuida. É bem difícil, então, ajudá-las a fazer-se uma representação crítica do que as cerca. A sociocrítica poderia, portanto, ser, no currículo universitário de formação, o sinal da passagem a outra época: aquela não mais da integração de um sujeito frágil, mas de sua emancipação. É por isso que entre as tarefas possíveis da sociocrítica pode figurar a leitura e a análise dos textos e apresentações escolares com seu discurso vigiado, pois o objetivo não é o de se entregar ao prazer de massacrar o aluno e de cair em um niilismo paralisante, mas o de ensinar a construir suas distâncias.

É então que podem adquirir importância livros como os de Denis de Rougemont e de Marthe Robert, que oferecem à leitura, a um só tempo, a identidade, o amor, as relações de parentesco no contexto de uma historicidade concreta. É então, também, que os trabalhos de Philippe Ariès e de Michel Vovelle podem mostrar que a vida e a morte não são entidades imóveis e que todas as grandes relatividades, tanto existenciais como históricas, se manifestam e finalmente existem mediante a invenção de formas: o conto, por exemplo, funciona mesmo segundo certo número de esquemas (Propp), mas também evolui, por exemplo, tornando-se fantástico e abrindo a porta dos mistérios do real. Percebe-se então que a menininha que vai ao bosque, ou a mulher do Barba Azul, ou Cinderela com seu sapato perdido, já diziam um pouco mais do que se imaginava à leitura das belas histórias infantis.

A sociocrítica, por conseguinte, depende de um processo de *iniciação*, não são apenas textos que se aprendem a ler de outro modo, mas nossa própria vida e nossa própria relação com o mundo. Aquele que orienta então a leitura e a interpretação se acha investido de uma responsabilidade grande e nova que não se poderia chamar de outra forma senão *laica*, isto é, livre em face dos tabus. O fato de o romantismo aparecer como ligado às primeiras crises das sociedades liberais e pós-revolucionárias constitui uma introdução à leitura de nosso próprio mundo imediato, e a leitura dos textos é sempre uma escola de liberdade e de autonomia. Nesse campo, a tarefa é infinita: nunca se terminou de aprender a ser livre.

O erro seria fazer como se existisse em algum lugar uma carta teórica (descrição e análise do funcionamento do real) e prática (política para ser executada, portanto) que se poderia encontrar e verificar nos textos: por exemplo, todo mundo teria sido "filósofo" saint-simoniano ou marxista sem o saber. Nesse caso, os textos seriam só adendos e suplementos, tendo, no máximo, um incerto poder de anúncio. Com efeito, nos textos se buscam e se elaboram coisas insupeitadas e insuspeitas que dependem da responsabilidade de quem escreve, mas que só adquirem sentido pela leitura e pela intervenção do leitor, sujeito parcial e claramente social, parcialmente obscuro e indecifrado: escrita e leitura, a literatura é fundamentalmente interpretação, "ensino" (Françoise Gaillard, a propósito de Flaubert) e leitura dos signos.

*
* *

Se a sociocrítica tivesse de fazer o texto evaporar e reduzi-lo a ser apenas um adendo e um suplemento de outra instância do conhecimento, ela seria uma catástrofe intelectual. Seria então prejudicial e sem interesse.

Mas se contribui para constituir o texto como um dos espaços onde se elabora a reação do homem ao real e como um dos discursos que ele realiza sobre sua condição entre os seres, as coisas e os acontecimentos, e provavelmente um dos menos sujeitos ao desgaste e a tornar-se obsoleto, ela é uma conquista decisiva da modernidade.

Nascida daqueles que acreditaram na História, mas que logo fizeram sua análise e sua crítica, ela conserva uma dimensão militante, mas de maneira um tanto inesperada e não programada. Ela diz, certamente, que tudo é histórico, social e político, mormente os textos, que são sempre de um lugar e de um momento. Ela diz também, entretanto, que esse lugar e esse momento são sempre uma terra desconhecida, um alhures e uma utopia: esse texto cujos Poderes, e talvez sobretudo os mais "progressistas", não souberam muito bem o que fazer, o que talvez seja mesmo o fato sociocrítico de maior importância.

BIBLIOGRAFIA

I – Textos fundadores

Bonald. *Articles du Mercure de France*, publicados sob o Império (reunidos em *Obras completas*, século XIX).
Chateaubriand. *Génie du christianisme* (Garnier-Flammarion, Pléiade).

Staël, Germaine de. *De la littérature* (nunca mais reeditado desde o século XIX).
De l'Allemagne (Garnier-Flammarion).

II – Manifestos da Sociocrítica

"Littérature, societé, ideologie", n° 1 da revista *Littérature*, Larousse, 1972.
Sociocritique (sob a direção de Claude Duchet), Paris, Nathan, 1979.

III – Textos teóricos sobre a relação sociedade-literatura

Barbéris, Pierre. *Le prince et le marchand*, Paris, Fayard, 1980.
Girard, René. *Mensonge romantique et vérité romanesque*, Paris, Grasset, 1961.
Goldman, Lucien. *Le dieu caché*, Paris, Gallimard, 1956.
Matérialisme historique et création culturelle, Paris, Anthropos, 1971.
Lukács, György. *Théorie du roman*, Paris, Denöel-Gonthier, 1963 (Coleção "Médiations").
Balzac et le réalisme français, Paris, Maspero, 1972.
Écrits de Moscou, Paris, Éditions Sociales, 1974.
Robert, Marthe. *Roman des origines et origines du roman*, Paris, Grasset, 1972.

IV – Exemplos de leituras sociocríticas

Barbéris, Pierre. *René, un nouveau roman*, Paris, Larousse, 1972.
Leenhard, Jacques. *Lecture politique du roman "La jalousie"*, de Alain Robbe-Grillet, Paris, Éditions de Minuit, 1973.
Mouillaud, Geneviève. *Stendhal, "Le rouge et le noir", le roman possible*, Paris, Larousse, 1973.

V. A crítica textual
Por Gisèle Valency

Introdução

O surgimento da crítica textual está ligado ao desenvolvimento de outras disciplinas: a etnologia literária que os formalistas russos, ao estudarem os contos populares, criaram para o exame crítico e para a classificação desse patrimônio, e a lingüística, para eles o fulcro da noção de literariedade.

Para essa crítica, a obra literária é acima de tudo um sistema de signos. Os métodos críticos recentes afirmaram sobretudo sua modernidade por uma "volta ao texto":

> "A crítica talvez nada tenha feito, nada pode fazer, enquanto não tiver decidido, com tudo o que tal decisão implica, considerar toda obra, ou toda parte de obra literária, primeiro como texto, isto é, como um tecido de figuras em que o tempo (ou, como se diz, a vida) do escritor que escreve e aquele do leitor que lê se juntam e se fundem no meio paradoxal da página e do volume." (G. Genette, *Figures II*.)

Ora, todos os sistemas de signos, lingüísticos ou não (pintura, arquitetura), têm como "interpretante" único a língua. A língua é o instrumento da descrição e da descoberta semiológicas, como o diz E. Benveniste, em *Problèmes de linguistique générale*.

A lingüística é considerada "ciência árdua", mais próxima, por essa razão, do que a literatura, dos modelos científicos cujo rigor os estudos literários desejaram adquirir. Mas, para a própria lingüística, a ciência é uma perspectiva, mais o objetivo de um desejo do que um estatuto patente e verificável. Ela comporta, aliás, orientações múltiplas (semiótica, semântica, sintaxe, pragmática, etc.), e sua relação com o campo dos estudos literários multiplicou ainda mais as perspectivas. Não é de espantar, pois, o emaranhado considerável das disciplinas abordadas pela crítica textual.

Três lingüistas representaram um papel essencial no desenvolvimento dos estudos textuais: Ferdinand de Saussure, para quem a teoria do signo fundamenta as pesquisas sobre o texto e sobre a poesia como estruturas e sistemas relativamente autônomos. Seu *Cours de linguistique générale* não aborda a literatura mas lança as bases da semiologia.

Seguindo-se a Saussure, Roman Jakobson, com seus estudos sobre a fonologia e sobre as funções da linguagem, inicia pesquisas sobre a poeticidade e a relativa autonomia do literário.

Émile Benveniste, ao inserir na base de sua concepção da linguagem a noção de sujeito, desemboca na interlocução, nos gêneros definidos pela sua relação com o discurso; em suma, ele introduz a um só tempo a poética comparada e a pragmática da leitura. Todos os três trabalharam numa perspectiva chamada, desde então, "estrutural".

Sucederam-se as inovações do estruturalismo. Para evitar a inflação incontrolável que o termo sofreu, o melhor decerto é lembrar o objeto do estruturalismo tal como C. Lévi-Strauss o havia definido: "o objeto das ciências estruturais é o que apresenta um caráter de sistema". Em 1968, *Qu'est-ce que le structuralisme*, obra coletiva, reconhecia que uma visão de conjunto já parecia uma visão do espírito. Mas, visto que a lingüística saussuriana suscita um modo novo de colocar o problema nas ciências que tratam do signo, é daí que é preciso partir para se compreender os métodos e os móbeis dos estudos textuais.

A noção de estrutura em F. de Saussure

Saussure nunca empregou essa palavra, tão amiúde invocada para referir-se a suas pesquisas. A noção essencial para ele é a de "sistema". A língua forma um "sistema": "A língua é um sistema que só conhece sua própria ordem." O termo "estruturalismo" aparece mais tarde nos trabalhos do Círculo Lingüístico de Praga, como o conjunto dos métodos que decorrem da concepção da língua como sistema, justificado pelos princípios estabelecidos por Saussure. "É do todo interdependente que se deve partir para obter, por análise, os elementos que ele encerra."

Na teoria de Saussure, o signo é arbitrário, o que significa que não há ligação necessária entre o significante (a imagem acústica) e o significado (o corte entre o significante e aquilo a que ele remete). Ora, se o significante é determinado, o significado não remete a um objeto do mundo: ele não se refere a algo, introduz virtualidades de sentido e de referência.

Tudo parte, com efeito, da linearidade do significante à própria estrutura mesma da linguagem humana: nós só pronunciamos um som por vez, e "a cadeia falada" é constituída do encadeamento dessas sonoridades distintas. Mas como distinguir dois sons diferentes de duas articulações diferentes de um mesmo som? (quando o (b), por exemplo, é articulado por um marselhês e por um estrasburguês. É aqui que aparece o conceito fundamental para todos os estudos formais que virão; foi desse problema, aparentemente tão distante dos estudos literários, que nasceu a forma moderna do conceito de estrutura.

A distinção entre dois fenômenos se opera com base no critério da dissimilação: diversamente de uma variante articulatória, dois fonemas diferentes permitem distinguir duas palavras diferentes; por exemplo "pan" (aba) e "ban" (proclamação); "tenture" (tinta) e "denture" (dentadura). Daí resulta que o fonema não tem uma definição positiva, mas unicamente diferencial, oposicional. Recorre-se, aqui, a um sistema englobante (a palavra) para colocar em evidência as unidades do sistema englobado (os fonemas).

Para Saussure, o fonema é o menor elemento da cadeia falada; mas trata-se, para ele, de uma entidade abstrata que abrange as variantes articulatórias das pronúncias diferentes, e também aquelas que estão ligadas em lugar de um fonema na seqüência (problemas de fonologia); ele chama a atenção para o fato de que o fonema (p) não existe na linguagem que só conhece os (p) implosivos (após vogal) e os (p) explosivos (antes de vogal). Essa precisão não é somente descritiva; permite constituir o sistema apoiando-se em unidades que, como tais, jamais são realizadas na linguagem. É o corte teórico que fundamenta o estruturalismo: corte entre o modelo, sempre abstrato, e as realizações, sempre concretas.

Depois de Saussure, os discursos críticos foram animados, impregnados e constituídos, poder-se-ia dizer, pelo debate sobre o estruturalismo e sobre suas incidências literárias.

Do lado dos opositores, aqui estão, resumidos esquematicamente, alguns argumentos:

– O estruturalismo pretende analisar a obra sem se preocupar com as intenções do autor. A literatura, obra individual, deve ser estudada em relação com a vida do autor e os costumes de seu tempo. Em resposta, a crítica textual censurou os defensores desse argumento por considerarem a obra mais como um pretexto do que como um texto.

– Prendendo-se à estrutura das obras, só se faz aparecer o que elas têm de comum entre si, ignorando-se o que as distingue e sobretudo o que distingue uma obra-prima de uma obra medíocre.

– Ou a descrição da obra pelo estruturalismo é trivial (encontra-se o que qualquer pessoa, a uma simples leitura, poderia ter constatado), ou arbitrária, em virtude de extrapolações e generalizações.

Cumpre lembrar o contexto histórico no qual a crítica textual se afirmou, para compreender por que os trabalhos dos pesquisadores, na época depois reconhecida como a do apogeu do estruturalismo, se cercam, com algumas exceções, de uma polêmica defensiva, discurso de justificação característico do debate de então, e que contrasta com o balanço que se pode propor vinte anos mais tarde.

De qualquer modo, os antecessores mais reputados já tinham formulado advertências: as propostas do Círculo de Moscou nos anos 1920-1925 espantam ainda hoje, quando relidas, pelo caráter sempre ativo das questões colocadas.

Os formalistas russos e a definição da crítica textual

Sua primeira coletânea é devida a Ossip Brik, para quem se trata de "promover a lingüística e a poética". O aspecto lingüístico da poesia é ressaltado: "Era a linguagem da poesia que se prestava melhor (a isso) (...) porque (...) as leis estruturais e o aspecto criador da linguagem se encontravam, no discurso poético, mais ao alcance do observador do que na fala quotidiana." (R. Jakobson, *Teoria da literatura*.)

O próprio termo "formalismo" foi lançado por aqueles que queriam denegrir essas tentativas e "estigmatizar qualquer análise da função poética da linguagem". No entanto, "a pesquisa progressiva das leis internas da arte poética" não pretende excluir "...as relações dessa arte com os outros setores da cultura e da realidade social" (*op. cit.*). É, daí em diante, a respeito desse mal-entendido orquestrado que os "formalistas" terão sempre de se justificar ou de se defender.

Para os formalistas russos, a "serie literária" (oposta à "série histórica") tem certa autonomia: é a herança de formas e de normas culturais variadas que vão da construção narrativa às diversas maneiras de se encarar a métrica. Essa autonomia possibilita o exame da literaridade.

"O que nos caracteriza, escrevia B. Eikhenbaum, em *A teoria do método formal*, é o desejo de criar uma ciência literária autônoma a partir das qualidades intrínsecas dos materiais literários (...) Nós colocávamos, e colocamos ainda como afirmação fundamental, que o objeto da ciência literária deve ser o estudo das particularidades específicas dos objetos literários, distinguindo-os de qualquer outra matéria, (...) R. Jakobson, em *A poesia moderna russa*, deu a essa idéia sua fórmula definitiva: 'O objeto da ciência literária não é a literatura mas a 'literaridade' ('literaturnost'), isto é, o que torna determinada obra uma obra literária."

Essa pesquisa das qualidades intrínsecas delimita seu objeto pela distinção das disciplinas aparentadas, invocando uma série de argumentos constantemente retomados nos estudos que recorrem ao texto:

– *Em primeiro lugar a estilística:* a referência à norma não permite avaliar um estilo, porque a norma não é verdadeiramente conhecida: "para estabelecer as relações existentes entre os elementos lingüísticos assim como entre suas funções no estilo de um escritor de outrora, devemos conhecer as normas gerais de emprego dessa ou daquela palavra na época correspondente e conhecer a freqüência de uso dos diferentes esquemas sintáticos", o que pressupõe "pesquisas filológicas de longa duração. Claro, nesse caso, aparece inevitavelmente uma esquematização..." (V. Vinogradov, *Les tâches de la stylistique*.)

É por uma razão similar que a perspectiva estilística é encarada marginalmente nos estudos textuais. A estilística estabelece uma norma, um padrão virtualmente realizado pela linguagem comum e lhe opõe os desvios do "estilo". Essa concepção é contrária à idéia de que o texto é o fulcro. A poética comparada se serve de análises estilísticas, entretanto, torna a situá-las em um sistema. A própria expressão crítica textual só é empregada com reticências, pois as pesquisas apresentadas aqui se mantêm à distância do que se entende geralmente por "crítica", em que prepondera o diálogo autor/crítico.

– *Depois a história é colocada de lado:* o argumento repete uma antiga reflexão:

> "Um meio (histórico) desaparece, ao passo que a função literária que ele engendrou permanece, não só como uma sobrevivência, mas como um procedimento que guarda toda a sua significação fora de sua relação com esse meio." (R. Eikhenbaum.)

É assim que se lê Homero.

– *Enfim, rejeitando a psicologia e a idéia do primário da imagem, as teorias da recepção do texto artístico se apóiam na estruturação*; essas teorias, que mais tarde foram opostas aos formalismos, só puderam ser formuladas porque as teorias formais, já rejeitando um misticismo da arte, no fundo bastante fácil, tinham liberado o campo dessas pesquisas.

Dentre os princípios pesquisados para a literariedade, os formalistas trabalharam com a repetição, a entonação, como procedimentos de construção narrativa. Chlovski formula a diferença entre o "tema" como construção e a "fabulação" como material. Ele mostra, no final de seu estudo sobre *Tristram Shandy* de Sterne, que a própria construção do romance é acentuada: "a consciência da forma obtida graças a sua deformação constitui a própria base do romance". Depois amplia a reflexão:

"Costuma-se confundir a noção de tema com a descrição de acontecimentos, com o que proponho chamar convencionalmente a fabulação. De fato, a fabulação é apenas um material que serve para a formulação do tema. Assim, o tema de *Eugênio Oneguin* não é o romance do herói com Tatiana, mas a elaboração dessa fabulação em um tema realizado por meio de digressões intercalares... As formas artísticas se explicam por sua necessidade estética, e não por uma motivação exterior tomada de empréstimo à vida prática. Quando o artista desacelera a ação de um romance, não introduzindo rivais, mas simplesmente deslocando capítulos, ele nos mostra, dessa forma, as leis estéticas nas quais se baseiam os dois procedimentos de composição."

Resultaram três orientações das pesquisas formalistas:
– Os estudos da narrativa, tirados da etnologia literária e da semiótica.
– A tentativa de especificar os problemas da escrita poética pelo signo lingüístico.
– Os estudos narratológicos, ligados à poética comparada, à retórica.

1. A análise estrutural das narrativas

V. Propp e a "Morfologia do conto"

A narratologia contemporânea, mas sobretudo a análise estrutural das narrativas, foram muito influenciadas pelas pesquisas de V. Propp sobre o conto maravilhoso: de tradição oral, a expressão folclórica é submetida a leis que fixam a ordem da narrativa. O conto maravilhoso se situa entre o mito e a poesia épica, tendo formas e conteúdos desenvolvendo-se em conjunto. Por isso, o projeto formalista da *Morfologia do conto* não se opõe às perspectivas históricas. Ao contrário, nessa "história longa", a análise estrutural permitirá, ao decompor um conto segundo suas partes constitutivas, estabelecer comparações justificadas. Ao contrário da tradição folclorista, Propp não confunde os objetos do estudo com os "conteúdos", os dados narrativos estudados. O próprio tema do conto ou os motivos que ele inclui não fornecem as invariantes do conto popular, esses dados são ambíguos demais para ele. As invariantes se encontram na organização das ações que lhe compõem a narrativa. A ação se distingue em seqüências narrativas, que representam as sucessivas funções em que as personagens estão envolvidas (distanciamento, proibição, transgressão do proibido, recebimento de um objeto mágico, retorno, etc.). Propp inventaria trinta e uma funções principais. As personagens que as representam podem assumir vários papéis. É a função que determina a pertinência do corte das ações. Assim, determinado episódio tem como função "distanciamento", outro, "casamento" ou "reconhecimento". Relacionado com a seqüência das funções narrativas e com a lista dos papéis, cada conto realiza alguns deles sem executá-los todos; é nisso que o princípio é estrutural. Nem todas as funções aparecem num conto, mas mesmo nesse caso, aquelas que se manifestam (as funções "ativadas") respeitam a ordem global das funções inventariadas. Os contos tornam-se as variantes de um sistema subjacente da estrutura opositiva (proibição/transgressão) que cadencia, de alguma forma, a progressão da narração. Propp foi criticado por ter "negligenciado a forma em benefício do conteúdo". Mas, na realidade, é uma "forma do conteúdo" que ele põe em evidência ao estabelecer a sucessão sintagmática das funções, e sobretudo ao relacionar o conjunto dos contos a um modelo subjacente jamais realizado. A estrutura, fundamentada nos conceitos de sistema e de pertinência, se separa claramente do uso apequenado que pretende que se chame "estrutura do texto", o que é apenas seu plano.

A.-J. Greimas: a narrativa e a semiótica

As pesquisas de Greimas sobre a narração se baseiam na retomada crítica dos trabalhos de Propp, inserindo-os numa perspectiva estritamente semiótica e estrutural: o texto é um dado empírico. O semiólogo, como analista, estudará "a organização sintagmática das significações", portanto, a segmentação e a organização narrativas. Para estudar os "discursos narrativos", Greimas elaborou uma "semântica fundamental" e uma "gramática fundamental". Dois níveis distintos aparecem na representação semiótica: as "representações semânticas", que são feitas no nível lógico-semântico (a transcodificação das significações), e uma "gramática narrativa" que pertence ao nível discursivo. Os papéis, ou "unidades actanciais elementares" (actante: adjuvante/opositor), manifestam "na superfície" categorias sêmicas binárias subjacentes. Os actantes assumem funções determinadas em estruturas binárias e opositivas.

"... O jogo narrativo se realiza não em dois mas em três níveis distintos: os papéis, unidades actanciais elementares, correspondentes aos campos funcionais coerentes, entram na composição de suas espécies de unidades mais amplas; os atores, unidades do discurso [o texto material], e os actantes, unidades da narrativa [a história contada]." (A.-J. Greimas, *Du sens.*)

2. Teoria do texto poético: a vertente poética do estruturalismo

A partir de um princípio lingüístico, R. Jakobson criou a "poética". Atravessando sem parar as fronteiras em que se supunha que um especialista em poética deve se manter, "ele uniu as formas mais vivas da literatura" (R. Barthes); a polissemia, as substituições e seu sistema, os estudos sobre a patologia da linguagem e o código das figuras (metáfora e metonímia), as pesquisas sobre a fonologia e os estudos poéticos.

A função poética

> "Numerosos traços poéticos dependem não só da ciência da linguagem, mas do conjunto da teoria dos signos, ou seja, da semiologia." (R. Jakobson, "Lingüística e poética", *Ensaios de lingüística geral*.)

A poética faz parte da lingüística: "a linguagem deve ser estudada em toda a variedade de suas funções". De acordo com O. Brik, a poética não é simplesmente o domínio em que "se aplicaram" as teorias lingüísticas: a poesia "é uma espécie de linguagem". Essa interdependência fica clara na apresentação de R. Jakobson, em que a função poética é uma das seis funções ligadas aos fatores que constituem a comunicação. O texto tira seus caracteres próprios da hierarquização de tais funções e não do monopólio de uma delas.

A função poética "concerne ao relevo dado à mensagem por sua própria conta". Qual é o elemento cuja presença é indispensável em toda obra poética? Para responder a essa pergunta, Jakobson lembra o princípio dos dois eixos, expostos por Saussure: o eixo das simultaneidades, ou eixo da seleção, e o eixo das sucessividades ou eixo da combinação, que ele passa a denominar eixo paradigmático e eixo sintagmático: enquanto as relações sintagmáticas são dados observáveis da frase, as relações paradigmáticas se situam como virtualidades no eixo da seleção.

> "Se for 'criança' o tema de uma mensagem, o locutor faz uma escolha (seleção) dentre uma série de substantivos existentes, mais ou menos semelhantes, tais como criança,

garoto, fedelho; em seguida, para comentar esse tema, ele faz a escolha de um dos verbos semanticamente aparentados – dorme, cochila, repousa, dormita. As duas palavras escolhidas se combinam na cadeia falada."

A seleção é produzida com base na equivalência, na similaridade e na dissimilaridade, na sinonímia e na antonímia, enquanto a combinação repousa na contigüidade. Ora, "a função poética projeta o princípio de equivalência do eixo da seleção sobre o eixo da combinação". A equivalência é promovida à classe de "procedimento constitutivo da seqüência".

Quando Jakobson diz que a função poética projeta o princípio da equivalência do eixo da seleção sobre o da combinação, isto não significa que o eixo é projetado, o que não teria muito sentido, mas que o princípio da equivalência, que rege a seleção, dirige então o eixo das combinações e confere a esse eixo a plurivocidade que caracteriza o texto, quando predomina a função poética.

O modelo fonemático

Para a poética, o signo lingüístico, sua linearidade, seu caráter arbitrário, sua motivação, são de grande importância e não existem sem paradoxo.

• *O significante e o fonema*

Da linearidade do significante, Saussure tirava o princípio segundo o qual o fonema, menor elemento da cadeia falada, é o único que não participa dos dois eixos (eixos das associações e eixo das sucessividades), mas somente do segundo: "Sendo de natureza auditiva, o significante se desenrola só no tempo... sua extensão é mensurável em uma única dimensão: é uma linha." (*Cours de linguistique gé-*

nérale). Jakobson, seguindo a fonologia de Trubetskoi, revê o princípio da linearidade do significante (*Six leçons sur le son et le sens*): "O fonema se decompõe em unidades distintivas", ou traços (é um feixe de traços como surdo/sonoro, nasal/oral, etc.). É, pois, uma unidade complexa: "não é o fonema, mas cada uma de suas propriedades distintas que é uma entidade irredutível e puramente opositiva". Como todo signo lingüístico, o fonema, menor unidade do significante, dispõe então de dois eixos complementares: o eixo das simutaneidades e o das sucessividades. É o menor elemento com que tem de se ocupar a poética, que, sem essa contribuição, só podia abordar o som pelo ângulo subjetivo das impressões. O procedimento de R. Jakobson é determinante por sua clareza e seu rigor. Ele teoriza a ligação entre lingüística e poética e é o modelo fonemático que serve de suporte à função poética.

Afora essa conseqüência teórica e o princípio metodológico que dela decorre (pesquisa do elemento pertinente para o sistema), as propriedades que caracterizam o signo, arbitrariedade do signo, linearidade do significante, são também de grande importância; a crítica poética de vocação textual, vocação anterior aos trabalhos de Saussure, visto que já muito claramente expressa nos textos de Mallarmé e de Valéry, trabalha com a relação entre a motivação e a arbitrariedade do signo. A poética leva em consideração a arbitrariedade do signo e a linearidade do significante, estabelecendo a necessidade da motivação do signo e a explosão da relação entre o significante e o significado. O princípio geral da arbitrariedade é contestado por diferentes sistemas que evocam a motivação da relação significante-significado. O que equivale, de fato, a motivar o significante. O propósito pareceu ainda mais legítimo quando se publicaram cadernos de Saussure consagrados aos anagramas.

• *Os anagramas de Saussure e o signo em poesia*

Jean Starobinski, ao publicar *Les deux Saussure*, colocava em evidência, muito tempo depois da publicação do *Cours de linguistique générale,* uma vertente até então ignorada das pesquisas do lingüista. Enquanto ele havia fundado a lingüística sobre a arbitrariedade do signo, e, pois, sobre o caráter fortuito da relação significante/significado, Saussure, estranhamente, trabalhava com uma espécie de motivação, aquela dos encadeamentos, num texto dedicado a Afrodite, onde o nome da deusa voltava, disseminado em seqüências fônicas, com grande persistência.

Não é somente o caráter arbitrário do signo que é questionado pela aparência de uma motivação oculta. É também, acredita-se, a linearidade do significante; pois ainda que o nome de Afrodite apareça em seqüências lineares quase ordenadas, está, parece, em outro nível do texto, pela extração de seqüências paragramáticas.

A publicação dos apontamentos com anagramas, em pleno apogeu do movimento estruturalista, desencadeou uma reflexão sobre o "transbordamento do significante", sobre o "excesso do signo", cujo objeto era uma descentralização que liberaria o signo poético. A crítica quis tirar todas as conseqüências, para sua disciplina, do materialismo que acompanhava os estudos estruturais, materialismo representado aqui pelo "material acústico". As análises estruturais da narrativa, elas próprias fundamentadas em cortes "da matéria do conteúdo", constituíam objetos de críticas ao menos tão acerbas quanto aquelas a que se expunha a estilística. Os trabalhos de Julia Kristeva e dos grupos "Change" "Tel Quel" expressam essas preocupações. Em *Sémiôtikè* J. Kristeva propõe uma "leitura tabular" dos textos: (trata-se de descobrir, dispersos no texto, fonemas cuja reunião constitui a palavra-tema. Essas pesquisas se apóiam na psicanálise, e o surgimento da palavra oculta traduz, se é que se pode dizê-lo, "um retorno do recalcado". Os "anagramas" de Saussure são de fato paragramas.

Embora estimulasse a pesquisa poética sobre o signo, a publicação dos apontamentos ocasionava certas confusões: para Sassure, se o signo é motivado, é *a posteriori*, em razão da associação contínua e irreversível de um significante e de um significado; ele é arbitrário no início, com algumas exceções marginais (onomatopéia, etc.). O corte do significante, ao longo da cadeia falada, é imposto pelo corte do significado. A autonomia do significante, invocada pelos teóricos de poética, não pode, pois, aparecer ao longo da teoria saussuriana, ao contrário das reivindicações suscitadas pela fascinação dos anagramas; pois mesmo em sua versão anagramática, é sempre a seqüência que predomina em Saussure. É a teoria fonemática de Jakobson, ao estabelecer a homogeneidade estrutural do signo e do fonema, a constituição do fonema como feixe de traços distintivos, sua vinculação aos dois eixos da seleção e da combinação, que assegura à menor unidade do significante a autonomia indispensável à formulação da idéia de remotivação.

As sobredeterminações: teoria e exemplos

A questão da sobredeterminação é inseparável dos dois eixos propostos por Jakobson. Ela pressupõe, com efeito, uma ruptura da linearidade. É uma noção fundamental em poesia. Em nome do texto poético, "único em seu gênero", M. Riffaterre sujeita a autoridade absoluta da lingüística. Só a "literariedade" lhe interessa. Ele se afasta da estilística clássica, propondo identificar o estilo com o texto (e não com o homem). "O estilo é o próprio texto." Suas análises formais procuram delimitar claramente a unicidade do fenômeno literário que não é restrito ao texto, mas abrange também o leitor e o conjunto de suas possíveis reações, porque o texto é um "código limitativo e prescritivo".

Daí as noções essenciais de engendramento e de sobredeterminação. A sobredeterminação vale tanto para a constituição do texto, onde o que já está escrito constitui um conjunto de limitações ao que se está por escrever, quanto para a leitura do texto. Quanto à leitura estabelecida sobre um "código", temático, por exemplo, dir-se-á que outro código a "sobredetermina", no sentido de que ele exerce coerções e a reorienta em função do jogo dos outros códigos implicados. A questão da referência ao mundo real é secundária: a eficácia da mimese poética não tem nada a ver com a adequação dos signos às coisas. "O conhecimento da realidade é uma condição ilusória de nossa compreensão das palavras", pois a mensagem comporta todos os elementos necessários à sua interpretação. (M. Riffaterre, *A produção do texto*.)

• *Sobredeterminação por associação e metonímia*

Eis como Riffaterre comenta um poema em prosa de J. Gracq:

> "As relações formais entre palavras sobrepujam tão completamente a relação das palavras com as coisas, que acontece de a derivação verbal anular o dado inicial... Em 'Paysage', devaneio ao pôr-do-sol numa grande necrópole parisiense, o narrador, evocando a acumulação de capelas funerárias em estilos heterogêneos, prossegue: 'não era proibido, sem dúvida, remexer no imprevisto dessas curiosas latas de lixo'. Não há latas de lixo no cemitério, (...) mas, na descrição, a palavra representa a mixórdia arquitetônica, a desordem dos monumentos. Derivado do abstrato 'imprévu' (imprevisto), ele é o seu sinônimo metafórico. (...) Ora, a cadeia associativa continua a engendrar: 'ficava-se espantado mesmo com a ausência agitada, em redor das caixas de lixo, do cachorrinho matinal'. Verdadeiro descarrilamento

em relação ao real tal como nos é descrito, visto que já por duas vezes o poema indicou que o passeio se realiza ao crepúsculo. (...) Mas é que o cachorrinho só é matinal porque a manhã é a hora por excelência das latas de lixo. (...) O cachorrinho confirma 'lata de lixo' metonimicamente..." (*op. cit.*)

• *Sobredeterminação do significado pelo significante*

Em "Le dormeur du val", de A. Rimbaud, o discurso repousa numa ambigüidade ou num equívoco relacionado ao estado do adormecido, que é um morto. Ora, o próprio título assinala essa ambigüidade no termo empregado para evocar o soldado: "dor / meur" (dor > dort = dorme / meur > meurt = morre). Nesse caso, a matéria fônica dá a entender o que não é ainda possível compreender por causa da supremacia do significado (ainda que essa apresentação a reconheça de fato). Pela projeção das virtualidades do eixo da seleção sobre o eixo da combinação, o significante sobredetermina o significado. O que é para selecionar na alternativa sono/morte, se combina.

Útil e estimulante durante um tempo, esse procedimento corre o risco de tornar-se mecânico, e se expõe a uma crítica bastante fácil: como um pequeno número de fonemas permite produzir um número muito grande de unidades lexicais, qual é a parte devida ao acaso, qual a da escrita, na descoberta do leitor? E naquela, quase sempre infraconsciente, do poeta? Seria inútil estender-se sobre esse assunto; os meios informáticos de exame dos textos já tornam possível entrever respostas para a primeira parte da questão.

• *Sobredeterminação pela intertextualidade*

Neste soneto extraído de *Autres chimères*, de G. de Nerval, o locutor justifica sua "linhagem" com três sobredeterminações. A primeira quadra é uma citação estrita de um poema de Du Bartas (que era dedicado a Henrique IV):

"Essa rocha arqueada por arte, obra-prima de outra era
Essa rocha de Tarascon abrigava outrora
Os gigantes das montanhas de Foix descidos
Dos quais tantos ossos excessivos prestam claro testemunho."

Na segunda quadra, o locutor apostrofa Du Bartas:

"Ó senhor Du Bartas! eu sou de tua linhagem
Eu que soldo meu verso a teu verso de outrora:
Mas os verdadeiros descendentes dos velhos Condes de Foix
Necessitam de testemunhas para falar em nossa era."

Vê-se que:
– a linhagem é afinada literalmente no discurso do locutor;
– a imitação das seqüências fônicas da primeira quadra confirma na segunda a linhagem. O significante, também aqui, sobredetermina o significado segundo um modo de reevocação (é preciso conhecer o texto de Du Bartas para apreciar a intertextualidade, "a linhagem", a primeira quadra assegura a citação);
– a reevocação que chega ao decalque fônico estrito "d'un autre âge" (de outra era) / "dans notre âge" (em nossa era) salienta a anatomia (as duas expressões têm significações opostas). O próprio decalque sobredetermina a idéia de linhagem. Repetindo e prosseguindo essa escrita de "outrora", o locutor, também ele, dá um claro testemunho".

• *Sobredeterminação do figurado*
pelo literal: a letra e o espírito

Aqui, o conteúdo (significado) e o referente (relação com o mundo) se dissolvem em proveito único da letra. O exemplo citado é extraído de *Langages de Jarry*, de M. Arrivé, um dos primeiros estudos a mostrar o funcionamento textual da ironia. A partir da frase feita "autant faire traverser une aiguille à un chameau" (é o mesmo que fazer um camelo atravessar uma agulha), Jarry evoca um acidente de trem, um erro no sistema de "agulhas" de ferrovia.

> "Nas veneráveis antiguidades, parece que um camelo atravessava essa minúscula coisa de metal – com dificuldade, aliás, a tradição, em sua boa-fé, não no-lo dissimulou. Rogamos aos correspondentes caridosos que se abstenham de nos informar o verdadeiro significado arquitetônico, geográfico da agulha. Nós nos atemos, com razão, à letra da história, pois só a letra é literatura."

A figura feita é aqui transformada, parodicamente, num enunciado "sério". Essa paródia evidencia (como em Voltaire e em Montesquieu) certos aspectos dos discursos teológicos e de suas sucessivas racionalizações.

• *Debates: contra o fechamento do texto*

A sobredeterminação pressupõe o fechamento do sistema, sem o qual é impossível a exploração dos códigos. O fechamento está longe, no entanto, de obter a unanimidade. Ele é combatido de modos muito diversos em importantes trabalhos. Em *Pour la poétique*, e recentemente em *Etats de la poétique*, H. Meschonnic defende com veemência "o ritmo contra o esquema", "o movimento da palavra e da vida" contra "o modelo estático do dualismo". R. Jakobson é visado através do estruturalismo. H. Meschonnic o reprova por ter substituído a poesia pela "função poética":

> "Ciosamente, Jakobson separa função poética e poesia. É que sua definição é unicamente sintagmática, retórica, estática. (...) Aplicada em rigor, ela ignora que a poesia é feita tanto de símbolos quanto de signos. (...) Onde está a diferença entre 'I like Ike' (exemplo de Jakobson) e poesia?" (*Pour la poétique*, t. I)

O fim do capítulo, já citado, de R. Jakobson responde a essa crítica: "A sobreposição da similaridade sobre a contigüidade confere à poesia sua essência totalmente simbólica, complexa, polissêmica, essência que sugere com tanto acerto a fórmula de Goethe, "tudo o que passa é apenas símbolo". (*Linguistique et poétique*.)

É também em nome da poesia viva contra o estruturalismo morto que J. Cohen rejeita o fechamento, perigoso, do texto. "No horizonte da poética estrutural se eleva o temível espectro da máquina..." Em *Structure du langage poétique* o projeto de Cohen já era romper o fechamento, relacionando o estilo com um desvio. Ele estabelece uma sistemática das figuras da retórica apresentadas como "meios" da escrita poética.

"A retórica das figuras viola os dois princípios sagrados da estética literária atualmente difundida. A unicidade da obra de um lado, sua unidade ou sua totalidade do outro. Transformando as figuras numa espécie de universais lingüísticos transponíveis de um poema ou de um poeta para outro, ela nega o que faz a especificidade da arte literária, (...) sua individualidade essencial (...) Por outro lado, extraindo segmentos isolados do discurso, (...) nega-se essa unidade total, essa densidade sem fissuras que faz da obra uma totalidade fechada sobre si mesma." (*Théorie da la figure*, em *Sémantique de la poésie*, dir. T. Todorov.)

3. O texto plural

Deslocamento da retórica

A retórica, que era uma teoria de comunicação, tornou-se hoje uma teoria de literatura, uma poética. A estética e a crítica nasceram, no século XIX, da antiga retórica. O fim do século se assinalara pelo desaparecimento da retórica em proveito da história literária, a segunda metade do século XX o é pelo seu ressurgimento. Na França, este se manifesta primeiro na poética (mais no sentido estético que no sentido aristotélico de arte da argumentação). Historicamente, foi a terceira articulação da retórica, *elocutio*, que terminou por ocupar o campo inteiro, com *inventio* e *dispositio* assegurando o fundo do qual *elocutio* torna-se a forma. As três articulações da retórica antiga e clássica aproximam-se então da dicotomia estilística. A retórica torna-se a análise regulamentada e desenvolvida das possibilidades expressivas abertas pelos tropos, pelas figuras do discurso. Ela já não pode a partir de então explicar a organização escritural do texto, sendo votada por seu método a transgredir-lhe constantemente os limites.

Nessa perpectiva a estilística é rejeitada em nome do texto e de seu sistema. Os teóricos de poética se recusam a ater-se à relação restrita estabelecida pela estilística entre o pensamento e sua expressão, em que a segunda está sempre a serviço do primeiro. É, pois, para o texto, que a poética, disciplina unificadora, é fundada. Essa exigência conduz, em G. Genette e em R. Barthes, à reativação do sentido na forma.

• *A forma-sentido*

G. Genette faz uma síntese da poética comparada das pesquisas estruturais e questões ligadas à enunciação em estudos que se baseiam nos trabalhos de E. Benveniste e de Leo Spitzer. Em *Études de style*, este ressalta o sujeito do discurso como tal, e não relacionado à biografia e à história. G. Genette fundamenta suas pesquisas na retórica, distinguindo-a da poética. Questionando a historicidade da crítica, de suas classificações, ele formula a pergunta: "O que é uma crítica realmente atual?" e convida a fazer-se justiça ao formalismo russo contra as caricaturas de seus detratores: "o formalismo" não consistirá em privilegiar as formas à custa do sentido – o que não quer dizer nada –, mas em considerar o próprio sentido como forma impressa na continuidade do real. (...) Aqui, o que importa é o papel da forma no "trabalho do sentido". Esse formalismo "opor-se-ia do mesmo modo (...) a uma crítica que reduzisse a expressão só à substância, fônica, gráfica ou outra. O que ele pesquisa, de preferência, são os temas-formas, essas estruturas de duas faces (...) o que a tradição denomina um estilo". O estilo é uma técnica e uma visão. "Não é nem um puro sentimento que se exprimiria como pudesse, nem um modo de falar que não exprimiria nada." (*Figures II*.)

• *Posição de R. Barthes*

R. Barthes teve um papel primordial na tomada de consciência do texto e da escrita. Entre a retórica, inventário de formas disponíveis, e o estilo, em que o indivíduo emprega sua subjetividade, há a escrita, que é ato de liberdade. A escrita livre volta a suas origens: "posso hoje escolher para mim esta ou aquela escrita, e nesse gesto afirmar minha liberdade", mas a liberdade está somente "no gesto da escolha", e não "em sua duração (em que eu me torno) pouco a pouco prisioneiro das palavras alheias e até mesmo de minhas próprias palavras". "A escrita é esse compromisso entre uma liberdade e uma lembrança" (*Le degré zéro de l'écriture*). O gesto afirma a unidade do corpo e da escrita como o gesto produtor do "haicai" (curtíssimo poema japonês). Conceber o itinerário barthesiano como uma evolução do estruturalismo ao prazer das palavras parece em parte um erro. Ele sempre reivindicou vivamente "o prazer do texto", em si mesmo e para si mesmo, fora das regras ditadas pelas tradição. Para R. Barthes, o território da literatura de fato deslocou-se, é possível a análise estrutural das peças de Racine. O "prazer do texto" é conhecimento do texto liberto dos comentários seculares. Se ele se opõe à leitura psicologizante, impressionista, do diálogo autor/leitor, é porque o prazer já está no texto e não implica a relação intersubjetiva, e nesse sentido fictícia, entre autor e leitor. Se ler é desejar a obra, sua apropriação é sempre enganadora. A obra é essencialmente plurívoca.

A função metalingüística, extraída de Jakobson, torna-se então mais importante. Na comunicação, a função metalingüística serve para verificar, de um lado e de outro, um uso concordante do código; ela está centrada na mensagem: "Que voulez-vous dire?" ("Que é que você quer dizer?"), "J'entends par là que" ("eu entendo com isso que...") são expressões nas quais a linguagem toma a si mesma como objeto; exprimem atividade permanente de reformulação da linguagem comum. Mas essa função permite abordar a obra literária segundo diferentes níveis de análise e mostra que cada um deles sobredetermina os outros, reorienta seus efeitos. Em *S/Z*, de R. Barthes, o código metalingüístico imita no texto a atividade de comentário e de esclarecimento que é a da crítica e talvez da leitura. Esse código joga com, mas também contra, o código hermenêutico que é o da intriga, do "fio narrativo". Para R. Barthes, o código metalingüístico, pelo espaçamento que introduz, permite evidenciar o diálogo, o comentário no cerne de um discurso aparentemente uniforme, e estas são dimensões inseparáveis da ambigüidade constitutiva dos assuntos da fala.

A conotação

Um dos termos mais debatidos da crítica textual é por certo "conotação", enquanto, curiosamente, seu complementar "denotação" não tem, ao que parece, provocado as mesmas reticências. É por isso que parece importante situar aqui essa palavra que se tornou, por uns tempos, o emblema da batalha entre a "nova crítica" e a crítica "não alinhada". A conotação designa correntemente um conjunto de significações secundárias em relação a um "sentido primeiro", estável, que é o da denotação. A definição de L. Hjelmslev explica melhor o processo conotativo no texto. Para ele distinguem-se as linguagens de denotação, em que os dois planos da expressão e do conteúdo são interdependentes, em que nenhum deles constitui uma linguagem autônoma, e as linguagens de conotação (como o discurso literário), em que o plano da expressão é por si só uma linguagem.

A conotação desempenhou um papel estratégico no desenvolvimento dos estudos textuais, pois, mesmo respeitando a ordem linear do texto, permitia confrontá-lo com outra organização das significações. Ela se articula aos conceitos de "intertextualidade" e de "produtividade".

Para J. Kristeva, o texto literário é "uma produtividade"; esta se apóia na intertextualidade: o texto não é uma estrutura fechada e produz virtualmente as regras de transformações de sua própria escrita. (J. Kristeva, "a produtividade dita texto"). Aberto para "o texto histórico e social", o processo intertextual pertence a um só tempo às "linguagens de referência" (relações com o mundo) e às "linguagens de conotação", "metalinguagens" (relações com os textos). Uma restrição foi feita: a assimilação da história ou da sociedade a um texto nunca recebeu uma definição que não fosse metafórica.

• *O contexto social e a conotação*

T. Todorov, em *Littérature et signification*, propõe uma definição da conotação diretamente dependente da reflexão quase contemporânea sobre a "intertextualidade". J. Kristeva e T. Todorov extraíam o conceito transformado de M. Bakhtin.

Os dois conceitos estão ligados pela idéia da circulação do sentido, de um texto a outro, de uma obra a outra. Essa idéia, muito cara aos escritores há muito tempo, encontra aqui sua aplicação sistemática pela assimilação a um texto do "contexto" histórico e social da obra. Aqui Todorov enfatiza o caráter convencional da conotação:

> "Falar-se-á de conotação toda vez que um objeto é encarregado de uma função diferente de sua função inicial (...) assim, o espírito francês é a conotação do bife com batatas fritas (...) essa significação secundária não é arbitrária (...) em toda sociedade. (...) Os objetos formam um sistema significativo, uma língua (em que) aparece a conotação. É por isso que os membros dessa sociedade podem referir-se a ela sem dar explicações." (Larousse, 1968.)

É a conotação em ação em *O sistema da moda*, ou em *Mythologies* de R. Barthes, mas nesses livros os fatos sociais e as obras literárias não estão ligados em uma mesma série. Se tem o mérito da clareza, essa definição não permite distinguir o que constituiria o caráter propriamente literário da conotação: nada aqui distingue o fato conotativo de outros sistemas de indiciação social.

• *A conotação e a disseminação*

Em *S/Z*, Roland Barthes simula o debate confrontando duas espécies de argumentos contra a conotação: aqueles que consideram que "todo texto é unívoco e que relacionam sentidos simultâneos ao nada das elucubrações críticas" e aqueles que, ao contrário, "rejeitam a hierarquia do denotado e do conotado", recusando "fazer da denotação a origem e o barema de todos os sentidos associados". Contra essas duas tendências extremas, R. Barthes defende a conotação "...via de acesso à polissemia do texto":

> "É uma determinação, uma relação, uma anáfora, um traço que tem o poder de se relacionar com menções anteriores, ulteriores ou exteriores em outros lugares do texto ou de

outro texto: não se deve restringir em nada essa relação que pode ser chamada diferentemente (função ou indício, por exemplo)...
A denotação não é o primeiro dos sentidos, mas simula sê-lo; sob essa ilusão, ela não passa finalmente da última das conotações, o mito superior graças ao qual o texto finge retornar à natureza da linguagem, à linguagem como natureza."

Fundamentando o denotativo no princípio de uma necessária distinção do conotativo, R. Barthes mantém o espaçamento constitutivo da linguagem e assegura a plurivocidade do texto. A sobreposição dos sentidos denotado e conotado oferece um princípio de corte para a análise textual: nenhuma gramática, nenhum dicionário, com efeito, poderia explicar o sentido que só existe na pluralidade; o texto é tecido com as vozes que o compõem, nenhuma se relaciona com um autor-sujeito.

4. Teorias do texto oriundas das problemáticas da enunciação

Com o surgimento das teorias enunciativas, a atenção dirigiu-se para o discurso da obra e para suas relações com a leitura. Dois procedimentos ligados aparecem então: com a questão da comunicação literária, é a delimitação externa da obra que se tenta estabelecer. Ela está ligada à "voz" no texto. A transferência do universo de ficção para o mundo prático faz surgir suas distinções radicais (J. R. Searle). Aparece outra barreira: o objeto literário se determina com a ajuda de convenções de leitura e de pactos narrativos.

Jakobson colocara a literariedade contra a relação história/texto. Ela se constrói contra as definições externas em que a literatura é designada como instituição: a literatura é "o que se lê", constitui o objeto de prêmios literários, possui seus circuitos de distribuição próprios, etc. Se tal definição pode satisfazer um sociólogo que se preocupa com os dispositivos sociais de transmissão cultural, para a crítica é a confissão de um fracasso: fracasso de uma definição da literariedade como conjunto de propriedades pertencentes às obras literárias com a exclusão de qualquer outra espécie de discurso.

• *A literatura e os pactos narrativos*

Entretanto, situar a literatura entre as instituições sociais demonstra sua especificidade, pois os discursos heterogêneos (judiciais, médicos) acolhidos na obra mudam de categoria pelo fato de sua inserção. A especificidade da obra aparece, com efeito, em sua "despragmatização": mesmo quando, formalmente, não se distinguem da linguagem comum, os enunciados da ficção não têm objetivo prático imediato (no sentido em que o têm uma decisão da justiça, uma receita médica). O leitor sabe que não deve estabelecer relações de referência entre os enunciados da narrativa e o universo prático, é o "pacto narrativo". Segundo J. R. Searle, a comunicação literária de uma obra de ficção passa pelo esquema locutor (autor)/ receptor (leitor), com a seguinte prescrição: o leitor deve considerar a obra de ficção um conjunto de "asserções simuladas" ou "pretensões de asserções" (Sentido e Expressão). O leitor "suspende" a aplicação das regras de referência: coloca entre parênteses o que ele sabe da "verdade" no mundo prático, com a ajuda de uma senha que lhe impõe identificar a ficção, a adotar o comportamento adequado. Mas como o leitor opõe os romances "realistas", "*noirs*", fantásticos, as narrativas de função apologética, etc.?

É preciso reformular essa concepção para compreender problemas suscitados pela comunicação de ficções. Dentre todas essas asserções simuladas que representam um discurso ficcional, que critério distingue aquelas que são, por convenção narrativa, "verdadeiras", como o romance "realista", das "falsas", como a narrativa maravilhosa, por exemplo? Cada tipo ou forma de obra delimita seu próprio regime de referência. O leitor não "suspende" pura e simplesmente as regras de referência, essenciais para ele na distinção dos gêneros; ele simula, ou imita aplicação; modifica sua conduta de leitor em função das "regras do jogo" propostas, implicitamente, por cada obra. As diferentes espécies de pactos ligados aos gêneros literários se fundamentam nessa distinção. P. Lejeune, por exemplo, estudou "o pacto autobiográfico". Os pactos narrativos são, pois, variáveis e podem ser descritos como "injunções de leitura", ligados à inserção de informações de ordem contextual (U. Eco).

Mas esses pactos pressupõem uma comunicação entre autor e leitor que apenas a obra assegura. Como a obra permite a comunicação literária? Essa questão comporta uma preliminar: como opera a comunicação na própria obra?

• *A enunciação no texto*

Após estudos de E. Benveniste sobre a história e o discurso, os processos da interlocução no texto são investigados e ligados ao gênero por G. Genette, que coloca em evidência a voz narrativa, enquanto O. Ducrot insiste sobre o locutor.

É menos na noção de sistema do que na mimese que os estudos textuais então se apóiam. Em vez de afirmar em alto e bom som as ligações, agora reconhecidas, da literatura com a lingüística, esta última serve para reformular questões já fundamentais há muito tempo. A narrativa objetiva/subjetiva assegura a posição por meio de estudos de sintaxe. O estilo indireto livre, que Ch. Bally qualificava de "discurso híbrido", é redefinido como polifonia, com critérios sintáticos precisos e até então inexistentes.

As teorias do texto oriundas da problemática enunciativa são por demais numerosas para que possamos apenas abordá-las aqui. Optamos então por salientar aquelas em que o texto é o lugar, o objeto também, de um desvio.

O relevo dado ao texto ocasiona o afastamento do autor e é acompanhado de uma análise sistemática do lugar do(s) locutor(es) no texto, inspirada pelos trabalhos de E. Benveniste.

Discurso, narrativa: a dêixis

Segundo Benveniste, as oposições dos tempos do indicativo se articulam àquelas que organizam as pessoas verbais. O conjunto constitui dois sistemas, cuja complementariedade continua a estabelecer numerosas distinções operadas pelos textuais.

O sistema dos tempos do indicativo em francês é aparentemente redundante; vários tempos assinalam o passado. E. Benveniste mostrou a existência de dois sistemas; "a narrativa histórica", na qual ninguém fala, e "o discurso" determinado por contraste e organizado em torno da esfera pessoal. Certas formas são específicas: pretérito perfeito simples, ("passé simple" – 3ª pessoa da narrativa histórica, presente, pretérito perfeito composto, "passé composé", futuro, primeira e segunda pessoas do discurso); outras formas pertencem aos dois sistemas: essencialmente o imperfeito, cujo caráter é transicional. Os trabalhos sobre essa questão são muitos. É aconselhável reportar-se aos mesmos com essa reserva: a oposição entre narrativa e discurso, surgida da conjunção de vários fenômenos lingüísticos, não pode, sem risco, ser identificada a partir de apenas um deles. O "ele", por exemplo, se assimila à "não-pessoa" fora da correlação de subjetividade em que se situa a esfera pessoal; a pessoa "verbal" é definida por seu lugar na interlocução.

> "Com efeito, uma característica das pessoas 'eu' e 'tu' é sua unicidade específica: o 'eu' que enuncia, o 'tu' a quem o

'eu' se dirige são todas as vezes únicos. Mas ele pode ser uma infinidade de sujeitos – ou nenhum. E por isso o 'je est un autre' (eu é um outro) de Rimbaud fornece a expressão típica do que é propriamente a alienação em que o eu é despojado de sua identidade constitutiva.

Uma segunda característica é que 'eu' e 'tu' podem ser invertidos: aquele que eu defino por 'tu' se pensa e pode se inverter em 'eu'/'ele', e 'eu' torna-se um 'tu'. Nenhuma relação semelhante é possível entre uma dessas pessoas e 'ele' visto que 'ele'em si não designa especificamente nada nem ninguém. Enfim, deve-se tomar consciência dessa particularidade: a terceira pessoa é a única pela qual uma coisa é predicada verbalmente." (E. Benveniste, *op. cit.*)

• *A pessoa no texto: o descentramento do "ele"* *

Esses estudos autorizam o relevo dado por R. Barthes e por G. Genette às oposições entre "ele" e "eu". Do caráter "existencial" dessa oposição em R. Barthes (falar de si mesmo na 3ª pessoa é um modo de vida), passa-se para uma teorização das formas literárias baseada nessa clivagem em G. Genette.

G. Genette *(Figures II)* define o gênio de Flaubert como "essa ausência de sujeito, esse exercício da linguagem descentrada" descrito por M. Blanchot, a propósito da experiência de Kafka.

> "Kafka diz ter descoberto que entrou na literatura no dia que pode substituir o 'ele' pelo 'eu'. 'O sujeito', diz G. Genette, não é aqui mais que um símbolo, talvez claro demais, do qual se encontraria uma versão mais encoberta e aparentemente inversa na maneira pela qual Proust renuncia ao 'ele' muito bem centrado de *Jean Santeuil* pelo 'eu' mais equívo-

---

* Em francês o pronome pessoal da terceira pessoa "il" (ele) serve de sujeito aos verbos impessoais ou aqueles empregados de modo impessoal. (N. do R.)

co de *Em busca do tempo perdido*, 'eu' de um narrador que não é positivamente, nem o autor, nem qualquer outro."

E R. Barthes, no que poderia ser o discurso de sua autobiografia (*Barthes*, col. *Écrivains de toujours*), explica o emprego da terceira pessoa como o efeito de um "descolamento". "Tudo isto", escreve ele, "deve ser considerado como dito por uma personagem de romance" e acrescenta: "falo de mim à maneira do ator brechtiano que deve distanciar sua personagem; mostrá-la e não a 'encarnar' (Brecht recomendava ao ator que pensasse todo o seu papel na terceira pessoa)."

• *Formas de anterioridade: tempo e cronologia*

As formas compostas dos verbos são ora formas temporais, que denotam diretamente o passado, ora formas de anterioridade, que estabelecem uma ligação cronológica com relação a um ponto de referência temporal verbal. A forma de anterioridade é uma forma relacional e não-temporal: "A prova de que a forma de anterioridade não contém nenhuma referência ao tempo é que ela deve basear-se numa forma temporal livre cuja estrutura formal adota para estabelecer-se no mesmo nível e preencher assim sua função própria." (E. Beneniste, *op. cit.*). Exemplo: enquanto o pretérito perfeito simples e o pretérito perfeito composto são ambos "tempos do passado", a coerência exige: "Quando ele escreveu uma carta ele a envia", e não "ele a enviou". Um processo pode ser apresentado segundo o aspecto acabado. Distinguindo-se das formas temporais e das formas de anterioridade, as oposições de aspecto multiplicam as possibilidades da organização da narrativa.

Deve-se chamar atenção para a distinção, importante para a análise textual da narrativa, entre formas de anterioridade e formas temporais. Na ficção, em particular, a referência temporal (a datação, por exemplo) tem muito menos importância que a relação cronológica dos acontecimentos narrados.

• *Os marcadores de cronologia e a localização da narrativa*

A análise textual se baseia em indicadores locativos, temporais e de cronologia para situar a origem de uma descrição, de uma narrativa de acontecimentos. Por exemplo: "aqui", "lá longe", "mais longe", etc. O ponto de vista é evidentemente essencial para marcadores locativos; a questão se articula com a divisão proposta por Benveniste e longamente desenvolvida a partir de então (G. Genette, *op. cit.*) Exemplo: "aqui, "lá longe", "naquele lugar", "mais longe". O termo de proximidade será "aqui", se o texto é orientado por um ponto de vista particular e subjetivo (diz-se também que "aqui" é um dêitico, pertence ao sistema das designações operadas com a ajuda de uma referência subjetiva). No caso inverso, o sistema da narrativa em que o ponto de vista pessoal só pode ser assumido por meio da narrativa objetiva, anônima, não há sujeito para assumir a relação de proximidade. Em "naquele lugar" a localização não tem a origem subjetiva que caracteriza o discurso, ela se faz por referência a elementos já mencionados, atribuição impossível no âmbito da frase, mas perfeitamente realizável no do texto.

Do mesmo modo, a "véspera" e "o dia seguinte" pertencem à esfera não-discursiva, sua referência virtual não é determinada pelo sujeito de uma enunciação, mas com a ajuda de um ponto de referência "factual" (virtualmente narrativo), esteja esse no futuro ou no passado. Exemplo: "No dia seguinte ao seu casamento, far-se-á (fez-se) ainda a festa." A isso opor-se-ão os pontos de referência dêiticos que são expressões cujo referente só pode ser determinado em relação aos interlocutores: "eu"/"tu", "aqui", "agora".

Em francês, a dêixis constitui um conjunto estruturado que permite determinar diretamente a esfera do discurso em relação à história. Por outro lado, a oposição singulativo/iterativo em vez da disposição indefinida das ocorrências (exemplo: "um dia", "uma manhã de fevereiro" "às vezes", "freqüentemente") permite articular os tempos verbais à temporalidade própria da narrativa e é importante para os gêneros narrativos (cf. G. Genette, *Figures III*).

A ordem do texto

A crítica textual trabalha para uma reorientação da retórica em sua própria perspectiva. Baseando-se na gramática, os estudos formais por muito tempo consideraram a frase o último limite da análise. Vem daí o hábito de trabalhar mais com o léxico do que com a organização sintática da informação e da significação, que quase sempre excede os limites da frase. A estilística é levada a privilegiar, em sua pesquisa sobre os processos de escritura, aqueles para os quais ela dispõe de um instrumento testado através das gramáticas de frase. Consideram-se como irredutíveis ao discurso científico os mecanismos literários que ultrapassam o âmbito da frase. As "gramáticas de texto" (cujo desenvolvimento está longe de ser completo) permitem sistematizar fenômenos de organização textual (cf. D. Slakta, *L'ordre du texte*).

• *Anáfora retórica e anáfora gramatical*

Um exemplo permite delimitar claramente a dupla mobilização da retórica: a anáfora consiste em repetir uma palavra no início dos versos, das frases. É justificada por toda espécie de insistência.

Por exemplo: "Roma, único objeto de meu ressentimento, Roma a quem vem teu braço..." (Corneille, *Horace*). Ela aparece então como o signo de um sentimento cuja expressão só a repetição pode esgotar. Em sintaxe, a anáfora designa o emprego de "ele" e dos outros pronomes não-dêiticos; eles podem remeter a elementos já mencionados no texto (enquanto a catáfora antecipa sua menção). As duas características de "ele" – a ausência na esfera do discurso e a capacidade de predicar coisas – o tornam um sujeito de grande interesse para o estudo da coerência dos textos. Estabelecendo que o texto na terceira pessoa é uma seqüência ininterrupta de pronomes (R. Harweg), faz-se surgir um aspecto fundamental de coerência textual que é a repetição.

A oposição com o pronome dêitico, auto-referencial, determina importantes efeitos no texto literário; ele se organiza a partir do sujeito, na esfera do discurso. Não são então, propriamente falando, a anáfora ou a catáfora que asseguram (como no caso do "ele") a coerência do texto, já que, a todo momento, aquele que diz "eu" organiza o dado segundo seu próprio ponto de vista, que é o ponto de referência essencial. Dois gêneros literários tão diferentes como a autobiografia e a narrativa na terceira pessoa podem ser descritos desse ângulo.

• *Cronologia e vozes narrativas*

G. Genette, ao ressaltar a distinção entre ordem do texto e ordem da narrativa, esclarece a atividade narradora na obra *Em busca do tempo perdido*, de M. Proust (*Figures III*). A ordem do texto é determinada pela atividade do narrador, os acontecimentos que constituem o objeto da narrativa aí estão dispostos de acordo com um ponto de vista. De onde as antecipações e os retornos, prolepses e analepses, termos retóricos "reativados" e modificados para servir à análise da narrativa como texto.

A analepse narrativa designa toda evocação muito tardia de um acontecimento anterior ao ponto da história em que se está. Ela pressupõe a "voz narrativa".

Por exemplo, em *Sylvie* de G. de Nerval, a história contada e a narração dessa história constituem dois planos; por causa da imbricação de seqüências que se reportam a épocas anteriores (analepses) aparece uma terceira dimensão na leitura: foi a analogia contada (objeto de narração) que, precisamente, suscitou a analepse. O sistema iterativo da narração ressalta o caráter cíclico da história. É nele que se baseia em parte a análise de G. Poulet sobre *Sylvie* (em *Les métamorphoses du cercle*). Há identidade entre o processo narrativo que se apóia na iteração, na analepse e na escansão pela narrativa, da analogia e da repetição. Aqui pesquisas textuais e temáticas se articulam.

Acontece o mesmo com a prolepse. Na retórica, ela designa o emprego de um epíteto que descreve um estado anterior ou posterior àquele do enunciado.

Por exemplo: "Ó Céus, como seria eu esse bem-aventurado culpado?", diz Xífares a Mônima em *Mitridates* de J. Racine. Na sintaxe, é um processo que consiste em isolar um termo no início de uma frase por uma pausa e em retomá-lo por meio de um pronome: "Em Lyon, eu não passarei lá dessa vez. A prolepse temporal consiste numa antecipação em que o narrador evoca um momento posterior àquele que é objeto de sua presente enunciação. G. Genette constata que ela não se adapta bem à necessidade da descoberta conjunta, pelo narrador e pelo leitor, da história na ficção tradicional. Opondo dois gêneros determinados fora da ficção pelo emprego da primeira pessoa, diário e autobiografia, compreender-se-á o papel divergente da prolepse.

Com efeito, se há um gênero do qual se espera poder acompanhar a seqüência dos acontecimentos, este é o diário; daí a leve reprovação formulada por G. Blin ao *Journal* (Diário) de Stendhal que sofre, segundo ele, por ser organizado demais, pois tende à interpretação dos acontecimentos a partir de causas posteriores a esses mesmos acontecimentos: "Esse presente, deixado de lado muito cedo, recebe sua marca do segmento inédito de uma curva que um diário deveria engendrar ignorando-a" (G. Blin, *Stendhal et les problèmes de la personnalité*).

Em compensação, pelo fato de seu caráter forçosamente retrospectivo, a narrativa na primeira pessoa se presta mais à antecipação do que a ficção tradicional de um narrador que deve supostamente descobrir a história à medida que vai contando. Notar-se-á aqui o caráter proléptico da autobiografia stendhaliana. A narrativa retrospectiva confirma o sentimento de G. Blin a propósito do *Diário*. "Muitos anos depois, eu vi o mecanismo do que se passou então no meu coração e, na falta de uma palavra melhor, eu o chamei de cristalização (Stendhal, *Vie de Henri Brûlard*).

As vozes narrativas

Para M. Bakhtin, a obra já é diálogo e estabelece-se, primeiro como diálogo interno. "Todo enunciado é concebido em função do ouvinte"... mas "os discursos mais íntimos são também eles, inteiramente dialógicos: eles são perpassados pelas avaliações de um ouvinte virtual, de um auditório em potencial..." A interlocução prefigura o diálogo autor/leitor (M. Bakhtin, "La structure de l'énoncé", em T. Todorov, *M. Bakhtine, le principe dialogique*).

• *A polifonia*

A polifonia não tem especificidade literária; O. Ducrot estabelece que sua teoria da enunciação deve fazer abstração da comunicação, pois a fonte e o alvo não fazem parte da mensagem. Em "Jean me disse: eu viria amanhã", as duas marcas da primeira pessoa remetem a dois seres diferentes. O enunciado único apresenta dois locutores. Trata-se de contestar e, se possível, substituir um postulado "que é preliminar a toda a lingüística moderna, aquela da unicidade do sujeito falante". "As pesquisas sobre a linguagem consideram evidente (...) que cada enunciado possui um único e mesmo autor (*O dizer e o dito*). Ainda que as marcas de enunciação atribuam um enunciado a um locutor, essa enunciação pode comportar outra, atribuível a outro locutor.

Ch. Bally (em *Linguistique générale et linguistique française*) opõe, no enunciado, o *modus* e o *dictum*. Ou seja: "eu creio (*modus*) que a Terra gira (*dictum*)". Entretanto, o sujeito do *modus*, ou sujeito modal, nem sempre é o sujeito falante. Exemplo: "meu marido concluiu (*modus*) que eu o engano (*dictum*)". Se Ch. Bally não opõe essas duas espécies de exemplo, é, segundo O. Ducrot (*Structure, logique, enonciation*), porque o próprio sujeito falante deve ser considerado pelo duplo aspecto de sujeito modal e de sujeito falante: "É preciso tomar cuidado em não confundir pensamento pessoal e pensamento comunicado" (Ch. Bally, *op. cit.*). Com efeito, não se comunica "seu" pensamento, mas "um" pensamento; a teoria saussuriana do signo implica, através da liberdade de escolher signos, a liberdade de escolher um pensamento; "O tesouro de frases posto à nossa disposição pela língua é, ao mesmo tempo, uma galeria de máscaras (...) que permite representar uma multidão de personagens diferentes – e, mesmo que a personagem escolhida seja semelhante ao pensamento real, ainda é uma personagem" (O. Ducrot, *op. cit.*). O mesmo enunciado pode ser o suporte de vários *modus* "... senão como analisar o verso dos 'Animaux malades de la peste': 'seu pecadilho foi julgado um caso digno de forca'". A distância entre "pecadilho" e "caso digno de forca" leva a colocar dois sujeitos modais: os animais para os quais o "caso é de forca", e o locutor, para quem o é "pecadilho". O enunciado polifônico manifesta uma "teatralização da fala" que comporta uma pluralidade de vozes. Essa possibilidade de desdobramento é utilizada para dar a conhecer uma conversa que um locutor deve ter mantido, mas também, e talvez sobretudo, para produzir um eco imitativo. O diálogo hipotético que Bakhtin considera o modelo canônico do enunciado faz parte desse sistema. Exemplo: "Se alguém me dissesse... eu lhe responderia...".

É esse jogo que possibilita a Molière introduzir um teatro no teatro. O. Ducrot cita *Amephitryon*, mas pode-se também notar essa réplica perfeitamente polifônica e dialógica de Sganarelle em *Dom Juan*: "Senhor, confesso que me espantais. Mal escapamos de um perigo de morte e em vez de agradecer aos céus pela misericórdia que eles se dignaram demonstrar por nós... Calado! Tratante, não sabeis o que dizes e o senhor sabe o que faz. Vamos." (*Dom Juan*, ato II, cena 2). O sentido mesmo do enunciado atribuiria a enunciação a dois locutores distintos, enquanto, do ponto de vista empírico, a enunciação é obra de um único sujeito falante, mas a imagem dada pelo enunciado é a de uma troca, de uma hierarquia de falas. O segundo locutor, para O. Ducrot, é uma ficção, enquanto o sujeito falante (aqui Sganarelle) é um elemento da experiência. Nada prova, aliás, que Sganarelle repita palavra por palavra um discurso que lhe foi dirigido em circunstâncias análogas, mas ele faz ouvir a fala sobre a qual ele informa. Sganarelle imita um discurso virtual em que sua posição de valete é colocada como equivalente a tratante; essa parte do enunciado lhe pode ser atribuída como enunciador, ao passo que ele assume plenamente, como locutor, a primeira parte.

O princípio é tão importante em *Dom Juan* que resulta numa teatralização do absurdo. Quando do encontro com dom Carlos, dom Juan, desejando escapar à vingança do primeiro, evita deixar-se reconhecer e se designa a si mesmo na terceira pessoa: "Eu sou tão ligado a dom Juan que ele não poderia lutar sem que eu lute também." (Ato III, cena IV). A polissemia de "ligado" permite manter um malententido fundado na oposição do sentido literal ao sentido figurado. Por outro lado, a ambigüidade do enunciado estabelece de antemão a presença do espectador, destina-lhe um lugar na comunicação, pois só ele é capaz de apreciar essa ambivalência (de compreender que o enunciado tem duas interpretações), de entender inteiramente o que dom Carlos só capta pela metade.

• *O estilo indireto livre*

Caso particular de polifonia, o estilo indireto livre faz ouvir, na voz do narrador, os ecos de outra voz. Porém, mesmo quando elas estão separadas, o discurso parece a um só tempo narrado e citado. Para J. Peytard, o romance é como uma "vasta simulação" em que a escrita ficcional se atribui como função "simular" a coerência inerente a todo "ato de comunicação". A "fratura" inerente à escrita ficcional "se estabelece entre o verbal e o não-verbal na obra. Um fator importante da coerência é então a integração do verbal ao não-verbal, sendo toda aparência de teatralidade apagada pela inclusão do verbal no não-verbal: "Pommard queria oferecer-lhe um cigarro, ele os procurava em seu bolso, todo trêmulo, minha filha deve tê-los tirado de novo, dizia ele, ela não quer que eu fume, no que eu me meto" (*Clope*, R. Pinget). O estilo indireto livre "ilustra essa busca de uniformidade simuladora" (J. Peytard, *Syntagmes*). A ambigüidade que o fundamenta pode ser esquematicamente descrita pela frase: "Paul dizia que viria amanhã", em que a referência a "amanhã" é ambígua: deve ela ser consignada a Paul ou ao locutor?

M. Bakhtin observou que os gêneros literários que pertencem à ficção e o estilo indireto livre se desenvolvem conjuntamente. O estilo indireto livre está ligado à mimese e ao conjunto das atividades miméticas: no discurso comum, a mimese só pode operar eficazmente na caricatura, na qual ela joga com o reconhecimento do discurso citado – imitado. O leitor, ou o ouvinte, deve reconhecer os traços específicos postos em evidência pela mimese, o móbil lúdico dessa tomada de consciência é em geral muito importante, quer seja satírico, estético ou político.

Como a literatura não tem objetivo essencialmente prático, a sorte do estilo indireto livre nela está mais diretamente ligada à mimese, pois um universo de referência se instala graças a ele. Com efeito, para que uma personagem seja identificada através dos enunciados no estilo indireto livre, é preciso que ela já tenha "tomado corpo"; é preciso, em outras palavras, que seu discurso, seus gestos, tenham conseguido constituí-la aos olhos do leitor como pessoa (com um temperamento sangüíneo ou fleumático; Balzac tinha idéias muito precisas a esse respeito). É por isso que nunca há estilo indireto livre no início dos romances "clássicos"; o leitor deve saber bastante sobre a personagem, cujo discurso é relatado no estilo indireto livre para poder identificar sua fala relatada; tal palavra deve suscitar o reconhecimento como quando, na comunicação comum, tal conversa relatada parece "assemelhar-se" ou não "assemelhar-se" a seu suposto autor; sendo o principal móbil a apreciação que o leitor faz, através desse processo de atribuição, sobre sua própria perspicácia de leitor. Uma expressão do estilo indireto livre pressupõe, da parte da instância narradora, uma análise implícita do discurso e a exige do leitor. Stendhal ajuda um pouco este último, sublinhando com caracteres itálicos a conversa relatada: "M. Grandet era um meio-idiota, grosseiro e bastante instruído, que toda noite suava sangue e água durante uma hora *para se manter ao corrente de nossa literatura.*" (*Lucien Leuwen*). O modo de surgimento do estilo indireto livre em um discurso literário traça os limites do gênero. Na literatura dita "da subjetividade", em que a personagem e seu ponto de vista predominam, o estilo indireto pode aparecer já no início do texto, antes que o virtual leitor possa ter-se familiarizado com as idiossincrasias (modos de expressão específicos) das personagens; ele o faz no decorrer da leitura e sem preparativos, daí o modo de acesso bastante "elitista" dessa literatura (J. Austen, V. Woolf, P. J. Jouve, N. Sarraute, etc.).

Se o estilo indireto livre parece correlacionar-se em especial à ficção (e lhe dar um corpo, uma voz), é decerto porque a ficção é o modo de aceitação privilegiado dos pensamentos e dos discursos relatados mimeticamente. Os verbos introdutórios de discursos são em geral pospostos ou apagados. Esse traço pode ser interpretado como um indicador de discurso ficcional: ele assinala, aliás, que aquele que fala transfere sua responsabilidade para o indivíduo citado. Efeito de distância que é comum no discurso natural.

Volta-se assim à reflexão de R. Barthes: o texto é tecido de vozes. Ao teatralizar a fala, ao sublinhar sua especificidade, o estilo indireto livre faz com que a reconheçamos em sua unicidade (e sua banalidade). Aos códigos narrativos da progressão das intrigas, da história, que constitui a base da análise estrutural das narrativas, se sobrepõe, sem a anular, o código mais problemático para decifrar "vozes" na obra, em que se impõe mais claramente o lugar do leitor.

Para um balanço

Os estudos textuais às vezes são objeto de restrições de duas ordens: primeiro uma censura "empírica" que julga fraco o rendimento da análise estrutural das narrativas: acontece de a grande exibição dos meios chegar a representações "esperadas", mas qualquer pesquisa pode ficar sujeita a tal censura. Depois é uma crítica epistemológica que se pergunta se o corte das narrativas, o estabelecimento dos constituintes, não são dados por uma preliminar, por uma representação *a priori* do objetivo literário. A estrutura seria então, de certa maneira, projeção do sujeito. Para J. Starobinski, as estruturas são o produto de uma "consciência estruturante":

> "Por mais desejosos que estejamos de nos limitar apenas aos caracteres lingüísticos do textos, só podemos nos eximir do inventário total com a condição de 'elevar uma nota acima' nossa questão, de orientá-la numa determinada direção. Cada abordagem determina uma perspectiva: ela terá *como efeito mudar a configuração do todo.*"

J. Starobinski retira uma espécie de "ética" do estruturalismo:

> "O estruturalismo se opõe à convicção muito difundida de que o espírito do tempo seja marcado pela incoerência, pelo absurdo... e supõe, da parte do observador, uma aposta em favor do sentido, uma opção pela inteligibilidade. O estruturalismo é uma refutação da fácil dramaturgia do absurdo." (*Diogène*, nº 3.)

Mas, ao mesmo tempo, nas "reverberações do sentido" (R. Barthes), na "disseminação" (J. Derrida), a concepção positiva da literariedade se desfaz. O texto fechado havia levantado a questão: "Quais são os elementos que pertencem à literatura e só a ela?" Responder de uma forma geral é impossível (de acordo, aliás, com o princípio estrutural segundo o qual os fatos de sistema só têm definição diferencial). Seria preciso aprender a considerar como intrínseca ao significante "a fuga de todo centro e o recuo constante da origem". (F. Wahl). A idéia de que a literariedade não é uma propriedade fixa, mas um conjunto de fenômenos que abrange também o leitor e o conjunto das virtualidades de leitura, vai aparecendo aos poucos. Nesse jogo conduzido, programado pelo texto, a escrita e a leitura em atos têm sua participação: "O que acarreta pelo menos o fato de que a questão essencial não é mais, hoje em dia, aquela do escritor e da obra, mas a da escrita e da leitura, e nos é necessário, por conseguinte, definir um novo espaço (...) em que esses dois fenômenos poderiam ser compreendidos como recíprocos." (P. Sollers, *Le roman et l'expérience des limites.*)

BIBLIOGRAFIA

Arrivé, M. *Les langages de Jarry*, Essai de sémiotique littéraire, Paris, Klincksieck, 1972. As análises são precedidas de um aperfeiçoamento metodológico e teórico muito interessante.

Barthes, R. *S/Z*, Paris, Éd. du Seuil, 1970. Análise de *Sarrasine* de H. de Balzac.

Le plaisir du texte, Paris, Éd. du Seuil, 1973.

Benveniste, E. *Problèmes de linguistique générale*, Paris, Éd. Gallimard, tomo I, 1986, tomo II, 1974. (Trad. bras. *Problemas da lingüística geral*, São Paulo, Cia. Editora Nacional/Edusp, 1976.) Os capítulos sobre "o homem na língua" são essenciais para a enunciação.

Coquet. *Le discours et son sujet*, Klincksieck, 1984, col. Semiosis.

Ducrot, O. *Le dire et le dit* (*O dizer e o dito*. Campinas, Pontes, 1987).

Logique, structure, enonciation, Éd. de Minuit, 1989. Para o estudo sobre Ch. Bally.

Genette, G. *Figures*, Éd. du Seuil, 1966.

Figures II, Éd. du Seuil, 1969.

Figures III, Éd. du Seuil, 1972.

Greimas, A.-J. *Maupassant, la sémiotique du texte*: exercices pratiques (Aplicação rigorosa dos métodos do autor a um conto de Maupassant). Éd. du Seuil, Paris, 1976. Aconselhamos também a leitura de "La linguistique structurale et la poétique", artigo curto, claro e denso, pp. 271-283, em *Du sens*, Éd. du Seuil, 1970.

Jakobson, R. *Essais de linguistique générale*, Éd. de Minuit, 1963. Ler em particular "Deux aspects du langage et deux types d'aphasie", onde o autor estuda a metonímia e a metáfora, e "Poétique".
Questions de poétique, Éd. du Seuil, 1973.

Maingueneau, D. *Elementos de lingüística para o texto literário*, São Paulo, Martins Fontes, 1996. Síntese muito útil.

Meschonnic, H. *Pour la poétique*, ensaio, Éd. Gallimard, Paris, 1970.
Pour la poétique II, Éd. Gallimard, Paris, 1973.
Pour la poétique III, Éd. Gallimard, Paris, 1973.

Peytard, J. *Syntagmes* (linguistique française et structures du texte littéraire), Éd. Les Belles Lettres, Paris, 1971. A reflexão sobre o método é importante.

Riffaterre, M. *A produção do texto*, São Paulo, Martins Fontes, 1989.

Spitzer, L. *Etudes de style*, Éd. Gallimard, Paris, 1970.

Todorov, T. *Théorie de la littérature*, textos dos formalistas russos reunidos, representados e traduzidos por T. Todorov, prefácio de R. Jakobson, Éd. du Seuil, Paris, 1966.
Théories du symbole, Éd. du Seuil, Paris, 1977.

As obras coletivas sobre a crítica textual são muito numerosas; limitamo-nos a assinalar:
Littérature et réalité, col. Points, Éd. du Seuil, 1982.
Rhétorique générale, groupe, col. Points, Éd. du Seuil, 1982.
Sémantique de la Poésie, col. Points, Éd. du Seuil, 1979.

Consultar igualmente a revista *Littérature*, Éd. Larousse, Paris, e a revista *Poétique*, Éd. du Seuil, Paris.

IMPRESSÃO E ACABAMENTO:
YANGRAF Fone/Fax: 6195.77.22
e-mail: yangraf.comercial@terra.com.br